Merch Fach Ddrwg

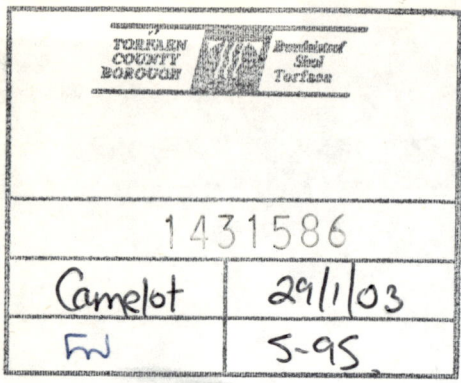

Argraffiad cyntaf: Tachwedd 1998
℗ Hawlfraint Y Lolfa Cyf., 1998

Mae hawlfraint ar gynnwys y llyfr hwn ac mae'n anghyfreithlon i lungopïo neu atgynhyrchu unrhyw ran ohono trwy unrhyw ddull ac at unrhyw bwrpas (ar wahân i adolygu) heb ganiatâd ysgrifenedig y cyhoeddwyr ymlaen llaw.

Llun y clawr: Marian Delyth

Rhif Llyfr Rhyngwladol: 0 86243 486 6

Cyhoeddwyd yng Nghymru
ac argraffwyd ar bapur di-asid a rhannol eilgylch
gan Y Lolfa Cyf., Talybont, Ceredigion SY24 5AP
e-bost ylolfa@ylolfa.com
y we http://www.ylolfa.com/
ffôn (01970) 832 304
ffacs 832 782
isdn 832 813

Lyn Ebenezer

Merch Fach Ddrwg
a storïau arswyd eraill

y Lolfa

*Cyflwynedig
i
STEPHEN KING
am ei
ysbryd-oliaeth*

RHAGAIR

HYD Y GWN I, dydw i erioed wedi gweld ysbryd. Dydw i ddim yn credu mewn ysbrydion. Ond rwy'n arswydo rhag i mi weld un.

Mae gen i deimlad i mi unwaith weld angel. Plentyn tua phum mlwydd oed oeddwn i ac fe wnes i ddihuno ynghanol y nos. Ac yno, yn sefyll wrth droed y gwely, safai ffigwr mewn gwyn. Chefais i ddim ofn. A dyna pam rwy'n dal i gredu mai angel oedd yno yn hytrach nag ysbryd. Teimlwn yn ddiogel, yn gynnes yn ei gwmni. Neu'n hytrach yn ei chwmni. Wn i ddim pam, ond teimlwn mai benywaidd oedd yr angel yn yr achos hwn.

Na, dydw i ddim yn credu ym modolaeth ysbrydion. Dim ond gobeithio fy mod i'n iawn. Ar y llaw arall rwy'n arswydo rhag fampirod. Dydw i ddim wedi gweld yr un o'r rheini chwaith. Ond mi wn eu bod nhw allan acw yn rhywle yn crechwenu ac yn llyfu eu gweflau wrth ddisgwyl eu cyfle.

Bodau goruwchnaturiol yw ysbrydion a fampirod. Ac angylion hefyd, petai'n dod i hynny. Gellir dadlau, a hynny ar sail ddiwinyddol, mae'n debyg, mai ysbryd o ryw fath yw'r Diafol. Ac mae gen i ofn hwnnw hefyd. Nid Diafol corniog Dennis Wheatley a'i debyg ond y Diafol sy'n trigo yn ein plith, y Diafol nas adwaenir. Hwnnw yw'r perygl mawr. Gall ymddangos yn gymeriad bach cwbwl gyffredin. Y dyn drws nesa sy'n tendio'i rosod. Oes yna waed ar lafnau ei wellaif gardd? Yn ei gyffredinedd y mae ei berygl. Dyn bach cyffredin, di-nod oedd Hitler unwaith. A Peter Sutcliffe.

Er fod arnaf ofn fampirod, y Diafol, (ac ysbrydion, os ydyn nhw'n bod), pethe sy'n ymddangos yn gwbwl naturiol sy'n codi'r arswyd mwyaf arnaf fi. Plentyn deuddeg oed yn eistedd yn rhes flaen Neuadd yr Eglwys ym Mhontrhydfendigaid yn gwylio perfformiad o *Great Expectations*, nofel Charles Dickens, wedi ei dramateiddio gan gwmni o ganolbarth Lloegr, The Midland Company. A gwraig arweinydd y cwmni, Mrs James, oedd yn chwarae rhan Miss Havisham, yn codi arswyd arnaf. Nid y cymeriad gwallgof a wnaeth fy arswydo. O, na. Yn hytrach digwyddiad bach cwbwl ddibwys i bawb arall. Cyn agor y drws yng nghefn y llwyfan a chamu i mewn roedd gofyn i Miss Havisham wthio'i llaw drwy dwll yn y drws i agor y gliced. Doedd gan hyn ddim oll i'w wneud â digwyddiadau'r ddrama. Diffygion y set oedd yn gorfodi hyn arni. Ond gweld y llaw honno'n ymwthio trwy'r twll a wnaeth fy arswydo i. Am eiliad teimlwn mai llaw heb gorff, heb arddwrn wrthi oedd yn ymwthio tuag ataf. Llaw welw a'i bysedd hirion yn ymestyn tuag ataf. Y noson honno, yn fy ngwely, wnes i ddim diffodd y gannwyll.

Yn hwyr un noson wedi hyn, roeddwn yn cerdded y chwarter milltir rhwng y pentref a'm cartref. Roedd hi'n noson loerog lwyd-olau a'r ffordd yn gwbwl glir y tu ôl i mi ac o'm blaen. Eto i gyd, yn sydyn ar wyneb y ffordd, dyma fi'n canfod stwmpyn sigarét, a'i flaen yn goch ac yn dal i fygu. Wnes i ddim oedi i feddwl pwy oedd newydd ei daflu. Wnaeth fy nhraed ddim arafu nes i mi gau drws y tŷ rhyngof a'r nos.

Arswyd, i mi, yw'r cyffredin yn troi'n anghyffredin. Plentyn angylaidd yn gwenu gan ddinoethi dannedd miniog, blaengoch. Merch brydferth a chrawn sy'n lledaeni pla yn ei gwythiennau. Siôn Corn yn gadael bom yn eich hosan Nadolig. A chlown gyda chyllell yn ei law.

I Robert Bloch, awdur *Psycho*, hanfod pob arswyd yw'r

Clown ar Hanner Nos. "Dychmygwch eich bod chi ar eich pen eich hun yn eich stafell fyw, yn darllen, ac yn cael eich dychryn gan gnocio uchel ar y drws. Mae'r tŷ yn wag. Mae'r dre yn cysgu. Daw sŵn curo eto. Dyma chi'n agor y drws. Yno yn eich cyntedd, a'i wyneb wedi'i wynnu ac yn pefrio yng ngolau'r lloer, mae clown yn ei wisg lawn a'i golur. Mae e'n gwenu arnoch chi. A wnaech chi chwerthin?"

Y pwynt, wrth gwrs, yw nad yr un yw natur y clown sy'n denu chwerthin yng nghylch y syrcas a'r clown sy'n cnocio ar eich drws am hanner nos.

Un o hoffterau mawr John Wayne Gacey oedd gwisgo fel clown i ddiddanu plant. Ac yntau'n ŵr busnes llwyddiannus yn Des Plaines, Illinois fe ddywedodd unwaith mai un fantais o fod yn glown oedd, "When you're in make-up, clowns can get away with murder and nobody gets mad."

Yn ystod y 70au diflannodd nifer o fechgyn ifanc o'r ardal. Canfuwyd eu cyrff – 33 ohonynt – wedi eu cuddio o dan gartref Gacey. Ond nid y clown gafodd chwerthin olaf. Ar Fai 11eg 1994 dienyddiwyd Gacey drwy chwistrelliad marwol yng ngharchar Joliet. Fe gymerodd ddwywaith yr amser arferol iddo farw oherwydd nam ar yr offer.

"Yr hyn sy'n ddiddorol am y berthynas rhwng clowns a phlant yw ein cred ni, fel oedolion, fod plant yn eu gweld nhw'n ddoniol," medd Simon Sprackling. "Ond ein rhagdybiaeth ni yw hynny. Rwy'n credu fod plant, wrth edrych ar glown, yn gweld oedolyn yn ymddwyn mewn ffordd ryfedd sydd naill ai'n ddoniol neu sy'n gwneud iddynt feddwl, 'Mae rhywbeth o'i le fan hyn'."

Un o nofelau mwya'r *genre* arswyd, heb amheuaeth, yw *Dracula* gan Bram Stoker. Eto i gyd, nid yr arswyd amlwg yn y nofel sy'n fy mrawychu i. Digwyddiadau cymharol ddibwys yma ac acw, yn hytrach na Iarll y Fall yn dinoethi ei ddannedd cyn eu plymio i gnawd meddal gwyn gwddf diamddiffyn sy'n codi braw arnaf i.

Dyna i chi'r olygfa lle mae dau farch du yn carlamu'n ddi-yrrwr gan dynnu hers ac ynddi arch. Er nad yw Stoker yn dweud hynny, gwyddoch fod corff Dracula yn yr arch. Ef yw'r gyrrwr. A'i orchmynion meddyliol yw'r awenau anweledig sy'n gyrru ac yn llywio'r meirch.

Golygfa arswydus arall yw honno pan wêl Jonathan Harker ei archelyn yn disgyn hyd wyneb mur y castell ar ei draed a'i ddwylo, a'i ben tuag i lawr. Ac un arall, pan yw'r llong yn taro'r tir yn Whitby a Dracula, ar ffurf ci anferth, yn neidio i'r lan. Arswyd pur.

Yn rhyfedd iawn dydi'r nofel arswyd ddim wedi cael lle canolog mewn cyhoeddi Cymreig nac yn Gymraeg er gwaetha'r ffaith mai Cymro o Went, Arthur Machen, yw un o wir feistri'r *genre*. Mae Stephen King yn gosod nofel y Cymro, *The Great God Pan*, ymhlith pum nofel arswyd orau'r byd.

Yn ddiweddar rhoddodd Dyfed Edwards gynnig glew arni gyda dwy nofel a chasgliad o storïau byrion. Diolch amdano. A chafwyd ymgais gynharach gan Roy Lewis gyda'i gyfrol o storïau, *Cwrt y Gŵr Drwg*. Ac ar S4C dros ddeng mlynedd yn ôl dangoswyd drama Siôn Eirian, *Ysbryd y Nos*. Mae'n ddirgelwch i mi pam nad ail-ddangoswyd y ddrama iasol a phwerus hon.

Ond os mai tenau yw'r ddarpariaeth yn y Gymraeg, mae gan Geltiaid le parchus yn oriel anfarwolion awduron y stori arswyd. Eisoes cyfeiriais at ffrwyth dychymyg Bram Stoker. Ychwanegwch ato Sheridan Le Fanu, Charles Maturin, Fitzjames O'Brien, Robert Louis Stevenson, John Buchan, Sutherland Menzies, Oscar Wilde, M P Shiel, Algernon Blackwood, Arthur Conan Doyle, Dorothy Macardle, William Morris, Arglwydd Dunsany, George Macdonald, C S Lewis, John Cowper Powys ac Arthur Machen.

At y rhain ychwanegwch enw Peter Tremayne, sydd wedi cyhoeddi llenyddiaeth arswyd yn chwech o'r ieithoedd Celtaidd. Camgymeriad, medd Tremayne, yw cyfeirio at draddodiad Prydeinig mewn llenyddiaeth arswyd pan yw'r traddodiad Celtaidd yn llawer iawn cryfach. Mae e'n ein hatgoffa mai Gwyddel a Chernywes oedd tad a mam y chwiorydd Brontë hefyd. A Gwyddel oedd tad William Blake.

Sais yw'r newyddiadurwr Phil Rickman a symudodd i Ganolbarth Cymru o Gaerhirfryn rai blynyddoedd yn ôl. Ond pwysodd yn drwm ar y traddodiad Celtaidd ar gyfer ei nofelau arswyd. Ac mae un ohonynt, *Candlenight*, yn gwbwl Gymreig gyda chyfeiriadau at y Gannwyll Gorff ac erchyllterau eraill.

Mae ofn, a llenyddiaeth sy'n codi ofn, yn rhywbeth sydd wedi fy nghyfareddu erioed. Pam rydyn ni, o gael ein brawychu gan rywbeth, mor hoff o adrodd ac ailadrodd achos y braw hwnnw dro ar ôl tro? "Lle nad oes dychymyg, does yna ddim arswyd," medd Syr Arthur Conan Doyle. A hwyrach ei fod e'n iawn. Dychymyg, yn aml iawn, yw'r arswyd. Ond nid bob amser.

Dychymyg, yn sicr, fu'n gyfrifol am fodolaeth y pedair stori yn y gyfrol hon. I'r pedair, mae amser a lle yn gyffredin. Prynhawn crasboeth o Fedi ar Ynys Anghistri. Roedd yn llawer rhy dwym i fod allan gyda'm gwraig a'm ffrindiau ar y traeth. Penderfynu cael hoe yng nghlaeardeb fy stafell. Gorwedd ar y gwely a chydio yn y llyfr cyntaf i law.

Ar hap, disgynnodd fy llaw ar *Reign of Fear*, cyfrol Americanaidd sy'n dadansoddi llenyddiaeth a ffilmiau Stephen King. A chefais fy nharo gan y sylw a wnaeth King mewn cyfweliad â Jo Fletcher. "A yw gosod pobol gyffredin mewn sefyllfaoedd anghyffredin a gwylio'r ffordd y maen nhw'n ymateb yn chwarae rhan yn eich bywyd go iawn?" gofynnodd Jo Fletcher. Ymateb King oedd: "Wel, fe a' i â chi ymhell y tu hwnt i'r arwydd 'stop'. Fe a' i â chi heibio i'r pethau hynny y credwch eich bod am wybod amdanynt. I lawr i'r dyfnderoedd eithaf. Fe wna i gyffwrdd â'ch arswydion tywyllaf. Hwyrach eich bod chi'n meddwl eich bod am wybod. Ond erbyn i chi sylweddoli nad 'ych chi am wybod – wel, sori fy ffrind, mae hi'n rhy blydi hwyr o lawer …

"Yn ddwfn y tu mewn i ni, mae ar y mwyafrif ohonom ofn. Fe fedra i ganfod ofn o hyd – mewn gwirionedd, fe fedra i ganfod mwy nawr na chynt. Rwy'n ofni y gwna'r byd ffrwydro. Rwy'n nerfus pan na wn ble mae fy mhlant. Ac rwy'n dal i ofni'r hyn sy'n llercian o dan y gwely. Ysgrifennu am ofn a wna i. Aiff pobol eraill at seiciatryddion a thalu crocbris am gael gorwedd ar soffa o ledr ffug a baldorddi am eu harswydion ynfyd a'u syniadau hynod. Wel, fe ga i wneud hyn oll yn fy llyfrau a chael fy nhalu. Rhyw fath o wneud iawn ydy e, os mynnwch chi. Mae'n obsesiwn y gellir ei werthu."

Er i mi wfftio'r frawddeg olaf – nid yw ysgrifennu am arswyd, mwy nag unrhyw beth arall, yn mynd i wneud ffortiwn i chi yn y wasg Gymraeg – gafaelais mewn llyfr nodiadau a beiro a dechrau llenwi'r tudalennau â nodiadau. Roedd e'n brofiad rhyfedd. Ond o fewn dwyawr roedd gen i syniadau am chwe stori. Ceir pedair ohonynt yma.

Mae 'Chwilen yn y Pen' yn ymwneud ag obsesiwn. A hwnnw'n obsesiwn sy'n rhan o'm hadeiladwaith meddyliol i. Mae'n gas gen i bryfed, yn arbennig felly bryfed glas. Fedra i ddim bod yn yr un stafell â phryfyn glas heb geisio'i ddifa â phapur newydd wedi'i rolio, neu beth bynnag arall sydd i law. Mae hymian pryfed yn merwino fy nghlustiau. Dyma seilio'r syniad, felly, ar rywun obsesiynol fel fi gan fynd â rhediad y stori gryn dipyn ymhellach i lawr y lôn dywyll.

Roedd yr ail stori, 'Ynys y Cathod', yn hawdd iawn ei hysgrifennu gan i mi ei lleoli ar yr union ynys lle'r oeddwn ar y pryd, ynys Anghistri. Yma mae'r trigolion yn dal i roi coel ar yr hen chwedlau, y tarddodd y mwyafrif ohonynt yn Albania amser maith yn ôl. Yno mae ofergoel yn rhywbeth byw. Seiliwyd nifer o'r cymeriadau ar bobol go iawn, yn arbennig felly Petros, y ci. Mae hwnnw a minnau yn gyfeillion pennaf erbyn hyn.

Roedd hedyn y drydedd stori, 'Sgrech y Coed', gen i eisoes. Ond ar ynys Anghistri y daeth y llinynnau ynghyd. John Ellis, myfyriwr o'r Unol Daleithiau, a adroddodd i mi'n fras yr hanes sydd, yn yr achos hwn, y tu ôl i'r stori. Uwchben peint yn y Cŵps un noson soniodd am un o chwedlau'r Chippewa ac am ddigwyddiad arall go iawn ganrifoedd yn ddiweddarach. Fe'm cyfareddwyd gan y stori a bu'n rhaid ei haddasu a'i gosod ar bapur.

Roedd y syniad am y stori olaf gen i ers tro byd hefyd. Dangosais grynodeb ohoni unwaith i gyfarwyddwr ffilmiau. Ond ni chredai hwnnw fod ynddi ddigon o ddatblygiad i fod yn destun ffilm neu ddrama deledu. Yn amlwg, ni ddeallodd mai absenoldeb datblygiad oedd holl bwynt y stori. Ôl-rediad neu ddirywiad oedd y bwriad. Gwrth-ddatblygiad, mewn geiriau eraill. Ac ydi, yn llawer rhy aml, mae'r drwg yn fuddugol.

Gyda llaw, yr olygfa olaf yn y stori hon a ddaeth i mi gyntaf. Ac adeg ei golygu y cynhwysais nifer o hwiangerddi fel cefndir iddi. Mae i rai hwiangerddi natur dywyll iawn. Defnyddiwyd un gan Stephen King fel cyflwyniad i *The Tommyknockers*, y pennill cyntaf yn un traddodiadol a'r ail wedi'i ychwanegu gan King ei hun.

> *Late last night and the night before,*
> *Tommyknockers, Tommyknockers,*
> *knocking at the door.*

> *I want to go out, don't know if I can*
> *because I'm so afraid*
> *of the Tommyknocker Man.*

A dyma nhw, felly. Peidiwch â disgwyl clasuron. Peidiwch chwaith â disgwyl unrhyw glyfrwch seicolegol. Y cwbwl sydd yma yw obsesiynau wedi eu gosod ar bapur. Hunanfoddhad mewn print a hynny mewn arddull henffasiwn sy'n gosod y traethu o flaen popeth arall.

A pheidiwch, da chi, â disgwyl neges yn yr un o'r storïau. Wedi perfformiad cyntaf drama Brendan Behan, *The Hostage*, yn Llundain gofynnodd rhyw feirniad drama hunandybus iddo beth oedd neges ei ddrama. Ateb Behan oedd: "Neges? Neges? Be 'dych chi'n 'feddwl ydw i? Blydi postmon?"

Nid postmon ydw innau chwaith. Ond arhoswch. Postmon? Dyna i chi bosibilrwydd. Dyn cyffredin sy'n toddi'n naturiol i'w gefndir tra mae e wrth ei waith bob dydd. Neb yn ei amau. Tybed a oes ganddo fe ochr dywyll? Tybed a fyddai postmon yn destun da i stori arswyd? Yn anffodus daeth y syniad i G K Chesterton flynyddoedd cyn i mi feddwl amdano. Damio fe.

Yn y cyfamser, cymerwch gipolwg o dan y gwely cyn i chi fynd i gysgu heno. Fel y dywedodd Stephen King unwaith, mae gan y tywyllwch ddannedd.

LYN EBENEZER,
Gorffennaf 1998.

CHWILEN YN Y PEN

Ychydig o blant sydd heb erioed rwygo adenydd oddi ar bryfyn neu ddau rywbryd yn ystod eu datblygiad, neu sydd heb gyrcydu'n amyneddgar ar y palmant i weld sut mae chwilen yn marw.

STEPHEN KING

ROEDD MORRIS BLACKWELL yn ddyn hapus. Bodlon, hwyrach, fyddai'r gair mwyaf cymwys i ddisgrifio'i gyflwr. Wedi'r cyfan, sut medrai rhywun oedd yn gorfod siario'i enillion â'i wraig (absennol) a'i blant (yr un mor absennol) fod yn gwbwl hapus? Ond oedd, roedd e'n ddyn bodlon.

Yng nghlydwch ei swyddfa antiseptig, mor sterilaidd â ward ysbyty, pwysodd yn ôl yn ei gadair Parker-Knoll gan adael i'w gopi o'r *Financial Times* ddisgyn yn llipa ar ei ddesg. Gwisgodd ei sbectol a dechreuodd bori trwy'r colofnau stoc. Gwenodd wrth weld fod Shell i fyny chwe phwynt, ICI i fyny dri phwynt a Rentokil (Haleliwia!) i fyny wyth pwynt. Pecialodd Morris gyda boddhad. Gosododd ei law dde ym mhoced ei siaced ac – heb ei thynnu allan – llwyddodd i ryddhau tabled Rennie a'i dadlapio o'i hamdo papur. Chwarddodd wrtho'i hun wrth iddo gofio cyhuddiad cellweirus un o'i ffrindiau yn y clwb golff wrth i hwnnw edliw iddo ei grintachrwydd chwedlonol: "Morris, ti yw'r unig ddiawl y gwn i amdano sy'n medru tynnu croen oddi ar oren ag un llaw, a hynny heb ei dynnu allan o dy boced."

Gosododd y dabled blas mint ar flaen ei dafod a dechreuodd sugno arni. Oedd, roedd rhyw gymaint o wirionedd yn y cyhuddiad, cyfaddefodd wrtho'i hun. Gwnaeth hynny gyda balchder yn hytrach na hunangerydd. Yn wir, ymfalchïai yn y ffaith. Galwodd i gof un o fynych ddywediadau ei Wncwl Dan. Cofiai yr ymweliadau hynny â Llwyn Gors, fferm ei ewythr ger Tregaron, a'i arferiad o holi bola-berfedd hwnnw byth a hefyd. Pam hyn, Wncwl Dan? Pam arall, Wncwl Dan? Ymateb tawel ei ewythr bob tro fyddai troi ato'n fwynaidd, tynnu pwl ar ei getyn a gofyn yn hamddenol, "Wyt ti'n gwbod shwt wnath Defis Llandinam 'i arian?"

A byddai yntau, yn ddi-ffael, er iddo glywed y cwestiwn droeon, yn ddigon ffôl i'w ateb, "Na'dw, Wncwl Dan."

Ac fe ddeuai'r un ateb amyneddgar yn ôl bob tro, "Drw' feindio'i fusnes 'i hunan, Morris bach, drw' feindio'i fusnes 'i hunan."

Ac roedd Wncwl Dan yn iawn. Wnaeth neb 'mo'i ffortiwn drwy fod yn ddiofal o'i arian. Gallai Morris ei hun dystio i hynny erbyn hyn. Ac eto, ar ôl iddo lwyddo i ddod yn ddyn cefnog, allai neb wadu na fu iddo wario'n helaeth ar foethusion. Moethusion yng ngolwg rhai, hwyrach. Ond nid iddo ef. Roedd gweithio mewn awyrgylch lanwedd, ddi-haint yn gwbwl hanfodol. Dyna pam y gwariodd bum mil o bunnau ar y system dymheru awyr orau posib yn ei swyddfa. A dwbwl hynny ar y system yn ei gartref.

Edrychodd Morris o'i gwmpas. Oedd, roedd hi'n wir na allai neb ei ddisgrifio fel arbenigwr mewn cynllunio ystafelloedd. Doedd dim arwydd o gyferbynnu lliwiau yn y swyddfa, dim ymgais i osod lliwiau llachar a lliwiau gwelw gyfochr â'i gilydd. Yn hytrach roedd popeth yn welw, o'r muriau a'r nenfwd gwyn i'r llenni a'r carpedi lliw hufen golau. Roedd hyd yn oed y dodrefn yn olau – rhyw felyn gwannaidd. Ond dyna fe, nid bod yn ffasiynol oedd y bwriad ond bod yn ymarferol. Gyda'r fath liwiau yn gefndir fedrai'r un mymryn lleiaf o faw, yr un llychyn, yr un gwybedyn osgoi cael eu gweld. A dyna oedd yn bwysig. Oedd, roedd yr hen ddywediad Saesneg hwnnw am lanweithdra yn mynd law yn llaw â Duwioldeb yn berffaith wir.

Trodd ei olygon at y set deledu fyw, ond mud, yn y gornel, wedi'i thiwnio i *Sharecheck* ar BBC2. Gafaelodd yn y pell-reolydd a gwasgodd y botwm pwrpasol i droi'r tudalennau electronig. Yn ôl y diweddariad, a ddangosai godiad neu ostyngiad yng ngwerth stociau a chyfranddaliadau bob ugain munud, roedd ICI bellach wedi codi un pwynt arall, Shell yn sefydlog a Rentokil (Haleliwia eto!) wedi codi wyth pwynt.

Pwysodd Morris yn ôl yn ei gadair a gosod ei ddwy law y tu ôl i'w ben a syllu i gornel arall y stafell. Yr unig beth a dorrai ar wynder y wal oedd darlun mewn ffrâm ddu, atgynhyrchiad o lithograph gan ryw artist o Norwy yn dangos rhywun yn sgrechian. Ac os cofiai'n iawn, 'Y Sgrech' oedd teitl y darlun hefyd. Syllodd ar yr wyneb llawn poen, y dwylo dros y clustiau a'r geg lydan-agored yn sgrechian gwaedd ddi-sŵn.

Roedd e'n casáu'r darlun. Fe'i cafodd yn rhodd gan Angela ei wraig pan agorodd y swyddfa a mynd ar ei liwt ei hun dros ugain mlynedd yn ôl. Wedi meddwl, roedd hi'n rhodd berffaith oddi wrth Angela, oedd â'i cheg ar agor ddydd a nos. Rhagoriaeth y geg yn y llun dros un ei wraig oedd ei mudandod.

Ond ar wahân i'r cysylltiad rhwng Angela a'r llun roedd ganddo reswm arall dros gasáu'r darlun. Doedd ganddo ddim byd i'w ddweud wrth gelfyddyd fodern o unrhyw fath. Ac er i hwn, yn ôl y dyddiad ar ei waelod, gael ei beintio yn 1893, darlun modern oedd e i Morris. Ac roedd moderniaeth o unrhyw fath yn rwtsh llwyr.

Unig fantais y llun hwn, teimlai, oedd ei fod yn gyfrwng perffaith i guddio sêff gan y byddai'n codi braw ar unrhyw ddarpar-leidr gwerth ei halen. Ac er iddo ystyried droeon ei gyfnewid am lun gan y Cymro ffasiynol hwnnw – beth oedd ei enw hefyd? ie, Kyffin Williams, dyna fe – doedd e erioed wedi mynd i'r drafferth o wneud hynny. Fe fyddai llun gwreiddiol gan hwnnw o greigiau a mynyddoedd, er mor ddi-liw y byddai'r fath ddarlun, yn well na'r anghenfil hwn. Ac o fod yn llun gwreiddiol, fe fyddai'n fuddsoddiad da hyd yn oed os na fyddai'n plesio'r llygad. Am hwn, doedd e ddim yn plesio na'r llygad na'r cyfrif banc.

Symudodd ei lygaid oddi wrth yr erthyl yn y llun at ddarlun llawer mwy derbyniol. Dangosai'r sgrin deledu fod y ffigurau'n dal yn ddigyfnewid. Caeodd ei lygaid gydag ochenaid o ryddhad.

A dyna pryd y clywodd yr hymian. Deuai'r sŵn o rywle o

gwmpas ei ben. Nid hymian tawel y system dymheru. Daethai'n ddigon cyfarwydd â'r sŵn hwnnw fel nas clywai bellach. Yn union fel llais ei wraig ar y teleffon pan fyddai hi'n pledio tlodi. Fe'i clywai hi'n siarad ond eto ni fyddai'n ymwybodol o'r geiriau. Ac roedd yr hymian hwn yn uwch na sŵn y system dymheru. Yn uwch na chrawcian ei wraig, hyd yn oed.

Syllodd o'i gwmpas ond ni welai'r un smotyn du, gwibiog rhyngddo a gwynder y waliau a'r nenfwd. Eto roedd yr hymian yn parhau, y grwnian dioglyd yn merwino'i glustiau, yn hofran fel petai yn ei unfan. Gan ddal i syllu o'i gwmpas mewn chwilfrydedd blin, ymestynnodd at ddrôr ucha'i ddesg a'i agor. Llithrodd ei law yn reddfol i'w berfeddion a chaeodd ei fysedd am y tun chwistrell Vapona a gadwai yno (jyst rhag ofn). Tynnodd y tun allan yn araf a gwasgodd â'i fawd ar y botwm coch ar ei dop a chwistrellu cwmwl niwlog o gemegion i'r awyr bur o'i gwmpas, heb anelu at unman yn arbennig. Disgynnodd dafnau bychain gwlithog ac oer o'r hylif ar ei ben moel. Llanwodd y nwyon ei ffroenau a thisianodd yntau (ddwywaith). Yna gwasgodd fotwm yr intercom. O fewn eiliad cafodd ymateb.

"Ie, Mr Blackwell?"

"Miss Rowlands, ddowch chi i mewn am funud." (Gorchymyn, nid cwestiwn). "Na, does dim angen i chi ddod â'ch llyfr nodiadau na'ch recordydd tâp."

Eiliadau wedyn, yn dilyn cnoc fach dawel, ymddangosodd Meira Rowlands ar riniog y drws yn goma o wyleidd-dra.

"Caewch y drws, Miss Rowlands. Na, does dim angen i chi eistedd. Jyst gwrandewch." Cododd Morris ei fys mewn ystum o fynnu tawelwch.

Syllodd Meira arno braidd yn syn. Ond ufuddhaodd. Aeth cymaint â deg eiliad heibio.

"Wel, glywch chi rywbeth?"

Doedd Meira Rowlands ddim yn un i wrth-ddweud unrhyw awgrym gan ei chyflogwr fel arfer. Ond y tro hwn doedd ganddi fawr o ddewis.

"Na, chlywa i ddim byd, Mr Blackwell. Mae'n ddrwg gen i."

Ymlaciodd Morris ryw gymaint. "Does dim angen i chi ymddiheuro, Miss Rowlands. Os na chlywch chi ddim, wel ... chlywch chi ddim. Ond hwyrach eich bod chi'n iawn. Chlywa inne mohono fe nawr, chwaith."

"Clywed beth, Mr Blackwell?" Ymwthiodd y geiriau o'i genau cyn iddi fedru cnoi ei thafod. Doedd hi ddim yn arfer bod mor bowld â hyn. Doedd Morris Blackwell ddim yn ddyn i'w gwestiynu. Ond roedd hi'n amlwg fod rhywbeth anarferol yn ei boeni.

"Pryfyn, Miss Rowlands, pryfyn. A hwnnw'n bryfyn glas, os nad ydw i'n camgymryd." Cerddodd Morris o gwmpas y swyddfa gydag un llaw yn byseddu ei ên. Yna trodd yn sydyn gan bwyntio bys cyhuddol at ei ysgrifenyddes. "Ond y cwestiwn mawr, Miss Rowlands, yw hyn. Sut daeth y pryfyn i mewn yn y lle cynta?"

Cododd Meira ei hysgwyddau mewn penbleth. Yna ysgydwodd ei phen. "Does gen i ddim syniad, Mr Blackwell."

Parhaodd Morris â'i groesholi fel bargyfreithiwr mewn llys barn. "Wel, fedrai fe ddim bod wedi dod i mewn drwy'r ffenest, fedrai fe?"

"Na, mae honno bob amser ynghau."

"Yn hollol. Pa ffordd arall sydd 'na i mewn ac allan o'r swyddfa 'ma, Miss Rowlands?"

"Y drws ..."

"Yn union, y drws. A phwy, heblaw fi, sy wedi defnyddio'r drws heddiw?"

"Fi, Mr Blackwell."

"Cywir, Miss Rowlands." Safodd Morris gyferbyn â hi, a'i ddwylo yn ddwfn yn ei bocedi a gwên fach hunanfodlon ar ei wyneb. Yna ymlaciodd. Roedd wedi gwneud ei bwynt. "Nawr rwy'n torri am ginio. Tra bydda i allan rwy' am i chi ffeindio corff y pryfyn 'na a mynd ag e oddi yma. Fedra i ddim godde aflendid o 'nghwmpas i, fel y gwyddoch chi'n dda. Yn enwedig pryfed."

Mentrodd Meira dorri gwên fach wan. "Iawn, Mr Blackwell, gadewch bopeth i fi."

Ni roddodd Morris unrhyw arwydd iddo'i chlywed. "Ac ar ôl i chi gael gwared o'r pryfyn felltith 'na rwy' am i chi chwistrellu'r swyddfa 'ma'n drylwyr. Ac yna'ch swyddfa chi. Fedrwch chi ddim bod yn rhy ofalus. Wedyn fe gewch chithe dorri am ginio."

Boddwyd "Iawn, Mr Blackwell" yr ysgrifenyddes gan glep ar y drws. A chyn iddi glywed sŵn traed ei chyflogwr ar ris ucha'r grisiau roedd Meira yn ei chwrcwd ar y carped Axminster lliw hufen yn chwilio am bryfyn glas, boliog a'i draed i fyny.

Wrth gerdded tua'r Royal roedd gan Morris ychydig o gur yn ei ben. Effaith y pryfyn ddiawl 'na siŵr o fod, meddyliodd. Teimlodd bwl o gryndod yn ei ysgwyd wrth iddo gamu dros yr hanner cylch a thrwy ddrysau tro'r gwesty i gynhesrwydd y dderbynfa. Ni fedrai gredu fod pryfyn wedi llwyddo i sleifio'i ffordd drwy amddiffynfeydd ei swyddfa.

Diosgodd ei sgarff goch a'i gôt frethyn ddu heb arafu ei gamau a'u trosglwyddo'n ddiddiolch i'r porthor gan lwyr anwybyddu gwên wenieithus hwnnw. Dylai hwnnw wybod erbyn hyn fod cildwrn yn anathema i Morris Blackwell.

Anelodd Morris yn syth am far y lolfa ac eistedd wrth fwrdd gyferbyn â'r ffenestri bwa a wynebai'r promenâd. Roedd Doctor Lloyd yno eisoes yn sipian ei wisgi Grouse ac yn ymosod, braidd yn aflwyddiannus, ar groesair y *Times*.

"Rwyt ti bum munud yn hwyr, Morris." Nid cerydd oedd hwn gan y doctor ond sylw.

"Ychydig o broblem yn y swyddfa. Dim byd o dragwyddol bwys. Hynny a rhyw dwtsh bach o annwyd."

Syllodd Lloyd arno'n hir ac yn fanwl. Edrychiad meddyg yn astudio claf. "Mae rhyw olwg ddigon gwelw arnat ti. Ond dyna fe, rwy' wedi pregethu wrthot ti dro ar ôl tro heb fawr o effaith. Rwyt ti'n gweithio'n llawer rhy galed i ddyn o dy oedran di. Mae'n rhaid i ti weindio i lawr a chymryd pethe'n haws. A phetai hi'n dod i hynny, does dim rheswm i ti weithio o gwbwl bellach."

"Hawdd i ti siarad fel hen lanc. Dwyt ti ddim yn gorfod cynnal tri pharaseit."

Torrodd y weinyddes ar draws y sgwrs. "Yr arferol, Mr Blackwell?"

"Ie, a gofalwch fod yr eog yn ffresh."

"Newydd agor y tun." Chwarddodd y ferch ar ei jôc ei hun a bu'n rhaid i Morris a'r doctor wenu ar ei hyfdra iach. Beth bynnag, roedd hi'n hen gyfarwydd â hynodrwydd Morris a'i fanylder ffwdanus wrth drin bwyd. Yn sydyn diflannodd y wên o wefusau Morris wrth i bwl arall o gryndod ei ysgwyd. Ceisiodd ei reoli ei hun ond ni lwyddodd yn ei ymdrech i osgoi llygaid craff Doctor Lloyd.

"Hei, rwyt ti'n clafychu'r hen ddyn. Galwa yn y syrjyri bore fory. Fe ro i rywbeth bach i ti at yr annwyd 'na."

"Dim annwyd ydi e. A dweud y gwir, wn i ddim beth yw e'n iawn. Rhyw bwl o wendid, hwyrach."

Dychwelodd y weinyddes â hambwrdd ac arno wydr yn cynnwys mesur o wisgi Jameson, potel fach o ddŵr Ballygowan a thalpiau o rew mewn gwydryn arall. Gosododd y cyfan o'i flaen. Gollyngodd Morris ddau dalp o rew i'w wisgi a llanwodd y gwydryn â dŵr. Cymerodd sip cyn dal y gwydr i fyny rhyngddo a'r golau a'i droi. Gwyliodd y rhew yn chwyrlïo yn yr hylif aur gwelw.

"Hir oes, Lloyd."

Ymatebodd hwnnw drwy godi ei wydr ei hun a'i glicio'n ysgafn yn erbyn un Morris. "Amen, 'rhen ddyn. Amen."

"Hei, llai o'r 'hen' yna. Falle 'mod i braidd yn fusgrell heddiw. Ond dw i ddim yn barod i symud i'r gyfnewidfa arian yn y nef eto. Ddim cweit, beth bynnag."

Chwarddodd y ddau wrth i'r weinyddes ddychwelyd gyda phlatiaid o frechdanau eog mewn bara brown a'r crystyn wedi'i dorri i ffwrdd ohono. Ar ben y das frechdanau, yn gorwedd yn ddestlus fel tusw o flodau ar arch, roedd sypyn o bersli. Cododd Morris ei gyllell a'i defnyddio i wthio'r persli o'r neilltu. Gafaelodd mewn brechdan, ei hagor a'i gwynto'n ofalus cyn ei llowcio'n awchus.

"Ydyn, maen nhw'n ffresh, fel yr addawodd hi. Ond d'yn nhw ddim wedi dadrewi'n llwyr."

Gwenodd Lloyd. "O leia, does dim byd o'i le ar dy gylla di. Ond welais i erioed neb mor ofalus wrth fwrdd bwyd. Fe fyddet ti wedi gwynto'r bara yn y Swper Ola a'i ddanfon e'n ôl am ei fod e'n dechre llwydo. Os byth y bydd rhaid i fi gynnal post mortem arnat ti, fydd dim angen i fi chwilio am arwyddion o salmonela."

"Na fydd, dim diawl o beryg. Dyna pam dw i'n dod yma i fwyta. Drysau tro yn cadw pryfed allan. Gwyntyll yn hongian o'r nenfwd i gadw'r awyr i droi. A'r brechdanau'n cael eu cadw bob amser ar silff oer o dan orchudd. Fedri di ddim bod yn rhy ofalus. Fe ddylet ti, fel doctor, fod yn cymeradwyo hynny."

"Dylwn, mae'n debyg. Ond fel byddai Mam yn arfer dweud, ma' sens mewn yfed te â fforc. Os na fyddi di'n ofalus, fe all y peth droi'n obsesiwn."

Cochodd wyneb Morris. "Wyt ti'n awgrymu 'mod i ..."

"... Na, na, ddim o gwbwl." Sylweddolodd Lloyd iddo gyffwrdd â nerf a oedd braidd yn sensitif. "Meddwl o'wn i, petai pawb fel ti, y byddwn i a'm siort allan o waith." Teimlodd mai peth call fyddai newid y pwnc cyn i Morris bwdi. "Sut mae pethe yn y swyddfa? Ydi byd y broceriaid yn dal yn llewyrchus?"

Ymlaciodd Morris. "Fel nicyrs hwren, lan a lawr. Cofia, dim ond hobi, i bob pwrpas, yw'r cyfan i fi bellach, fel y gwyddost ti, a hynny'n bennaf er mwyn y wefr. Ond os medra i wneud ychydig o elw yr un pryd, mae hynny'n fonws. A rhyngot ti a fi, rwy' wedi bod yn ddigon llwyddiannus yn ddiweddar, os ca i ddweud." Tapiodd flaen ei fys ar ochr ei drwyn yn gyfrinachol. "Dim gair wrth y wraig, cofia."

Chwarddodd Lloyd yn uchel gan dynnu sylw gweddill y cwsmeriaid yn y bar. "Hen lwynog fuost ti erioed, a hen lwynog fyddi di. Ond iawn, dim gair. Prin iawn y bydda i'n gweld dy wraig di, beth bynnag, wedi iddi symud i dop y dre. Pa mor aml y byddi di'n gweld Angela y dyddiau hyn?"

"Dim ond pan fydd arni angen arian. A fydda i ddim yn ei gweld hi bryd hynny chwaith, dim ond gwrando arni'n sgrechian i lawr y ffôn. Ac os nad y hi fydd yn sgrechian, fe alli di fetio dy geiniog ola y bydd y naill neu'r llall o'r plant yn pledio tlodi ar ei rhan hi."

"Ond mae'r ddau'n ddigon hen i gynnal eu hunain bellach does bosib!"

"D'wed ti hynny wrthyn nhw, neu wrth mei ledi'r wraig. Hi yw'r drwg yn y caws. Hi sy'n eu hannog nhw i fegera. Does dim digon i'w gael iddi. Doedd hi ddim yn fodlon ar hanner gwerth y tŷ a gwerth hanner y busnes. Ond roedd hynny'n bris bychan iawn i'w dalu i gael gwared o'r bitsh."

"Ond does dim rhaid i ti wrando arni."

"Nac oes. Ond mae'n well gen i daflu ambell siec i'r plant er mwyn cael llonydd."

Llyncodd Lloyd y gweddill o'i wisgi a phwyso'n ôl yn ei gadair. "Petait ti'n derbyn fy nghyngor i ac yn ymddeol yn llwyr fe fyddai gen ti esgus i wrthod chwarae eu gêm fach nhw."

"Hwyrach dy fod ti'n iawn. Ac ar adegau fel hyn fe fydda i'n ystyried hynny."

Gorffennodd Morris ei frechdanau a sipio diferion ola'i wisgi. Cododd Lloyd ddau fys ar y weinyddes. Chwarddodd honno. Roedd codi dau fys arni yn ddefod ddyddiol gan y doctor erbyn hyn, er mawr syndod i gwsmeriaid dieithr. Gwyddai'r ferch a'r mynychwyr selog, wrth gwrs, mai ffordd Lloyd o archebu dau wisgi oedd yr arwydd. Ac wrth yfed y rheini, a dau arall i ddilyn, fe ymestynnodd awr ginio Blackwell a Lloyd yn awr a hanner.

Roedd gan Meira Rowlands broblem. Er archwilio'r carped drwy'i chwyddwydr mor drylwyr â Sherlock Holmes ni lwyddodd i ganfod yr un sbecyn o lwch, heb sôn am gorff pryfyn glas. Ac roedd hynny'n ei phoeni. Nid y ffaith iddi fethu canfod pryfyn marw a'i poenai yn gymaint â'r esboniad y byddai'n rhaid iddi ei roi i'w chyflogwr. Yno wrth ei desg aeth drwy ryw ymarfer bach.

"Naddo, Mr Blackwell, welais i ddim byd."

A dyna fyddai'r gwir, wrth gwrs.

"Do, Mr Blackwell. Un mawr oedd e hefyd. Reit o dan eich cadair. Fe wnes i ei olchi fe i lawr y toiled. Ac rwy' wedi rhwbio Dettol ar y carped lle'r oedd e'n gorwedd."

Clywodd sŵn traed ei chyflogwr yn dringo'r grisiau. Ymddangosodd Morris yn y drws a chamodd draw ati. Caeodd hi ei llygaid am eiliad wrth i aroglau'r wisgi ymosod ar ei ffroenau. Pa ateb a roddai hi?

"Wel, Miss Rowlands, wnaethoch chi ei ffeindio?"

Croesodd Meira ei bysedd y tu ôl i'w chefn. "Do, Mr Blackwell. Un mawr oedd e hefyd. Reit o dan eich cadair. Fe wnes i ei olchi i lawr y toiled ..."

"... Wnaethoch chi rwbio Dettol ar y man lle'r oedd e'n gorwedd a rhoi chwistrelliad da o Vapona i'r swyddfa?"

"Do, Mr Blackwell, ac i'r stafell hon hefyd."

Roedd hynny, o leiaf, yn wir. Gwyntodd Morris yr awyr o'i gwmpas er mwyn cael cadarnhad a gwenodd Meira wrth iddo disian (ddwywaith) ar ei ffordd i mewn i'w swyddfa.

Suddodd Morris i ddyfnder meddal ac esmwyth ei gadair a syllodd o'i gwmpas. Roedd y cur yn ôl yn ei ben. Ni ddylai fod wedi ildio i anogaeth Lloyd i yfed y wisgi ola 'na. Ac roedd presenoldeb y pryfyn yna'n gynharach wedi'i ysgwyd yn fwy nag yr hoffai ei gyfaddef. Hwyrach fod Lloyd yn iawn. Roedd glanweithdra'n dechrau troi'n obsesiwn ganddo.

Eto i gyd, ni fedrai gael y dirgelwch o'i feddwl. Syllodd o'i gwmpas yn chwilfrydig unwaith eto gan geisio dyfalu sut yn y byd y llwyddodd y trychfil budr i dorri trwy ei amddiffynfeydd. Y drws, wrth gwrs, oedd yr ateb mwyaf tebygol. Ac eto roedd Miss Rowlands fel arfer mor ofalus. Cododd a cherdded at y ffenest a thynnu'r llenni lliw hufen yn ôl i'w terfyn. Na, roedd y ffenest gwydr-dwbwl yn dal ynghau. Rhedodd gefn ei law ar hyd ei hymylon. Doedd dim cymaint â chwa o awel i'w theimlo ar ei arddwrn. Roedd y digwyddiad yn dal yn ddirgelwch llwyr.

Bellach, teimlai'r poenau yn ei ben yn dwysáu, rhyw

guriadau plyciog yng nghraidd ei ymennydd. Cerddodd i stafell Miss Rowlands ac yn ei flaen i'r stafell ymolchi a oedd hefyd yn doiled. Agorodd y cwpwrdd cymorth cyntaf a thynnu allan botel fach blastig frown o Brufen 600 a gawsai fisoedd ynghynt gan Doctor Lloyd i esmwytho'r ddannodd. Arllwysodd ddwy dabled ar gledr ei law a'u gosod ar ganol ei dafod. Yna llanwodd wydr â dŵr. A chyda help hwnnw llwyddodd i lyncu'r ddwy dabled. Roedd ar fin rhoi'r botel yn ôl yn y cwpwrdd pan oedodd. Ailagorodd y botel a defnyddiodd weddill y dŵr i lyncu trydedd dabled. Roedd hyn yn nifer uwch na phresgripsiwn Doctor Lloyd. Ond i'r diawl â hynny.

Sychodd Morris ei wefusau â'i hances boced a syllodd i fyw ei lygaid ei hun yn y drych. Ni hoffai'r hyn a welai. Roedd ôl blinder arnynt. Wrth gerdded allan, gan wthio'r botel dabledi i boced ei gôt, daeth i benderfyniad.

"Miss Rowlands, mae gen i gleient am bedwar, os ydw i'n cofio'n iawn."

Fe wyddai Meira hynny, ac fe wyddai'n dda pwy oedd y darpar-gleient. Ond teimlai y dylai chwarae rhan yr ysgrifenyddes gydwybodol yn llawn. Trodd at sgrin y cyfrifiadur o'i blaen a gwasgodd fotwm.

"Oes, John Steadman, cyn-reolwr y Co-op."

"O, ie. Wel, gwell i chi ei ffonio a dweud wrtho fe na fedra i 'i weld e heddiw. Fe fydd John yn deall yn iawn. Gwnewch apwyntiad arall gydag e."

Cyn i Meira gael cyfle i ddatgan ei syndod roedd Morris, heb gasglu ei gôt na'i sgarff na'i ges dogfennau, na hyd yn oed gau drws ei swyddfa, wedi brasgamu heibio iddi ac i lawr y grisiau a'i law ar ei dalcen.

Roedd Morris Blackwell yn rhythu i lygaid poenus yr erchyllbeth a hongiai ar wal ei swyddfa. Ond teimlai fod rhywbeth yn wahanol yn y llun. Doedd y darlun ddim yn gyfan. Dim ond yr wyneb yn unig oedd yn y ffrâm. Doedd dim sôn am y bont lle safai perchennog yr wyneb. Ac roedd y ddau ffigwr a ddynesai ato dros y bont ynghyd â'r awyr hunllefus a phopeth arall wedi diflannu. Y cyfan a arhosai oedd yr wyneb melyn, memrynaidd a'i safn led y pen ar agor a'r dwylo wedi'u gwasgu dros y clustiau fel petaent yn ceisio cau allan rywbeth arswydus. A cheisiai'r geg ddweud rhywbeth, sgrechian rhywbeth. Ond ni ddeuai'r un sŵn allan.

A dyna pryd y sylweddolodd Morris mai ei wyneb ef ei hun oedd yn syllu arno, yn ymbil arno. Ei wyneb ef ei hun mewn drych. Unwaith eto ceisiodd sgrechian. Ond methodd. Y cyfan y medrai ei wasgu o gorn ei wddf oedd crawc wag. Roedd rhywbeth (neu ryw bethau) yn llenwi ei wddf ac yn ei atal. Yn ei fygu. Ac eto, roedd y rhywbeth (neu'r rhyw bethau) a lenwai ei wddf yn symud i fyny'n araf fel cyfog trwchus. Ceisiodd besychu. Ond roedd corn ei wddf yn rhy lawn.

Teimlodd y rhwystr yn symud yn raddol, yn cripian yn araf o'i ysgyfaint, o'i stumog. Ceisiodd chwydu, ond ni fedrai. Nid hylif sur, chwerw a deimlai yn gwthio'i ffordd yn araf i'w wddf ond talpiau sych, cras. A rheini'n symud yn dorfol. Talpiau sych, cras fel petaent yn symud trwy eu grym eu hunain. Talpiau sych, cras. Talpiau byw.

Yn raddol cyrhaeddodd y saig ei geg a'i llenwi gan chwyddo'i fochau wrth i'r llifeiriant trwchus wthio'i ffordd at ei wefusau. Yna, yn y drych, gwelodd chwydfa ddu o bryfed boliog yn eu datgysylltu eu hunain o lysnafedd o boer a chyfog gan dreiglo'u ffordd allan o'i geg. Disgynnodd rhai ar hyd ei gorff ac ar y llawr o'i gwmpas. Cododd eraill yn gwmwl tywyll. Cannoedd o bryfed yn hymian, mwmian a grwnian o gwmpas ei ben. Cannoedd o bryfed yn llunio patrymau symudol, digynllun o flaen ei lygaid.

Am ryw reswm daeth i'w feddwl ddarlun o gymeriad cartŵn papur newydd yn siarad, a'r geiriau wedi'u gosod mewn balŵn yn dod allan o'i geg. I rywbeth felly yr ymdebygai'r llun yn y drych ond mai pryfed oedd yn llunio'r llythrennau oedd yn creu'r geiriau symudol, diystyr a di-siâp.

Chwyddodd y cwmwl du a chynyddodd hymian dioglyd y giwed yn sŵn llif gron yn ymosod ar foncyff derwen.

Gwingodd wrth deimlo rhai o'r pryfed yn disgyn ar ei gnawd, ar ei ben, yn ei lygaid ac yn ymwthio i'w ffroenau. Fe'u teimlai nhw'n cripian i lawr ei war o dan goler ei grys, i fyny'i freichiau o dan ei lewys ac i fyny dan goesau ei drowser. Oni bai fod ei ddwylo'n dal wedi'u gwasgu dros ei glustiau gwyddai y byddent yn ymwthio i'r rheini hefyd. Teimlai fel ysgwyd ei gorff er mwyn eu gwaredu. Ond ni fedrai symud na llaw na throed. Roedd wedi'i barlysu.

O'r diwedd teimlodd Morris yr olaf o'r haid yn stryffaglu o'i wddf ac ar draws ei dafod, ac allan i ymuno â'r cwmwl oddi allan. Yn y drych medrai eu gweld yn aros am ennyd wrth gael eu dallu gan y golau cyn lledu eu hadenydd a chodi i'r awyr. Wrth i'r olaf godi, teimlodd ei gyhyrau'n llacio. Llwyddodd i symud ei draed. Ac wrth iddo wneud hynny sathrodd rai o'r pryfed oedd wedi disgyn ar lawr. Clywodd sŵn eu cyrff yn crensian wrth iddo'u mathru. Gwasgodd ei ddwylo'n dynnach dros ei glustiau a sgrechiodd gan chwalu'r pryfed i bob cyfeiriad.

Dihunodd Morris yn domen o chwys i eco'i sgrech ei hun. Teimlai ei galon yn curo fel gordd gan fygwth saethu allan o'i fron. Cododd i eistedd ar erchwyn y gwely. Arafodd curiadau'r ordd ond teimlai gur yn dal i forthwylio yn ei ben. Camgymeriad fu llyncu dwy dabled ychwanegol o'r Brufen 600 ar ben y tair arall, a hynny gyda help joch o wisgi. Oedd, roedd y tabledi wedi gwneud eu gwaith ac wedi'i gnocio allan mor effeithiol ag ergyd â phastwn. Ond doedd yr un dabled wedi'i darganfod a allai ddiffodd breuddwyd hunllefus.

Ymlwybrodd i'r gegin ac arllwys llond gwydr o ddŵr potel o'r oergell. Irodd yr oerfel ei geg grasboeth. Teimlodd yr hylif grisial yn clirio'r cen oddi ar ei dafod. Garglodd yn hir ac yn uchel cyn poeri'r dŵr i'r fowlen. Ond ni laciodd y curo yn ei ben.

Y blydi llun yna ar wal ei swyddfa. Dyna oedd wedi sbarduno'r uffern o hunllef y bu ynddi. Hwnnw a'r pryfyn cythraul a lwyddodd i gyrraedd sancteiddrwydd ei swyddfa. Rhywfodd roedd y ddau wedi cyfuno i droi cwsg yn freuddwyd a breuddwyd yn hunllef.

Cerddodd yn ôl i'w lofft a gorwedd ar y gwely gan syllu ar y nenfwd. Oedd, roedd y cur pen yn fwy nag effaith annwyd. Rhaid fyddai derbyn gwahoddiad Doctor Lloyd a galw yn y syrjyri. Fe fyddai gan yr hen Lloyd ryw feddyginiaeth bwrpasol a gwyrthiol a wnâi ei helpu. Ymdawelodd a chaeodd ei lygaid yn ysgafn. Doedd e ddim am ailsyrthio i gysgu a rhoi ailgychwyn i'r hunllef. Gadawodd i'r tawelwch dreiddio i bob rhan o'i gorff a'i enaid.

Ac yna clywodd hymian uwch ei ben. Neidiodd ar ei draed yn wyllt gan chwilio ym mhob cornel o'r stafell â'i lygaid. Doedd dim byd i'w weld. Ac am yr eildro mewn pum munud fe sgrechiodd. Ond y tro hwn roedd Morris Blackwell ar ddihun.

Cloch y ffôn, nid sgrech, a wnaeth ddihuno Morris o'i ail gyfnod o gwsg. Ymbalfalodd yn gysglyd am y derbynnydd gan daflu golwg brysiog ar y cloc wrth ei benelin. Nefoedd fawr, roedd hi'n chwarter i ddeg. Doedd dim angen gofyn pwy oedd yn ffonio.

"O, Mr Blackwell, diolch byth. Dyma'r eildro i fi'ch ffonio chi'r bore 'ma. Rown i'n ofni bod rhywbeth wedi digwydd i chi."

Daeth y celwydd iddo'n rhwydd. "Na, na, Miss Rowlands, does dim byd wedi digwydd. Ma' popeth yn iawn. Clcient wedi digwydd galw yn y tŷ yn ddirybudd, dyna i gyd. Fe fydda i draw toc."

Gosododd y derbynnydd yn ôl yn ei grud a sylweddoli iddo, fel cynt, gysgu yn ei ddillad. Ond o leiaf roedd wedi cael cwsg, a hwnnw'n gwsg tawel y tro hwn. A chwsg dwfn hefyd, mae'n rhaid, os na chlywodd ganiad cynta'r ffôn. Medrai wynto aroglau'r chwys ar ei gorff, chwys wedi sychu erbyn hyn. Crychodd ei drwyn.

Ni fedrai gofio pryd y gwnaeth syrthio i gysgu. Cofiai iddo daro golwg ar y cloc droeon wrth ymladd yn erbyn blinder. Ond y peth pwysig oedd iddo gysgu'n dawel. Ac yn sydyn sylweddolodd ei fod e'n teimlo'n well, yn llawer gwell. Roedd ei ben yn glir a, diolch i'r drefn, roedd yr hymian wedi peidio. Rhaid mai rhyw nam ar y golau ffliworesent a fu'n gyfrifol am y sŵn. Fe allai hynny ddigwydd weithiau. Yn sicr, ni fu'r un pryfyn yn y stafell. Roedd hynny'n amhosib. Yr un mor amhosib ag yr oedd hi i bryfyn ganfod ei ffordd i'w swyddfa.

Er mwyn tawelu ei feddwl gafaelodd mewn copi deuddydd oed o'r *Telegraph* a orweddai ar y cwpwrdd wrth erchwyn ei wely. Plygodd y papur ddwywaith a'i chwifio o gwmpas fel rhyw chwaraewr tennis gwallgof. Yna safodd yn ei unfan yn gwylio a chlustfeinio. Doedd yr un sbecyn i'w weld, yr un smic i'w glywed.

Gwenodd a diosg ei ddillad a cherdded i'r gawod gan adael i'r dŵr cynnes olchi i ffwrdd y chwys a'r hunllef. Wrth iddo'i rwbio'i hun â thywel trwchus, meddal teimlodd fel wynebu'r byd unwaith eto. Hymiodd wrtho'i hun wrth frwsio'i ddannedd. Gwisgodd ddillad isaf glân o'r cwpwrdd awyru a dewisodd drowser a chôt ysgafn o'r wardrob. Cyn gadael llyncodd hanner peint o lefrith sgim o'r oergell. Teimlai ryw ysgafnder yn ei gerddediad wrth iddo gamu allan a chau'r drws yn glep ar ei ôl.

Yn wir, teimlai Morris cystal fel na wnâi drafferthu i alw yn syrjyri Doctor Lloyd wedi'r cyfan. Cychwynnodd injan y car a gwasgodd fotwm ar y set radio a oedd wedi'i rhagraglenni i Radio 2. Dros donfeddi'r awyr cyhoeddai Louis Armstrong fod y byd yn lle rhyfeddol. Cytunai Morris Blackwell yn llwyr â'r hen Satchmo a dechreuodd daro'i fysedd yn rhythmaidd i amseriad y gân ar ymylon yr olwyn lywio. Ie, coedydd gwyrddion a rhosod cochion yn tyfu er ei fwyn. Cydganodd â Louis wrth i hwnnw werthfawrogi lliwiau'r enfys ac awyr las, goleuni'r dydd a thywyllwch y nos. Oedd, roedd hyd yn oed tywyllwch y nos yn swnio'n rhywbeth hyfryd erbyn hyn.

Doedd dim curo ar yr hen ganeuon, meddyliodd Morris wrth yrru yn ei flaen. Arafodd er mwyn caniatáu i hen wreigan oedd yn gwthio troli o siop Spar groesi'r stryd. Ac yna, dros lais Satchmo, clywodd sŵn hymian yn ei glustiau. Edrychodd yn wyllt o'i gwmpas. Llithrodd ei droed ar y pedalau a neidiodd y car fel llewpard. Clywodd sŵn sgrialu teiars, gwichian brêcs, cyrn ceir yn udo a lleisiau'n gweiddi. A rhyngddo a'r awyr las, drwy ffenest flaen chwilfriw ei Audi 2000, y peth olaf a welodd Morris oedd wyneb yr hen wraig yn troi yn erchyllbeth melyn. Gwasgai ei dwylo dros ei chlustiau ac roedd ei cheg led y pen ar agor mewn ystum o sgrech ddi-sŵn.

Fel arfer, pan ddaw rhywun drwy ddamwain car bron iawn yn ddianaf, mae'n ei ystyried ei hun yn ffodus. Ac felly y teimlai Morris Blackwell wrth iddo gael ei ryddhau yn dilyn archwiliad yn adran ddamweiniau'r ysbyty. Ond ychydig a wyddai Morris ar y pryd y byddai marwolaeth lân a sydyn wrth olwyn lywio'i gar wedi bod yn ddigwyddiad caredig a thrugarog. Wrth ganmol ei lwc, ni wyddai am yr erchyllterau i ddod, am yr adegau hynny pan fyddai'n crefu ac yn ymbil am gael marw.

Ar wahân i ergyd ar ei ben ac ychydig o boenau yn ei frest wedi iddo daro'r olwyn lywio teimlai Morris yn hynod iach. Doedd hynny ddim yn wir am ei Audi. Ond car oedd car. Yr hyn a swatiai'n llechwraidd yng nghefn ei feddwl oedd achos y ddamwain. Ceisiai ei argyhoeddi ei hun mai mater o droed yn llithro ar bedal a fu'n gyfrifol am y cyfan. Camgymeriad syml, dyna i gyd. Ond yn y bôn ni fedrai wthio o'i gof yr hymian a achosodd iddo wylltio. A'r hen wraig wedyn. Mynnai'r wyneb a wnaeth weddnewid yn erchyllbeth fel yn y llun ymddangos o flaen ei lygaid dro ar ôl tro fel tâp fideo ar sgrin.

Wrth iddo gerdded o'r ysbyty am y dref penderfynodd gael gair â Doctor Lloyd. Teimlai fel siario'i faich â rhywun. A Lloyd fyddai'r dyn delfrydol fel ffrind ac fel meddyg. Ond faint o'r gwir y medrai ei ddatgelu heb wneud iddo fe'i hun swnio fel gwallgofddyn?

Fe âi'r un cwestiwn drwy ei feddwl wrth i Lloyd gornio'i frest. Fe fyddai adrodd hanes y ddamwain ei hun, neu'r hyn a gofiai amdani, yn beth hawdd. Ac eto roedd 'na rai pethau na fynnai eu cofio.

"Ffwndro wnes i, Lloyd, dyna i gyd. Hen wraig yn gwthio troli siopa ar draws y stryd, a hynny yn erbyn y golau coch. Fe wnes i arafu, ac roedd hi fel petai hi wedi stopio. Ond ar yr eiliad ola fe benderfynodd groesi. Ac roedd hi'n rhy hwyr i fi stopio."

"Wel, mae'n dda na chafodd neb ei anafu'n ddrwg, na thi na'r hen wraig."

"O, sdim angen i ti boeni amdani hi. Ar wahân i golli tipyn o urddas wrth iddi ddisgyn yn fflat ar ei phen ôl, a tholc neu ddau yn ei thuniau bêc bîns, does ganddi ddim byd i boeni yn ei gylch. Ond rwy'n teimlo'n flin i'r peth ddigwydd. Un mistêc dwl, dyna i gyd."

"Mae e'n gallu digwydd i'r gorau, Morris bach ... Ond cymer anadl hir, ddofn ... Dyna ni. A chadw hi i mewn."

Gwingodd Morris wrth i'r doctor osod y stethoscop oer ar ei feingefn. "Wn i ddim pam fod angen hyn," protestiodd yn ofer. "Fe ges i archwiliad manwl yn yr ysbyty. Dod yma atat ti am sgwrs wnes i, dyna i gyd."

"Paid â bod yn gymaint o fabi. Gan dy fod ti yma, cystal i ti gael barn rhywun arall."

Ymsythodd Morris wrth i'r doctor gilio oddi wrtho. Gwthiodd gwt ei grys yn ôl i'w drowser. "A beth yw'r farn honno?"

Plygodd Lloyd goesau'r stethoscop yn ôl i'w lle a gosod yr offeryn ar ei ddesg. Eisteddodd gyferbyn â Morris a chroesi ei freichiau. "Yr un farn y gwnes i ei chynnig i ti ddoe. Mae'n hen bryd i ti ymddeol. Pan fo rhywun yn gwasgu'r sbardun yn lle'r brêc ac yn llwyddo i osgoi unrhyw anaf mae e'n ymddangos yn ddigwyddiad dibwys. Ond mae e'n darogan y posibilrwydd o rywbeth gwaeth i ddod. Yn union fel twtsh o glefyd y galon. Mae e'n rhybudd y dylai rhywun arafu ei gorff yn ogystal â'i feddwl."

"Ond mae pawb yn gwneud mistêc. Beth bynnag, nid anghofus fues i. Rhywbeth dynnodd fy sylw."

Gwenodd Lloyd. "Pishyn hirgoes mewn sgert fini'n dangos ei thin? Tyrd nawr, rwyt ti wedi mynd yn rhy hen i hynny hefyd."

Bu tawelwch am rai eiliadau wrth i Morris benderfynu a ddylai ddatgelu'r gwir, neu o leiaf ran o'r gwir. Penderfynodd ddweud y cyfan am y sŵn yn ei glustiau. Disgrifiodd yr hymian rhyfedd a glywai'n achlysurol. Ond ni ddisgrifiodd ei hunllef y noson cynt. Disgwyliai i Lloyd chwerthin. Ond roedd wyneb y meddyg yn gwbwl ddifrifol.

"Wyt ti wedi bod yn dyst i ryw sŵn sydyn, uchel yn ddiweddar?"

"Dim ond crawcian Angela i lawr y ffôn."

Anwybyddodd y doctor y sylw'n llwyr. "Rhyw sŵn uchel, sydyn fel ffrwydrad, falle?"

Meddyliodd Morris am ychydig cyn ysgwyd ei ben yn ddryslyd. "Na'dw, ddim byd y medra i 'i gofio. Ond pam rwyt ti'n gofyn?"

"Ac rwy'n gwybod yn dda nad wyt ti'n gweithio mewn sŵn uchel yn rheolaidd. Beth am iselder neu ofid?"

Unwaith eto ysgydwodd Morris ei ben. Doedd e ddim am sôn am yr hunllef, na'i heffaith arno. Ddim eto.

"Wyt ti wedi bod ar gwrs go drwm o *antibiotics* yn ddiweddar heb ddweud wrtha i?"

"Dim ond dwy neu dair Brufen ddoe a neithiwr. Ond pam rwyt ti'n gofyn hyn i gyd?"

Cododd Lloyd a cherdded o gwmpas y stafell yn fyfyrgar. "Mae'r symptomau'n awgrymu tinnitus."

"A beth yw hwnnw pan fydd e gartre?" Chwibanu yn y tywyllwch yr oedd Morris gan geisio gwneud yn ysgafn o'i salwch. Ond gwyddai na fedrai dwyllo Lloyd.

"Fe all fod yn ddim byd – wel dim byd a all beryglu dy fywyd di. Hynny yw, os mai tinnitus ydi e. Mae e'n effeithio ar un o bob chwech o oedolion ar ryw adeg neu'i gilydd ac mewn llawer o achosion yn diflannu yr un mor annisgwyl ag yr ymddangosodd. Yn aml mae e'n arwydd o gyrraedd y canol oed hwyr. A dweud y gwir, dim ond mewn rhyw un achos y cant y mae e'n amharu ar fywyd normal y dioddefwr."

Ymlaciodd Morris. "Ro'wn i'n ofni mai newydd gwironeddol ddrwg oedd gen ti, 'rhen ddyn. Rwy'n teimlo'n well yn barod."

"Mewn un ffordd fe ddylet ti deimlo'n eitha balch. Wedi'r cyfan, rwyt ti mewn cwmni da. Roedd Martin Luther King yn diodde ohono fe. Jean-Jacques Rousseau hefyd. Heb sôn am Beethoven. Ac edrych beth y gwnaeth hwnnw'i gynhyrchu."

"Diawl, fe fydda i wedi cyfansoddi symffoni ymhen yr wythnos. Gei di weld."

Ond dal i edrych braidd yn ddifrifol a wnâi Lloyd. "Fel y dwedes i, os mai tinnitus ydi e, wel, fydd dim angen i ti ychwanegu at bremiwm dy bolisi insiwrin. Ond os nad tinnitus ydi e, fe all fod yn symptom o nifer o bethe, yn amrywio o ddiffyg gwaed i broblem gyda'r arterïau neu hyd yn oed dyfiant ar yr ymennydd. Ond yn dy achos di fe fyddwn i'n fodlon betio ar tinnitus. Yn aml iawn mae e'n cychwyn fel byddardod mewn un glust. Yna, fisoedd wedyn, hwyrach, mae'n bosib iddo ddatblygu yn fertigo. Ac mae'n ddigon i ddihuno rhywun yn sydyn o'i gwsg. Fe all wneud i ti deimlo'n benysgafn am oriau bwy gilydd a gwneud i ti deimlo braidd yn simsan ar dy draed. Ac ar ei waetha fe all arwain at chwysu trwm a chyfogi."

Siriolodd Morris drwyddo. Cododd ar ei draed a gosododd ei law ar ysgwydd y doctor. "Lloyd, rwyt ti'n ddewin. Rwyt ti wedi'i ddisgrifio fe bron yn berffaith."

Ond eto nid oedd y doctor yn gwbwl hapus. "Yr unig beth rhyfedd yn ôl dy ddisgrifiad di yw mai sŵn hymian rwyt ti'n ei glywed. Fel arfer mae claf sy'n diodde o tinnitus yn disgrifio sŵn dŵr yn llifo'n gryf, neu swn stêm yn chwythu. Ond dyna fe, mae'n debyg fod hymian yn dod i'r un categori."

"Oes gen ti ryw dabledi gwyrthiol, yn ôl dy arfer, i leddfu'r salwch?"

Meddyliodd Lloyd am ychydig cyn mynd at y cwpwrdd cyffuriau. Tynnodd allwedd o'i boced a'i gwthio i lygad y clo a'i throi cyn mwmian wrtho'i hun tra chwilotai ar hyd y silffoedd. "Ddylwn i ddim gwneud hyn, cofia. Felly, dim gair wrth neb."

Dychwelodd at Morris â hanner dwsin o dabledi bach gwyn ar gledr ei law. Gafaelodd mewn amlen ac arllwys y tabledi'n ddestlus i mewn iddi.

"Dyma i ti ychydig o Tegretol. Nawr, rwy'n gwybod nad wyt ti'n diodde o glefyd y galon neu fyddwn i byth yn meiddio rhoi'r rhain i ti. Fe fedrwn i roi Mexiletine i ti, ond mae hwnnw'n fwy peryglus. Fe all effeithio ar y stumog ac ar dy lygaid di – gwneud i ti weld dwbwl. A dim sôn am wisgi rydw i nawr. Ond fel gormod o wisgi fe all dy ddrysu di hefyd ac achosi cryndod. Felly dim Mexiletine."

Derbyniodd Morris y tabledi'n ddiolchgar. "Fe wyddwn i y gallwn i ddibynnu arnat ti."

Anwybyddodd Lloyd y diolchiadau. Gosododd ei ddwy law ar ysgwyddau Morris gan syllu i'w lygaid yn ddifrifol. "Nawr, gwranda'n astud. Un dabled 100 miligram y dydd o Tegretol. Dim mwy, cofia. A dim gair wrth neb. Fel arfer fe fyddwn i'n mynnu adroddiad gan arbenigwr ENT o'r ysbyty cyn cyflwyno'r rhain i ti. Ond gan mai ti wyt ti, a thithau'n dipyn o hen heipocondriac, wel, fe gymera i'r siawns."

Agorodd Lloyd y drws ac aeth Morris allan yn ddyn newydd. Doedd pethe ddim cynddrwg wedi'r cyfan. Prin iawn y cyffyrddai ei draed â'r palmant wrth iddo gerdded i'w swyddfa. Petai wedi troi i edrych dros ei ysgwydd byddai wedi gweld golwg ofidus ar Doctor Lloyd wrth i'w lygaid ddilyn y claf i fyny'r stryd.

Problem fwyaf Morris wedi iddo gyrraedd ei swyddfa oedd ceisio perswadio'i ysgrifenyddes ei fod e'n holliach wrth iddi glwcian o'i gwmpas fel iâr ffwdanus.

"Does dim byd i fi na chithe ofidio amdano, Miss Rowlands. Yn ôl yr ysbyty, ac ym marn Doctor Lloyd, rwy mor iach â'r gneuen. Felly fe fydd yn rhaid i chi ddygymod â fi ychydig yn hwy."

Ond doedd dim modd cael perswâd ar Meira. Bron iawn na wnaeth hi ei lusgo i'w gadair. A bwriadai aros wrth ei ysgwydd nes iddo lowcio pob diferyn o'r coffi melys a baratoesai ar ei gyfer.

"Miss Rowlands, er mwyn popeth, dydw i ddim yn hen groc methedig." Fe'i ceryddodd yn ysgafn heb unrhyw arwydd o feirniadaeth. Chwarae teg iddi, meddyliodd, roedd ei chonsýrn hi'n gwbwl ddilys. "Nawr, ewch 'nôl at eich gwaith. Fe fydda i'n berffaith iawn."

Ciliodd Meira wysg ei chefn at y drws, gan ddal i glwcian. "Cofiwch fod Mr Steadman yn galw i'ch gweld chi ymhen pum munud. Ydych chi'n siŵr eich bod chi'n ddigon iach i'w weld e?"

O'r diwedd dechreuodd Morris golli ei amynedd. "Miss Rowlands, fe fydda i'n iawn. Nawr, ewch yn ôl at eich desg. A phan gyrhaeddith Steadman, anfonwch e i mewn."

Wrth i'r drws gau yn ysgafn y tu ôl i'w ysgrifenyddes cafodd Morris gyfle i ymlacio. A chan fod ei goffi wedi dechrau oeri, daliodd ar y cyfle i ddefnyddio llwnc go helaeth i helpu un o'r tabledi i lawr. Er bod olion poen yn dal i guro'n ddwfn yn ei ben roedd ei glyw yn glir. Dim sôn am unrhyw hymian ar wahân i rwndi isel a chysurlon y system dymheru.

Gafaelodd ym mhell-reolydd y teledu a gwasgu botwm. Goleuodd sgrin y set yn y gornel. Trodd at dudalennau electronig *Sharecheck* a gwelodd fod ei hoff gwmnïau yn dal ar i fyny yn y farchnad. Na, doedd bywyd ddim cynddrwg wedi'r cyfan.

Clywodd sŵn traed y tu allan ac isleisiau ei ysgrifenyddes a Steadman yn cyfarch ei gilydd. Roedd ei gleient dair munud yn gynnar. Gwelodd y drws yn agor a Miss Rowlands yn arwain i mewn ŵr canol oed trwsiadus a phorthiannus yr olwg. Yn dilyn cyfarchion anffurfiol dau gydnabod derbyniodd Steadman wahoddiad Morris i eistedd wrth y ddesg gyferbyn ag ef. Ond cyn i'r sgwrs ffurfiol gychwyn roedd yr ymwelydd ar ei draed ac yn cerdded ar draws y swyddfa at y darlun ar y wal.

"Wyddwn i ddim eich bod chi'n arbenigwr ar gelfyddyd fodern?"

Edrychodd Morris braidd yn hurt. "Dydw i ddim."

"Wel, mae'n syndod i fi weld gwaith Münch yn eich swyddfa chi."

"Dyna enw'r artist sy'n gyfrifol am y fath erthyl, aiê? Wel, dyna fi wedi dysgu rhywbeth newydd heddiw."

Twt-twtiodd Steadman. "Dewch nawr, ddylech chi ddim bychanu un o artistiaid mawr y cyfnod modern. Mae hwn yn cael ei ystyried yn glasur. 'The Scream', 1893. Ac fe wnaeth yr artist engrafiad ohono a thorlun pren yn ddiweddarach, cyn iddo gael ei daro'n wael. Problem gyda'i nerfau, mae'n debyg."

"Dyw hynny'n synnu dim arna i. Mae'r llun yna'n chware'r diawl â'm nerfau inne. Ond wyddwn i ddim fod gennych chi ddiddordeb yn y math yma o beth?"

"Wel, oes. Ar ôl ymddeol rwy' newydd ddechre dilyn dosbarthiadau nos ar gelfyddyd yn y coleg ac mae Edvard Münch yn un o'r artistiaid sy'n cael eu hastudio." Trodd yn ôl at y llun gan symud ei ben o'r naill ochr i'r llall mewn osgo gwerthfawrogol.

Ni chafodd ei frwdfrydedd fawr o argraff ar Morris. Penderfynodd ar unwaith mai siwd celfyddydol oedd y cleient a safai ym mhen draw'r swyddfa. Ond doedd dim pall ar Steadman. Cyflwynodd y ffeithiau i Morris fel petai wedi eu dysgu ar ei gof o gatalog. A hwyrach, meddyliodd Morris, ei fod.

"Ie, Edvard Münch, 1863-1944, artist o Norwy sy'n enwog am gylch o ddarluniau sy'n cael ei adnabod fel 'Frieze of Life'; mae hwn, ei lun enwoca o ddigon, yn un ohonyn nhw. Mae gennych chi drysor fan hyn, Blackwell. Nid siarad am ei werth ariannol rydw i nawr, wrth gwrs, gan mai atgynhyrchiad yw hwn. Sôn rydw i am ei werth esthetig."

Sylweddolodd Morris fod ganddo yn ei swyddfa ddiflasyn o'r radd flaenaf yr oedd gofyn cael gwared ohono cyn gynted â phosib. Ond heb ei wylltio. Doedd e ddim am golli cleient.

"Wrth gwrs, r'ych chi'n berffaith iawn. Rwy'n cywilyddio'n aml wrth fy niffyg gwerthfawrogiad o bethe artistig. Rhaid i ni drefnu i gyfarfod dros ddiod fach ryw noson. Fe fyddwn i wrth fy modd yn dysgu am y byd celfyddydol. Ond ar hyn o bryd gwell fyddai i ni droi at yr hen fyd materol. Sut medra i'ch helpu chi, Mr Steadman?"

Yn ôl yn ei fflat, yn dilyn awr a hanner o ymresymu arianyddol â'r bôr celfyddydol, roedd Blackwell mor llipa â chlwtyn llestri. Teimlai boen yn grwnian ym mherfeddion ei ben. Nid poen yn gymaint â rhyw hen deimlad annifyr, rhyw gyfuniad o feigryn a chanlyniad noson o yfed trwm.

Effaith y ddamwain, meddyliodd. Fe allai'r fath ddigwyddiad gael effaith oriau neu ddyddiau'n ddiweddarach. Ond wrth i'r grwnian yn ei ben gynyddu cofiodd am dabledi Doctor Lloyd. Er gwaetha rhybudd ei feddyg arllwysodd ddwy dabled Tegretol ar gledr ei law a'u llyncu, gyda chymorth joch o lefrith. Gorweddodd ar y soffa a dechreuodd bori trwy'r *Western Mail*. Cyn hir roedd y papur yn gorwedd yn anniben ar y carped a Blackwell yn morio chwyrnu. Ond cwsg anesmwyth a ddaeth i'w ran.

Gwelodd Morris ei hun yn gorwedd yn noeth ar ei wely. Wrth edrych i lawr ar hyd ei gorff ni fedrai weld blaenau ei draed, a hynny am fod ei fol wedi chwyddo cymaint. Edrychai fel menyw feichiog a oedd ar fin esgor ar efeilliaid. Ac yn ddwfn yn ei fol teimlai boenau esgor. Sgrechiodd mewn poen wrth i'r presenoldeb yn nyfnder ei ymysgaroedd geisio gwthio'i ffordd allan.

Anghofiodd y poen wrth iddo weld rhywbeth gwelw, crynedig yn ymddangos yn araf drwy dwll ei fogail. Wrth i'r erthyl ei ryddhau ei hun a dechrau gwingo ar hyd ei fol ymddangosodd un arall ac un arall. A chyn pen dim roedd dwsenni o gynrhon yn ymwthio o'i fol ac yn gwingo'n araf-ddiog ar ei gnawd.

Ond wnaeth hynny fawr ddim i ryddhau'r pwysau.

Crynodd mewn poen wrth i gnawd meddal ei fol gael ei wthio a'i wasgu dan bwysau'r cynrhon y tu mewn. Rhywfodd, gwyddai beth oedd i ddilyn a gwasgodd ei ddannedd at ei gilydd yn dynn wrth iddo ddisgwyl yr anochel, yr un eiliad o boen annioddefol a wnâi ei ryddhau o'i artaith. Ac i gyfeiliant sgrech a oedd yn gymaint o ryddhad ag o wewyr fe gyrhaeddodd yr eiliad honno. Ffrwydrodd ei fol gan wthio allan ffrydlif o waed. Yn gymysg â'r gwaed a darnau o gnawd saethodd allan filoedd o gynrhon.

Nid cynt y teimlodd Morris un poen yn lleddfu nag y teimlodd boen arall, poen gwahanol, poen fel pe bai miloedd o ddannedd bychain yn ysu ei gorff. Mewn arswyd gwelodd y cynrhon yn ymosod yn araf a phwyllog ar ei gnawd, yn sugno, yn bwyta eu ffordd yn ôl i'w fol. Bron na fedrai glywed yr haid fileinig yn difa'i gorff, yn gloddesta ar ei gnawd.

Dihunodd Morris i olygfa gartrefol ei fflat, y set deledu'n dangos newyddion deg ITN, y tân nwy yn ffrwtian yn gyfeillgar a'r system dymheru yn siffrwd yn dawel. Crynodd wrth ddwyn i gof gynffon ei hunllef a chododd i baratoi paned a thost. Doedd ganddo fawr o archwaeth at fwyd. Effaith y tabledi, siŵr o fod. Blasai'r coffi fel wermod ar ei dafod. Ac ar ôl cegaid neu ddwy o dost, gwthiodd ei blât o'r neilltu.

Er gwaetha'i ofn o hunllef arall, penderfynodd Morris gael gwely cynnar. Ac er mawr syndod iddo, a mawr ddiolch am dabledi Doctor Lloyd, ni ddihunodd tan wyth o'r gloch y bore.

Wrth gerdded i'w waith, awr yn hwyr (oedd, roedd Meira Rowlands wedi'i ffonio i weld a oedd e'n iawn), sylweddolodd fod y grwnian tawel yn ei ben yn rhan o'i fod bellach. Roedd yno'n ddi-baid, yn hollbresennol, cymaint felly fel ei fod wedi'i dderbyn, bron iawn. Ond tra medrai wthio'r grwnian i gefn ei feddwl, gydag ymdrech, doedd ganddo ddim ateb i'r poen achlysurol a fygythiai hollti ei ben yn ddau.

Wrth gerdded i lawr y stryd ceisiodd amseru'r pyliau drwy gyfrif wrtho'i hyn rhwng pob pwl. Ond na, doedd dim patrwm i'r ymosodiadau. Weithiau medrai gyfrif i fyny i hanner cant rhwng pob ymosodiad. Yna deuai dau bwl o boen mor agos â deg eiliad i'w gilydd.

Er iddo addo i'w ysgrifenyddes y byddai yn ei swyddfa o fewn chwarter awr, penderfynodd gael gair arall â Doctor Lloyd. Ac er nad oedd Lloyd, yn swyddogol, ar ddyletswydd croesawodd Morris i'w swyddfa bersonol y tu ôl i'r feddygfa. Ceisiodd, yn aflwyddiannus, guddio'i syndod o weld y dirywiad amlwg yn ymddangosiad ei hen gyfaill.

"Ydw, Lloyd, rwy'n gwybod. Rwy'n edrych yn uffernol."

"Mae'n ddrwg gen i'r hen foi am fod mor ansensitif. Ond wyt, fedra i mo dy dwyllo di, rwyt ti yn edrych yn ddyn sâl."

Eisteddodd Morris mewn cadair a wynebai'r doctor a chuddio'i wyneb a'i ddwylo. "Lloyd, fues i erioed yn teimlo mor sâl. Mae'r grwnian 'ma yn fy mhen i yn ddigon drwg. Ond mae'r poen achlysurol yn annioddefol."

Tynnodd Lloyd ei gadair yn nes ato a gosod bysedd un llaw o dan ên ei gyfaill gan wthio'i ben i fyny. Syllodd i fyw ei lygaid gan sylwi ar y smotiau cochion a ddynodai ddioddefaint. Cododd a cherdded o gwmpas yn fyfyrgar.

"Mae hi braidd yn gynnar i'r Tegretol gael effaith gadarnhaol eto, felly rwy'n ofni y bydd yn rhaid i ti ddioddef am ddiwrnod neu ddau yn hwy. Ond y poenau achlysurol yna sy'n fy nrysu i. Am y sŵn, mae hwnnw'n dal i awgrymu tinnitus. Gyda llaw, oes gen ti hen wats boced yn dy feddiant?"

Roedd yn gwestiwn mor annisgwyl fel y teimlodd Morris mai rhyw dynnu coes yr oedd Lloyd. Ond na, ymddangosai'n gwbwl ddifrifol.

"Wel oes, mae gen i hen wats a gafodd ei chyflwyno i 'nhaid ar ôl iddo weithio i'r cyngor sir am ddeugain mlynedd."

"Ydi hi'n tician?"

"Wel, ydi, hynny yw, petawn i'n ei weindio hi. Wedyn mae hi'n tician mor uchel ag injan ddyrnu. Ond beth sy gan hynny i'w wneud â'm salwch i?"

Anwybyddodd Lloyd chwilfrydedd ei ffrind. "Heno, cyn i ti fynd i gysgu, gwna'n siŵr dy fod ti'n weindio'r wats a'i gosod hi o dan dy glustog. Wedyn, wrth i ti orwedd yn y gwely fe fydd tician y wats yn tynnu dy sylw di oddi ar y sŵn yn dy glustiau."

Bu bron i Morris â chwerthin yn uchel. "Lloyd bach, meddyginiaeth gwrach yw peth fel'na."

Ond dal i edrych yn ddifrifol a wnâi Lloyd. "Fiw i ti anwybyddu hen goelion, Morris bach. Mae 'na seiliau sicr, yn y bôn, i'r rhan fwyaf o'r hen feddyginiaethau yma. Erbyn hyn mae 'na ddyfais ar ffurf Walkman sy'n cynhyrchu'r hyn sy'n cael ei adnabod fel sŵn gwyn, sy'n masgio sŵn y tinnitus. Ond mae'r hen wats yr un mor effeithiol."

Cododd Morris a cherdded at y drws. Cnodd ei wefus wrth geisio cuddio poen ymosodiad arall a fygythiai hollti ei ymennydd. Wrth iddo ffarwelio, ni feiddiodd edrych yn ôl ar Lloyd rhag i hwnnw ganfod y dagrau o boen yn ei lygaid. Teimlai fod y doctor yn dal i'w wylio drwy'r ffenest. Brwydrodd i gerdded yn dalsyth a didaro nes iddo fynd o olwg y feddygfa. Yna trodd i mewn i'r parc a gollyngodd ei hun yn sypyn llipa ar fainc wrth ymyl y llyn. O'i gwmpas chwaraeai plant yng nghwmni eu rhieni, rhai'n chwarae mig, eraill yn taflu darnau o fara i'r hwyaid ar y llyn. Ond ni lwyddodd eu chwerthin a'u sgrechian i foddi'r sŵn yn ei glustiau na lleddfu'r pyliau o boen yn ei ymennydd. A'i ben yn ei ddwylo, mewn anobaith llwyr, wylodd Morris Blackwell.

Ni fedrai Morris gofio cerdded i'w swyddfa. Ni fedrai gofio'r gofid yn llygaid Meira Rowlands wrth iddi weld cyflwr dirywiol ei chyflogwr. Ni fedrai chwaith gofio llowcio'r coffi a baratowyd ar ei gyfer gan Meira, na llyncu tabled Tegretol gyda help gwaddod oer y coffi. Ni fedrai gofio disgyn ar draws ei ddesg mewn llewyg. Y cyfan y medrai ei gofio oedd gweld wynebau dieithr fel cymylau di-siâp yn syllu i'w wyneb ef, a'r ddau gwmwl hynny yn araf ffurfio'n wynebau llawn pryder. Wrth iddo adfer ei ymwybyddiaeth, safai Doctor Lloyd a Meira drosto.

Drwy niwl ei feddwl clywodd ganu deunod ambiwlans a chlecian drysau'r cerbyd, yna sŵn prysurdeb ar y grisiau.

Drwy gil ei lygaid gwelodd ddau swyddog mewn lifrai yn dynesu ato a theimlodd ei hun yn cael ei godi a'i osod ar wely cludo.

Ceisiodd brotestio ond cyn iddo lwyddo i wthio'r un gair rhwng ei wefusau roedd yng nghefn y cerbyd yng nghwmni un o'r swyddogion a Doctor Lloyd. Ailgychwynnodd deunod y seiren a, rhwng cwsg ac effro, roedd Morris ar ei ffordd i'r ysbyty.

Erbyn iddo ddod at ei hun gorweddai mewn gwely y tu ôl i sgrin lle'r oedd nyrs yn mesur ei bwysedd gwaed. Ceisiodd ei holi, ceisiodd ryw fath o esboniad. Ond yn ofer.

"Gorweddwch chi'n dawel fan'na, Mr ..." Syllodd ar yr enw ar y freichled bapur oedd erbyn hyn am arddwrn chwith Morris. "... Mr Blackwell. Fe fydd y doctor gyda chi toc."

A hwyliodd allan o'i olwg fel ysbryd tawel.

Erbyn hyn, er bod y grwnian yn dal yn ei glustiau roedd y pyliau o boen wedi gostegu. Deuent yn llai aml a theimlent yn llai poenydiol. Yn wir, llwyddodd i orffwys am ychydig cyn i'r meddyg darfu ar ei gyntun.

Ar gais hwnnw llwyddodd Morris i gywasgu ei symptomau i gwta pum munud. Soniodd am y sŵn yn ei glustiau, am y poenau dirdynnol ac am yr hunllefau arswydus.

"Rwy' wedi cael sgwrs â Doctor Lloyd ac rwy'n dueddol o gytuno â'i ddiagnosis ef mai tinnitus yw gwreiddyn y drwg. Mae'n bosib i chi ddioddef difrod i'r cochlea, sydd yn y glust fewnol, pan oeddech chi'n iau heb i chi sylweddoli hynny ac mai nawr mae e'n cael effaith arnoch chi."

Fedrai Morris ddim cofio iddo gael unrhyw ddamwain a allai fod wedi effeithio ar ei glustiau, yn fewnol nac yn allanol. Ar wahân i'r ddamwain car ddeuddydd ynghynt, wrth gwrs. Ond penderfynodd gadw'n dawel a gadael i'r doctor fynd yn ei flaen.

"Mae'ch pwysedd gwaed chi'n gwbwl dderbyniol, felly nid symptom o or-bwysedd yw e. Fe rown ni brawf colesterol i chi o fewn yr awr. Fe all fod yn symptom o glefyd yr arterïau hefyd. Ond rwy'n amau hynny fy hun. Petawn i'n ddyn betio fe fyddwn i'n mentro sofren ar y posibilrwydd o ormod o hylif yn labrinth y glust. Ac os ydw i'n iawn, yna fe fydd modd i ni dynnu'r hylif. Hwyrach na wnaiff hynny ddiffodd y sŵn yn llwyr, ond o leia fe wnaiff wella'r fertigo."

"Fertigo? Ond dydw i ddim, fel arfer, yn ofni uchder."

"Sôn am benysgafnder ydw i, nid ofn uchder, y penysgafnder a wnaeth beri i chi lewygu gynnau fach. Beth bynnag, fe adawa i chi nawr. Fe ddaw'r nyrs cyn hir i roi tabled fach i'ch helpu i gysgu."

Diflannodd y doctor gan adael Morris i bendroni dros benysgafnder ac i freuddwydio am ben clir, di-boen a chwsg dihunllef.

Ni chafodd lonydd i orffwys yn hir. Torrwyd ar draws ei synfyfyrio gan lais na chlywsai'n ddiweddar ond dros y ffôn, llais neb llai nag Angela, ei wraig. Wrth iddi hofran uwch ei ben fel rhyw ysbryd dialgar teimlai y gallai weld goleuni buddugoliaethus yn ei llygaid. Disodlwyd yr aroglau antiseptig yn ei ffroenau gan gwmwl o aroglau persawr, a hwnnw'n bersawr drud hefyd. *Obsession* gan Kalvin Klein oedd e, er na wyddai Morris mo hynny. A hynny hefyd er gwaetha'r ffaith mai ei arian ef a dalodd amdano.

"Rwyt ti'n edrych yn well nag roeddwn i'n ei ddisgwyl. Yn ôl Doctor Lloyd, rwyt ti ar dy wely angau."

"Wnaeth Lloyd erioed ddweud wrthot ti am ddod yma i 'ngweld i?"

"Naddo. Fi wnaeth ei ffonio fe ar ôl gwrando ar sterics dy ysgrifenyddes di. Fe ffoniais i honno er mwyn ceisio cael gair â thi ond y cyfan a wnaeth hi oedd sgrechian fel pioden. Fe lwyddais i ddeall digon i sylweddoli dy fod ti'n sâl ond fe fu'n rhaid i fi ffonio Doctor Lloyd er mwyn deall yn iawn beth oedd wedi digwydd. Ond, yn ôl ei arfer, fe wnaeth e orddweud ynglŷn â sut roedd pethe."

"Mae'n ddrwg 'da fi nad ydw i mor sâl ag yr oeddet ti'n ei obeithio."

"Sâl? Fi ddylai fod yn sâl ar ôl y ffordd rwyt ti wedi 'nhrin i. Ond dyna fe, heipocondriac fuest ti erioed. A rhwng hynny a'r ffobia sy gen ti yn erbyn pryfed, wel, rwyt ti bron iawn wedi 'ngyrru i i'r bedd."

"Dim o'r fath lwc. Fe fyddi di byw tra bo'r brain yn trengi, a thra bo fy arian i yn darparu ar dy gyfer di. Beth bynnag, rwyt ti'n gwbwl niwrotig."

"Niwrotig? Fe fyddai unrhyw fenyw yn niwrotig ar ôl byw gyda rhywun gwallgo fel ti. Fi ddyle fod yn gorwedd yn y gwely 'na."

Gwenodd Morris yn wawdlyd. "Wel, wel, mae pethe *wedi* newid. Cyndyn iawn oeddet ti i ddod i 'ngwely i yn y gorffennol."

Anwybyddodd ei wraig y surni yn ei lais ac eisteddodd wrth erchwyn ei wely. Trodd a diffodd y set deledu fud oedd yn fflachio delweddau neis-neis o bâr priod yn cyflwyno rhyw raglen stiwdio ddienaid. Trodd yn ei hôl ac yn union fel yr athrawes ysgol gynradd a fu, cyn ymddeol i fyw ar arian ei phriod, dechreuodd bregethu wrth Morris.

"Nawr te, rwy' wedi dod yma am un rheswm, ac un rheswm yn unig. Er dy fod ti'n edrych yn well nag yr oeddwn i'n ei ddisgwyl mae'n amlwg nad wyt ti mewn sefyllfa ddigon da i barhau i redeg dy fusnes. Felly mae'n hen bryd i ti ymddeol a throsglwyddo'r busnes i Robert a Julie."

Syllodd Morris yn fud arni. Roedd e wedi disgwyl clywed rhywbeth hurt ganddi, ond ddim mor hurt â hyn, chwaith. "Beth? Robert a Julie? Be ddiawl maen nhw'n ei wybod am fusnes? Be ddiawl maen nhw'n ei wybod am waith, petai hi'n dod i hynny. Wyt ti'n disgwyl i fi drosglwyddo 'musnes i'r plant, dau sy ddim yn gofidio a ydw i'n fyw neu'n farw? Fe alli di anghofio hynna nawr, madam. Ddim byth y cân' nhw'u dwylo ar fy musnes i."

Cododd Angela a dechrau cerdded i ffwrdd. Yna trodd yn ei hôl a phwyso drosto, a'i bys bron â chyffwrdd â'i wyneb.

"Fydd gen ti ddim dewis. Dwyt ti ddim yn ffit i redeg busnes. Rwyt ti'n sâl, wyt, fe wna i gytuno â hynny. Ond yn dy ben rwyt ti'n sâl, a dydi pobol sâl yn eu pen ddim yn cael cadw'u practis. Fe a' i at yr awdurdodau pwrpasol, cymdeithas y broceriaid neu bwy bynnag, ac fe wna i ddatgelu dy holl hanes di, dy holl salwch meddwl di. Ac wedyn fydd gen ti ddim dewis ond ymddeol a gadael y busnes i'r plant."

Cyn i Morris gael cyfle i ymateb, hwyliodd allan gan adael dim ar ei hôl ond tawelwch hyfryd. (Ac aroglau persawr *Obsession*.) Ond cyn i eco'i thraed ddiflannu ym mhen draw'r coridor roedd Morris wedi tynnu'r cerbyd teleffon tuag at ei wely. Estynnodd ddarn hanner can ceiniog o blith cynnwys ei bocedi, a oedd bellach yn y drôr, a deialodd rif Doctor Lloyd. Fe gâi madam weld a wnâi hi ddwyn ei fusnes ai peidio. O, câi. Gwenodd wrth glywed llais ei hen gyfaill yn ateb. Gorweddodd yn ôl a dechrau cynllunio a chynllwynio.

Ni fedrai Meira Rowlands gredu ei llygaid. Bron iawn na phinsiodd ei hun i weld a oedd hi'n breuddwydio.

Ailddarllenodd yn fras gynnwys yr amlen fawr manila a adawyd ar ei desg gan Doctor Lloyd ganol y prynhawn. Syllodd eto ar y paragraph cyntaf. Nofiai'r geiriau fel brain mewn corwynt o flaen ei llygaid. Ond doedd dim rhaid i'r llythrennau ymsefydlu. Fe fedrai gofio'r geiriau mor glir â geiriau 'Dysgu Tedi', y rhigwm bach hwnnw a enillodd fedal iddi – ei hunig fedal – yn Eisteddfod yr Urdd pan nad oedd hi ond pum mlwydd oed. Ond addawai'r rhain wobr fwy o lawer iddi, gwobr anferth.

"Yr wyf fi, Morris Blackwell, a minnau yn iach fy meddwl, yn gadael y busnes i gyd i'm hysgrifenyddes, Meira Jane Rowlands, ar yr amod ei bod hi'n cyflawni'r dymuniadau isod ..."

Na, ni fedrai gredu'r peth o hyd. Hynny er gwaetha'r ffaith iddi ffonio Doctor Lloyd a chael cadarnhad ganddo ef i Morris newid ei ewyllys y prynhawn hwnnw. Roedd y copi gwreiddiol o'r ewyllys bellach yn y banc, wedi'i arwyddo gan Morris, ynghyd â llofnod Doctor Lloyd fel tyst. Lloyd ei hun, ar gais Morris, oedd wedi teipio cynnwys yr amlen. A chynnwys rhyfedd oedd e hefyd, meddyliodd Meira. Ond pwy oedd hi i amau cymhellion ei chyflogwr? Ailosododd y tudalennau yn yr amlen a chloi'r cyfan yn y sêff. Yna casglodd ei chôt a'i bag llaw a chloi'r swyddfa. Yr amod gyntaf iddi ei chyflawni fyddai galw yn siop y cigydd i brynu dau bwys o'r stêc gorau. Teimlai ei thraed yn ysgafn a'i phen yn ysgafnach fyth wrth iddi brysuro i lawr y stryd.

Troi a throsi fu hanes Morris gydol y nos. Cipiai funudau o gwsg yn awr ac yn y man, llithrai o freuddwyd i realiti, llithrai rhwng cwsg ac effro. Chwysai a rhynnai am yn ail. Ac yn gefndir i'r cyfan clywai'r grwnian yn nyfnder ei ben.

Ni fu'n un da am gysgu mewn gwely dieithr erioed. Roedd gwely mewn ysbyty yn waeth fyth. Ac er ei fod mewn stafell breifat, clywai riddfan ambell druan yn dod o'r ward ym mhen draw'r coridor. Ac er i'r nyrsys lithro yn ôl ac ymlaen mor dawel ag angylion mewn sliperi, teimlai ei fod yn clywed ac yn gweld pob un.

Roedd wedi gofyn am i'r llenni gael eu cadw'n agored a thrwy'r ffenest bu'n dyst anfoddog i'r newid yn y golau, o lwydnos i oleuni oren y lampau stryd ac i'r hanner cosyn o haul a wthiai ei hun yn araf dros gopa Bryn y Gaer uwchlaw'r dref.

Teimlodd y newid yn nhempo'r bore, sŵn troli yma, sŵn bwced a mop fan draw, lleisiau siriol y nyrsys wrth gyfarch gwell i glaf neu gydweithiwr a thrydar aderyn du yn codi o un o wrychoedd y gerddi islaw.

Daeth cwestiwn y meddyg yn ôl i'w gof. A oedd e wedi dioddef anaf i'w glust mewnol pan oedd e'n iau? Llithrodd ei feddwl yn ôl i ddyddiau plentyndod. Yna, yn gwbwl ddisymwth, teimlodd daranfollt o boen yn hollti'i ben cyn i niwl meddal, ymgeleddus ei gofleidio a'i lapio'n llwyr fel pe bai mewn cadach sidan.

Wrth i'r niwl araf gilio gwelodd ei hun yn fachgen pumlwydd yn rhedeg o berllan ei ewythr, ac afal coch yn ei law, i barlwr y tŷ fferm. Stopiodd yn stond pan welodd ei fam, yn ei phlyg ar y sgiw, yn hidlo wylo, ac Anti Martha yn sefyll drosti ac yn ei chysuro. Rhwng pyliau o wylo clywai ei fam yn adrodd enw rhywun. "Ben, druan. O, mae'n anodd hebddo fe."

Yng nghefn ei feddwl medrai gofio rhywun o'r enw Ben. Ac yn araf daeth i'w gof ddarlun o ddyn mawr, lletchwith braidd a'i cariai ef ar ei gefn i fyny'r lôn tuag at fferm Wncwl Dan. Wrth lidiart y clos gwelai Wncwl Dan ei hun a het wellt am ei ben yn sefyll ac yn codi ei law i'w cyfarch.

"Ben, achan, ma'r crwt 'na'n mynd yn debycach i ti bob dydd."

"Odi, Dan. Ma' hwn yn mynd i fod yn sgolor i ti. Fe ddaw ag enw mowr i'r teulu."

Cariodd y dyn ef i'r tŷ ac i oerni cysgodol y gegin gefn lle'r oedd aroglau afalau a llaeth enwyn. Yno llanwodd ei Anti Martha lond cwpan o lemonêd iddo o biser oedd ar lawr y pantri. Bu bron iddo dagu wrth i'r hylif oer, melys gyrraedd cefn ei wddf. Trodd a gwelodd y dyn roedd ei wncwl Dan wedi'i alw'n Ben yn chwerthin yn braf ar lawr y gegin.

Ond nawr, wrth wylio'i fam yn crio cofiodd y tro olaf iddo weld y dyn a'i cariodd ar ei gefn. Roedd e'n hongian gerfydd ei wddf wrth raff o gangen coeden yn y Coed Bach y tu hwnt i'r Cae Cefn. A'r hyn a gofiai gliriaf oedd y pryfed a oedd wedi disgyn yn haid dros lygaid, trwyn a cheg y dyn. Gwyntodd y drewdod yn ei ffroenau. Clywodd yr hymian diog yn ei glustiau. Ac yna teimlodd rywun yn ei gipio a'i ddwyn oddi yno yn ôl at ei fam a oedd yn beichio wylo yn y parlwr.

"O, Martha fach, mae hi'n anodd heb Ben."

"Rwy'n gwbod yn iawn, Meri fach. Ond mae'n rhaid i ti ymwroli, ti'n gweld, er mwyn y crwt. Wedi'r cyfan, mae blwyddyn wedi mynd heibo nawr ers i ti golli Ben."

Cafodd ddigon ar yr olygfa ddiflas a chiliodd tua'r gegin i chwilio trwy ddroriau'r dresar. Canfu rîls o edau ei fodryb a hen duniau tybaco ei ewythr ac aeth ati i chwarae ceir bach ar hyd llechi gleision y llawr.

Blinodd ymhen ychydig a dechreuodd chwilio am gêm arall i'w chwarae. Cododd ei olygon, ac yno uwch ei ben hongiai papur dal pryfed. Roedd y tafod hir, gludiog yn drwch o smotiau duon.

Tynnodd gadair o dan y bwrdd i ganol y llawr a stryffaglodd i'w phen i gael golwg fanylach. Ymhlith y pryfed marw roedd un yn ymladd i geisio'i ryddhau ei hun o'i dynged ludiog. Gwenodd wrth weld ymdrechion y pryfyn yn arafu. Yna estynnodd ei ddwylo i fyny a chydio, â blaenau ei fysedd, yn adenydd y pryfyn. Yn araf ond yn benderfynol rhwygodd yr adenydd yn rhydd o'r corff. Arhosodd i wylio am funud neu fwy nes i gicio'r pryfyn arafu ac yna stopio'n llwyr.

Wrth iddo wneud hyn hedfanodd pryfyn arall heibio'i drwyn a disgyn wysg ei gefn ar y papur. Prin y cyffyrddodd â'r papur gludiog ond roedd hynny'n ddigon. Daliodd Morris ar ei gyfle ac yn bwyllog a gofalus llwyddodd i ryddhau'r pryfyn. Caeodd ei law dde amdano. Teimlodd ef yn crynu yn ei ddwrn a chlywodd yr hymian gorffwyll wrth i'r trychfil geisio dihangfa.

Neidiodd oddi ar y gadair a rhedeg i'r sgubor. Yno, wrth y talcen pellaf lle trawai llafn o haul drwy dwll yn y to roedd trwch o weoedd pry cop. Chwiliodd am un ddiweddar, y lleiaf llychlyd, ac yn araf trosglwyddodd y pryfyn o'i ddwrn i gaethiwed y we.

Camodd yn ôl i wylio. Gwyddai mai dim ond mater o amser fyddai hi bellach. Gwelodd symudiad o ben isa'r we ac yn araf ymddangosodd corryn. Safodd y corryn am eiliad i wylio'i brae o bellter. Yna, yn fywiog a hyderus dringodd tuag at ganol y we lle'r ymladdai'r pryfyn ei frwydr olaf. O fewn cyrraedd i'r pryfyn oedodd y corryn i wylio, fel pe dymunai flasu'n llwyr wefr y foment cyn camu ymlaen yn fuddugoliaethus i gyflawni'r brathiad marwol. Meddiannodd y corryn y pryfyn a theimlai Morris ei hun yn rhan o'r ymosodwr. Glafoeriodd wrth ddisgwyl am y foment fawr.

Wedi brwydr fer, unochrog fe ddaeth honno'n sydyn. Cofleidiodd y corryn ei brae, ac ar ôl pwl o gryndod daeth llonyddwch. Yna, yn hytrach na bwydo ar gorff y pryfyn, ciliodd y corryn yn ôl i'w ffau. Gallai'r wledd aros tan y deuai awydd am fwyd. Roedd ganddo ddigon o amser.

Tarfwyd ar fwynhad y bachgen gan weiddi ei fam. "Morris,

Morris, dere, bach, mae'n bryd i ni fynd i ddal y trên am adre ..."

"... Morris ... Morris Blackwell ..." Agorodd ei lygaid yn araf a chanfu ei hun mewn stafell wahanol yn yr ysbyty. Drwy'r niwl gwelai rywrai mewn dillad gwyrdd yn hofran drosto a pheiriannau o bob math wrth ochr ei wely. Roedd rhywun yn ceisio tynnu ei sylw.

"Morris ... Mr Blackwell, ydych chi'n fy nghlywed?" Ceisiodd ateb, ond roedd piben o ryw fath wedi'i gwthio i lawr ei gorn gwddf i'w ysgyfaint. Ceisiodd amneidio, ond roedd yr ymdrech o godi'i ben yn ormod. Ceisiodd symud ei fraich, ond roedd piben arall o ryw fath ynghlwm wrth honno.

Teimlodd Morris y niwl yn dychwelyd. Ni cheisiodd ymladd yn ei erbyn. Ailsuddodd yn dawel i drwmgwsg.

Fel Angela, roedd gan Meira hefyd achos i amau a oedd Morris yn ei iawn bwyll. Doedd rhai o'r gorchmynion yn y llythyr yn gwneud fawr o synnwyr. Serch hynny, yn unol â dymuniad ei chyflogwr roedd hi'n gwbwl benderfynol o'u gweithredu i'r eithaf. Ac er nad oedd am gyfaddef hynny, roedd y penderfyniad i newid ei ewyllys a gadael y busnes iddi hi yn abwyd rhy dda i'w anwybyddu.

Dyna pam yr aeth ati i dynnu'r stêc a brynasai'r diwrnod cynt o'i bag, ei ddadlapio a'i osod ar blât. Agorodd ffenest ei swyddfa a gosod y cyfan yn ddestlus ar y silff y tu allan a chau'r ffenest yn dynn. Ysgydwodd ei phen yn anobeithiol wrth geisio meddwl beth oedd pwrpas hyn oll.

Y dasg nesaf oedd clirio'r sêff a mynd â'r cynnwys i'r banc i'w gadw'n ddiogel. Roedd y trefniadau ar gyfer hynny eisoes wedi'u gwneud gan Doctor Lloyd. Er mwyn dat-gloi'r sêff roedd gofyn yn y lle cyntaf dynnu'r llun i'r naill ochr fel agor drws cwpwrdd. Cyn gwneud hynny syllodd Meira yn hir arno. Un arall o jôcs di-chwaeth Angela, meddyliodd. Beth arall, heblaw malais, fyddai wedi achosi i rywun brynu'r fath lun diolwg i'w osod ar wal swyddfa'i chymar?

Gwthiodd y llun ar agor fel ei fod yn wynebu'r wal a gwasgodd y botymau pwrpasol i agor y sêff. Ynddi roedd bwndeli o ddogfennau yn ymwneud â stociau a chyfranddaliadau a dau neu dri o lyfrau cyfrifon. Fe'i temtiwyd i archwilio'r dogfennau. Wedi'r cyfan hi fyddai'n berchen arnynt ar farwolaeth Morris. Ond gwrthododd y demtasiwn a gosod y cyfan yn ddestlus mewn bag ar gyfer eu cludo i'r banc.

Ar ôl cloi'r sêff wag a gosod y llun yn ei ôl aeth ati i gyflawni'r drydedd o'i gorchwylion, yn ôl gorchymyn ei chyflogwr. Deialodd rif Angela ac ar ôl pedwar caniad clywodd y llais cyfarwydd yn crawcian dros y lein.

Cyndyn iawn oedd Angela i siarad â hi nes iddi glywed byrdwn ei neges. "Beth? Mae e wedi newid ei feddwl?"

"Ydi, Mrs Blackwell."

"Wel, wel. Dyna'r peth ola roeddwn i'n disgwyl ei glywed. Pryd fydd e'n barod i drosglwyddo'r cyfan i fi ... i Robert a Julie?"

Craffodd Meira ar y tudalennau o'i blaen er mwyn gwneud yn sir ei bod hi'n cadw'n ffyddlon at y gorchmynion. "Bythefnos i heddiw, Mrs Blackwell, am un ar ddeg o'r gloch y bore. Fe fydd e wedi arwyddo popeth erbyn hynny, medde fe, ac fe gewch chi gymryd y cyfan drosodd."

Roedd y newid yn llais Angela yn amlwg. "Wel, Miss Rowlands, diolch yn fawr iawn i chi. Rwy'n falch fod y diawl gwirion wedi callio digon i sylweddoli beth yw ei ddyletswydd. Fe allwch chi fod yn siŵr y byddwn ni gyda chi bythefnos i heddiw am un ar ddeg o'r gloch ar y dot."

Wrth osod y derbynnydd yn ôl yn ei grud ni allai Meira lai na theimlo fod mwy i'r trefniant nag a oedd ar yr wyneb. Cododd ei hysgwyddau yn ddiymhongar. Ei chyflogwr, wedi'r cyfan, oedd yn gwybod orau. Ond tybed? Edrychodd allan drwy'r ffenest a gwelodd hanner dwsin neu fwy o bryfed glas eisoes wedi canfod y stecen ffresh.

Trodd Meira yn ôl at ei thasgau a dechreuodd ganslo holl apwyntiadau cleients ei chyflogwr dros y pythefnos nesaf.

Peth anodd ei fesur yw pythefnos. Pan mae'n gyfnod o wyliau mae'n dueddol o hedfan. I rywun fel Meira Rowlands, a oedd yn disgwyl rhywbeth anarferol ymhen pythefnos, fe fyddai'n amser hir. I glaf hefyd fe all fod mor hir ag oes. Ond i rywun fel Morris Blackwell, a gâi hi'n anodd bellach i wahaniaethu rhwng bore a phrynhawn, rhwng nos a dydd, nid cyfnod penodol o amser a fyddai ond gofod lle hofranai rhwng ffaith a ffantasi.

Ac yntau wedi'i gysylltu wrth beiriant edrychai fel baban newydd-anedig ynghlwm wrth ei fam cyn torri'r llinyn bogail. Y rhan fwyaf o'r amser roedd e'n gwbwl anymwybodol. Eto i gyd, ysgydwai a sgrechiai weithiau fel petai rhywbeth anweledig yn hollti ei gorff.

Pan alwodd Doctor Lloyd i'w weld dridiau wedi iddo fod yn dyst i arwyddo'r ewyllys newydd ni allai gredu'r newid a ddaethai i ran ei hen gyfaill. Doedd ei wyneb yn ddim ond croen dros benglog, a'r cnawd hwnnw'n femrynaidd felyn.

"Roeddwn i wedi trefnu iddo gael scan ar yr ymennydd," sibrydodd y niwrolegydd. "Ond yn y cyflwr hwn wela i fawr o werth yn hynny."

Cytunodd Lloyd yn llwyr. "Welais i erioed unrhyw un yn dadfeilio mor gyflym. Bythefnos yn ôl roedd e'n ddyn holliach. Wedyn dyma'r sŵn yma'n dod i'w glustiau a finne'n meddwl mai tinnitus oedd e. Fues i erioed ymhellach o'm lle mewn diagnosis."

"Doeddech chi ddim ar fai. Ar y pryd, dyna fyddwn innau wedi ei amau. Mae'n rhaid bellach mai rhyw fath o dyfiant sy'n gwasgu ar yr ymennydd."

Ysgydwodd Lloyd ei ben ac arweiniodd yr arbenigwr o erchwyn y gwely tua'r drws. "Dw i ddim yn credu mewn gofyn rhywbeth fel hyn yng nghlyw claf, er ei fod e'n anymwybodol. Wyddoch chi ddim faint maen nhw'n 'ddeall. Ond ydych chi'n teimlo y daw e ato'i hun yn weddol fuan, a'i feddwl yn glir?"

"Fyddwn i ddim yn meddwl hynny. Am gyfnodau byr, hwyrach y bydd e'n glir ei feddwl. Ond dyna'r gorau yr ydw i'n ei ddisgwyl. Mae e'n ein gadael ni'n gyflym iawn."

"Ie, dyna'r oeddwn i'n ei ofni hefyd. Mae e bellach yn ei fyd bach ei hun. Fe a' i nawr, ond os daw e ato'i hun fe fyddwn i'n falch petaech chi'n rhoi galwad i fi."

"Fe fydda i'n siŵr o wneud."

Wrth i'r ddau gilio i'r coridor yr oedd Morris Blackwell, yn unol â geiriau ei feddyg, yn ei fyd bach ei hun. Roedd e'n saith oed ac roedd e allan yn yr ardd gefn tra oedd ei fam yn cael sgwrs â Mrs Harris drws nesa. Yn ei law chwith roedd chwistrell gwallt ei fam, ac yn ei law dde drywel bychan a ddefnyddiai ei fam i blannu blodau.

Daeth i'w gof hen rigwm roedd ei fam wedi'i ddysgu iddo.

"Un, dau tri, Mam yn dal pry.
Pry wedi marw, Mam yn crio'n arw."

A chofiodd am y rhigwm llai parchus a fathodd ei Wncwl Dan.

"Un, dau, tri, Mam yn dal pry,
Pedwar, pump chwech, Mam yn taro rhech."

Chwarddodd Morris. Nid yn gymaint oherwydd y rhigwm ond wrth iddo feddwl am y syniad gwych yr oedd ar fin ei weithredu. Gosododd y chwistrell ar lawr a chan ddefnyddio'r trywel dechreuodd wthio'r craciau yn wal yr ardd yn agored. Wrth iddo ddinoethi'r brics coch o droedfedd neu fwy o sment gwelodd ddwsinau o foch coed yn gwingo trwy'u gilydd ar hyd wynebau'r brics noeth. Cododd y chwistrell ac o'i boced tynnodd daniwr sigaréts Ronson ei fam. Gwasgodd y botwm ar dop y chwistrell ac wrth i'r hylif nwyol saethu allan, gwasgodd gliced y taniwr. Saethodd fflam lachar allan a gwenodd Morris o weld y tân yn ysu'r chwilod wrth iddynt ruthro yma ac acw'n wallgof i chwilio am ddihangfa. Chwarddodd yn uchel a neidiodd i fyny ac i lawr wrth edmygu gwaith ei ddwylo. Fe wnâi e ddysgu'r diawliaid. O, gwnâi.

Yna daeth rhyw niwl coch o rywle ac yn y niwl teimlai rywbeth neu rywun yn gwasgu ei ben, yn gwasgu, gwasgu fel pe bai ei ben mewn feis, a'r feis honno'n cael ei thynhau yn araf.

Gollyngodd y feis ei gafael ymhen ychydig a chododd y niwl gan ddadorchuddio awyr las, ddigwmwl a haul crasboeth. Roedd Morris yn ddeg oed ar draeth yn Magaluf. Cerddai'n ddigyfeiriad ar hyd y traeth tra oedd ei fam mewn bar yn siario'i hail jwg o *sangría* â rhyw farman ifanc, tywyll ei groen.

Ciciodd yn ddibwrpas drwy'r tywod i lawr at y môr. Yno yn nofio'n swrth ar wefus o lanw roedd broc môr partïon y noson cynt, yn ganiau cwrw a photeli gwin gwag. Yn eu plith gwelodd dun bisgedi, un sgwâr cymharol ddwfn. Gyda chymorth darn o bren fe'i hachubodd o'r llanw a'i ddefnyddio i gloddio twll yn y tywod.

A dyna pryd y daeth syniad da i'w feddwl. Cludodd y tun i ben pella'r traeth, lle'r oedd y tywod yn troi'n raean a lle na fyddai neb ond cerddwyr yn mynd ar ei gyfyl. Yn y graean torrodd dwll bas a gosod y tun ynddo, wedi'i suddo hyd yr ymylon. Yna aeth i'w boced a thynnu allan bedair o amlenni siwgwr a wnaethai eu cipio o'r bwrdd brecwast. Pam? Am ddim rheswm arbennig. Ond nawr fe ddeuent yn ddefnyddiol. Agorodd yr amlenni a thywallt y siwgwr ar hyd gwaelod y tun.

Ni wyddai a fyddai'r arbrawf yn llwyddiant. Yn wir, erbyn y bore wedyn roedd bron iawn wedi anghofio iddo osod y trap yn y lle cyntaf. Eistedd wrth y bwrdd brecwast yr oedd e yn yfed sudd oren ac yn chwarae â'r amlenni siwgwr pan gofiodd. Gadawodd weddill ei frecwast a phrysurodd tuag at y traeth graean. Roedd y canlyniadau yn llawer gwell na'r disgwyl. Yno yn y tun, wedi eu denu gan y siwgwr a heb obaith dianc, ymgordeddai dwsin neu fwy o gocrotshys ymysg ei gilydd.

Penliniodd Morris i'w gwylio. Gwenodd wrtho'i hun wrth godi'r tun a'i gynnwys. Anelodd at y traeth tywod lle bu barbeciw y noson cynt, a hwnnw'n farbeciw hwyr iawn, yn ôl yr arwyddion. Roedd y tân yn dal i fudlosgi yno. Chwiliodd drwy'i bocedi am sgrap o bapur a chasglodd ddarnau o bren nad oeddynt wedi eu llwyr ddifa. Gyda chymorth y rheini, a thrwy chwythu ar y marwydos, buan y denodd fflamau.

Pan deimlodd fod y fflamau'n ddigon cryf, gosododd y

tun a'i gynnwys ar y tân. I ddechrau wnaeth y chwilod ddim newid eu patrwm o droi a throelli'n araf blith draphlith. Yna, o ddechrau teimlo gwres y tân o dan eu traed, cyflymodd eu symud wrth iddynt geisio dringo ymylon y tun a disgyn ar eu cefnau dro ar ôl tro. Llwyddai llai a llai o'r chwilod i ailgodi, ac a hwythau ar eu cefnau, a'u cicio gorffwyll yn troi'n ddawns angau, arafodd y coesau o dipyn i beth cyn peidio'n llwyr. Canmolodd Morris ei hun ar iddo fod yn ddigon dyfeisgar i rostio'r cocrotshys yn fyw.

O'r tun bisgedi i ffroenau Morris codai aroglau tebyg i'r hyn a ddeuai o'r tŷ bwyta pysgod môr y drws nesaf i'r gwesty, aroglau digon tebyg i gimwch yn berwi. Anadlodd yn ddwfn a gwenu. Yna ciciodd y tun a'i gynnwys lathen gyfan i'r môr. Cerddodd yn ôl yn hamddenol tua'r gwesty i ddihuno'i fam, a oedd wedi cael sesiwn drom a hwyr y noson cynt. Ar y ffordd, cyfarchodd y torheulwyr cynnar yn siriol.

Yn rhif 3 Heol y Gaer roedd hi'n noson o ddathlu a'r Chablis yn llifo fel afon. Roedd Angela erbyn hyn wedi dod dros y sioc a gawsai pan glywodd fod Morris wedi newid ei feddwl a theimlai mai priodol fyddai dathliad yng nghwmni Robert a Julie.

Cododd Angela ei gwydr yn uchel a chyhoeddi, "Iechyd da i Morris." Yna ailfeddyliodd. "Ddim yn llythrennol, wrth gwrs."

Chwarddodd y plant er gwaethaf natur ddi-chwaeth y jôc. Cododd y ddau ohonynt eu gwydrau hwythau gan gydgyhoeddi, "Iechyd da i Dad."

Eisteddodd Angela yn fodlon yn ei chadair freichiau. "Pwy feddyliai? Morris, o bawb, ar ôl yr holl gecru, wedi ildio i reswm o'r diwedd. Maen nhw'n dweud fod pobol ar eu gwely angau yn dueddol o wneud iawn, cyn ei bod hi'n rhy hwyr."

Bu tawelwch am ennyd. "Mam, ydi fe mor wael â hynny?"

"Ydi, Julie. Yn ôl Doctor Lloyd, fe all mai ychydig ddyddiau y bydd e byw. Mae e'n anymwybodol y rhan fwyaf o'r amser."

"Ydych chi ddim yn meddwl y dylen ni fynd i'w weld e, cyn iddi fynd yn rhy hwyr?"

Trodd Robert yn sarrug arni. "Cer di. Ond wna i ddim. Dyw e ddim wedi'n trin ni fel teulu ers blynyddoedd. Ac mae Mam yn gorfod mynd ar ei gliniau cyn cael digon i'n cadw ni."

"Mae 'na ateb i hynny. Fe allen ni'n dau weithio."

Bu bron i Angela â ffrwydro. "Gweithio? Pam dylech chi weithio pan fod y dyn ddiawl 'na yn ennill digon i gynnal dwsin o deuluoedd? A nawr, unwaith y bydd e wedi mynd, fydd dim angen i un ohonoch chi feddwl byth eto am weithio. Ac ar ben hynny fe all un ohonoch chi symud mewn i'r fflat i fyw. Ac fe fedrwn ni fforddio prynu fflat arall i'r llall yn hawdd. Trueni ein bod ni wedi gorfod aros mor hir am ei gardod e."

Ymdawelodd Julie. "Chi sy'n iawn, mae'n debyg. Dyw e ddim wedi bod yn dad da iawn i ni ers blynyddoedd. Ond roedden ni i gyd yn hapus unwaith, on'd oedden ni?"

"Oedden, am ychydig. Pan oeddech chi'n blant. Ti oedd ei ffefryn e, wrth gwrs."

Cytunodd Robert yn swta. "Ie, ti Julie oedd yn cael popeth."

Gwenodd honno yn fyfyrgar. "Ie, fi oedd y ffefryn. Ydych chi'n cofio'r diwrnod hwnnw pan eisteddais i ar dwmpath morgrug yn yr ardd? Fe aeth Dad yn wallgo. Fe ferwodd lond tegell o ddŵr a'i arllwys e dros y twmpath gan ladd y morgrug i gyd."

Er gwaetha'i surni, ymunodd Robert yn yr atgofion. "A'r diwrnod hwnnw yr aethon ni am bicnic yn y Cae Ffrynt yn Llwyn y Gors. Ydych chi'n cofio'r nyth gwenyn?"

"Cofio, ydw, a hynny ond yn rhy dda." Cododd Angela i ail-lenwi ei gwydr. "Fe fu bron iawn i'r diawl gwirion ein rhoi ni i gyd ar dân. Meddyliwch am arllwys petrol dros y nyth a'i thanio, heb iddo sylweddoli fod y can petrol yn gollwng."

Chwarddodd y tri wrth gofio'r olygfa. Ysgydwodd Angela

ei phen yn anobeithiol. "Efallai fod y peth yn ddoniol ar y pryd, ond roedd e'n mynd dros ben llestri dim ond iddo fe weld pryfyn o unrhyw fath. Hyd yn oed yn y wledd briodas fe wrthododd e eistedd nes i'r staff gael gwared o bryfyn oedd yn hedfan o gwmpas y lle. Rwy'n siŵr fod y peth wedi effeithio ar ei feddwl e yn y diwedd."

Y tro hwn, Julie wnaeth gynnig y llwncdestun. "Iechyd da i Dad."

Gan godi ei wydr ei hun, cywirodd ei brawd hi. "Na, na, mae gen i gyfarchiad gwell. Hir oes i arian Dad."

Dridiau cyn ymweliad Angela â'r swyddfa i drosglwyddo'r busnes i'w henw roedd Meira yn ei pharatoi ei hun ar gyfer wynebu'r dasg fwyaf gwrthun a drefnodd ei chyflogwr ar ei chyfer. Ers wythnos bellach fe'i câi hi'n anos edrych ar y cig ar sil y ffenest y tu allan. Yn wir, prin yr oedd unrhyw gig i'w weld gan fod cannoedd o gynrhon wedi'i feddiannu.

Gwingai Meira wrth wylio'r giwed dew a gwelw yn gwau ac yn gwingo trwy'i gilydd yn ddioglyd. Ni allai ddychmygu'r bwriad y tu ôl i orchymyn ei chyflogwr. Ond gan wasgu ei dannedd yn dynn, agorodd y ffenest. Ar unwaith fe'i goddiweddwyd gan ddrewdod y cig pydredig. Ebychodd a throdd ei phen i ffwrdd. Caeodd y ffenest heb gyffwrdd â'r talp o fadredd.

Aeth allan i'r stafell ymolchi ac arllwys llond gwydr o ddŵr iddi hi ei hun. Yfodd ei hanner ac anadlu'n ddwfn. Ceisiodd fagu digon o blwc i ailgydio yn y dasg wrthun. O'i bag llaw tynnodd allan facyn ac arllwys arno ddau ddiferyn o bersawr. Yna, gyda'r macyn wedi'i wasgu'n dynn dros ei thrwyn aeth yn ôl i'w swyddfa a heb unrhyw oedi, rhag ofn iddi betruso unwaith eto, agorodd y ffenest a chododd y plât. Roedd ei llygaid yn nofio gan ddagrau o ffieidd-dod a theimlodd gyfog yn codi i'w gwddf.

Rhuthrodd i mewn i swyddfa'i chyflogwr lle'r oedd drws y sêff eisoes led y pen yn agored. Gosododd y ddysgl yn y sêff a chau'r drws yn glep. Braidd y cyrhaeddodd y stafell ymolchi cyn gollwng rhuthr o gyfog i'r basn.

Yn ôl yn ei swyddfa, caeodd y ffenest ac yno y bu'n eistedd am hydoedd a'i phen yn ei dwylo.

I Morris doedd y ffiniau rhwng breuddwyd a hunllef, rhwng cwsg ac effro, rhwng esmwythder a phoen ddim yn bodoli bellach. Pan lwyddai i dorri gair â meddyg neu nyrs ni wyddai ai breuddwydio yr oedd ai peidio. Yr unig gysondeb yn ei fywyd oedd y grwnian yn ei ben.

Credodd unwaith iddo weld Doctor Lloyd yn eistedd wrth ei wely. Bryd arall gwelodd ddyn â rhaff o gwmpas ei wddf, yn hongian o'r nenfwd yng nghornel y stafell a phryfed yn gorchuddio'i wyneb. A throeon clywodd lais ei Wncwl Dan, "Ben, achan, ma'r crwt 'ma'n mynd yn debycach i ti bob dydd."

Cofiodd yr hen goel honno fod rhywun sy'n boddi yn gweld holl gwrs ei fywyd yn fflachio o flaen ei lygaid. Teimlad felly oedd hwn. Ac mewn un ffordd, onid rhywun yn boddi oedd e? Boddi mewn poen, boddi mewn atgofion. Teimlodd fel ildio'i hun i'r llif gan lithro'n dawel i ddiddymrwydd.

Ac eto i gyd, yng nghefn ei feddwl, gwyddai fod yn rhaid iddo ddal ei afael am ychydig eto. Roedd un orchwyl heb ei chyflawni. Gwyddai hefyd fod diwrnod ei nemesis yn agosáu. Yr unig siom oedd na fyddai e yno i fod yn dyst. Byddai'n fodlon gwneud unrhyw beth i weld wyneb ei wraig pan ddeuai'r dial. Gweddïai y câi o leiaf fyw'n ddigon hir i glywed yr hanes. Ac er gwaetha'i lesgedd, er ei fod yn sylweddoli fod y diwedd yn dod, lledodd gwên dros wyneb Morris Blackwell.

Ni fedrai Meira gofio pythefnos a barodd mor hir. Ond o'r diwedd fe wawriodd y dydd. Wrth gerdded tua'r swyddfa teimlai fod popeth yn fwy llachar, y dref yn ymddangos yn lanach, yr adar yn canu'n fwy swynol.

Gollyngodd ei hun i mewn i'r adeilad a dringo'r grisiau yn ysgafn a chwim. Roedd popeth yn barod ar wahân i gopïo rhifau cyfrinachol y sêff ar dudalen o'r llyfr nodiadau.

Am un ar ddeg o'r gloch yn union clywodd Meira drwst ar y grisiau ac eiliadau'n ddiweddarach cyrhaeddodd Angela y swyddfa allanol fel llong mewn llawn hwyl gyda'i phlant yn dilyn fel dau gwch tendio.

Gorfododd Meira ei hun i wenu. "Bore da, Mrs Blackwell, Robert, Julie. R'ych chi'n brydlon iawn, mae'n rhaid dweud."

Anwybyddwyd ei chyfarchiad gan Angela. "Does dim angen i chi ffalsio, Miss Rowlands, gadewch i ni sticio at y gwaith sydd ar droed."

"Iawn, Mrs Blackwell. Dyma rifau'r sêff i chi." Rhwygodd y ddalen dop o'r llyfr nodiadau a'i throsglwyddo iddi. Fe'i cipiwyd o'i llaw yn fuddugoliaethus.

"Iawn, fe fydd fy nhwrnai i yma toc." Camodd yn hyderus tua swyddfa'i gŵr gyda'i phlant yn dilyn. Cyn diflannu o olwg Meira, trodd ar ei sawdl. "Gyda llaw, Miss Rowlands, fydd dim o'ch angen chi arnon ni o hyn allan. Felly fe allwch chi ddechrau clirio'ch desg. Ac ar ôl i'r twrnai gyrraedd fe allwch chi adael pryd y mynnwch chi."

Cafodd Meira hi'n anodd peidio â chwerthin yn uchel. Fe gâi mei ledi, chwedl Morris, weld pwy fyddai'n gadael gyntaf. Roedd hi wedi amau fwyfwy beth oedd bwriad Morris. Nawr roedd y cynllwyn yn glir. Dychmygodd weld Meira yn tynnu'r llun o'r neilltu ac yn gwasgu botymau'r sêff. Gallai synhwyro'r trachwant yn llygaid y tri.

Ac oedd, roedd golwg drachwantus, ddisgwylgar arnynt wrth i Angela droi dolen y sêff a'i thynnu ar agor. Ar amrantiad, rhewodd y wên ar eu hwynebau. Droeon wedyn, wrth edrych yn ôl mewn dicter ar y digwyddiad, ni fedrai'r un o'r tri gofio beth a'u trawodd gyntaf, drewdod affwysol cig wedi pydru neu'r haid o bryfed glas a ddisgynnodd arnynt.

Clywodd Meira'r sgrechian a'r crio a methodd fygu ei chwerthin y tro hwn wrth i'r tri Blackwell ruthro heibio iddi gan basio'r twrnai syfrdan ar ben y grisiau. Roedd pryfed ynghlwm yn eu gwallt, pryfed yn hofran uwch eu pennau, pryfed yn eu hymlid i lawr y grisiau. Drwy'r ffenest fe'u gwyliodd yn dal i redeg i lawr y stryd er bod y rhan fwyaf o'r pryfed wedi hen ddiflannu i'r pedwar gwynt.

Erbyn hyn roedd y twrnai wedi diflannu hefyd gan gredu, mae'n debyg, iddo daro i mewn i wallgofdy. Tynnodd Meira'r tun Vapona o ddrôr y ddesg a chwistrellu'r ddwy swyddfa nes eu bod nhw'n drwch o niwl. Pesychodd a thisialodd (ddwywaith) wrth iddi gipio'i chôt a'i bag cyn rhuthro i lawr y grisiau a chloi'r drws ar ei hôl.

Edrychai pobol yn hurt arni'n beichio chwerthin wrth gerdded i fyny'r stryd. Fedrai hi mo'r help. Fe fyddai'r darlun o Angela a'r plant yn dianc yn orffwyll o flaen haid o bryfed yn aros yn ei meddwl am byth. Prysurodd yn ei blaen i hysbysu Doctor Lloyd, yn ôl y trefniant, o'r digwyddiadau.

Er mawr syndod iddi roedd y doctor yn ei disgwyl y tu allan i'w gartref. Roedd hi wedi addo galw i'w weld gyda'r newydd am ymweliad Angela ond doedd hi ddim wedi meddwl y byddai mor eiddgar â hyn i glywed y stori.

"Fe wnes i ffonio'r swyddfa ond gan nad oedd neb yn ateb ro'wn i'n amau eich bod chi ar y ffordd."

Cerddodd y doctor at ei gar ac agor y drws i Meira. Edrychodd hithau'n ddryslyd arno.

"Newydd gael galwad o'r ysbyty. Mae Morris yn ymwybodol ac mae e wedi gofyn am ein gweld ni."

Teithiodd y ddau i'r ysbyty mewn tawelwch. Gwyddent mai dyma fyddai'r tro olaf iddynt weld Morris Blackwell yn fyw. Wrth gyrraedd yr uned gofal dwys oedodd y ddau i syllu ar y claf drwy'r ffenest warchod. Daliodd Meira ei hanadl pan welodd gyflwr ei chyflogwr.

"Mae e'n union fel ... fel yr wyneb yn y llun."

Cytunodd Doctor Lloyd. "Ydi, yn union fel y dyn yn y llun sy'n hongian yn ei swyddfa."

Nid yn unig yr oedd wyneb Morris wedi mynd yn bantiog ond roedd rhyw liw melyn wedi dod i'w wedd. Ymddangosai ei lygaid fel dau dwll a'i geg agored fel trydydd twll mwy o faint. O'r peiriant anadlu yn ymyl ei wely arweiniai piben i un o'i ffroenau ac i lawr i'w ysgyfaint.

Yn y drws roedd nyrs yn eu disgwyl. "Fel y gwelwch chi,

mae e'n dal i ddibynnu ar y peiriant cynnal bywyd. Fedr e ddim siarad fawr ddim â chi gan fod y biben anadlu yn dal yn ei lle. Mae e'n siŵr o geisio siarad, felly peidiwch ag aros yn rhy hir gan y bydd hynny yn ei wanhau e fwy fyth."

Ni roddodd Morris unrhyw arwydd iddo'u gweld. Ond rhwng ebychiadau o anadlu trwm llwyddodd i'w cyfarch gyda dim byd mwy na chrawcian …

Eisteddodd Doctor Lloyd wrth erchwyn y gwely. "Paid â gwylltio nawr. Rwy'n gwybod yn iawn be wyt ti'n ceisio'i ofyn. Rwyt ti am wybod sut gweithiodd y tric, on'd wyt ti?"

Nodiodd Morris ei ben mewn ategiad i gwestiwn Lloyd. Cydiodd Lloyd yn dyner yn ei law. "Dw i ddim wedi cael cyfle i glywed yr hanes fy hun eto. Fe gaiff Meira ddweud y cyfan wrthot ti."

Ac yno, ar gadair gerllaw'r gwely, adroddodd Meira'r holl hanes wrth ei chyflogwr. Roedd ei lygaid ynghau gydol yr amser ond lledodd gwên dros ei wyneb wrth iddo glywed am Angela a'r plant yn cael eu hymlid gan y pryfed.

Erbyn iddi orffen yr hanes roedd Morris wedi syrthio eto i drwmgwsg. Dychwelodd y nyrs ac ysgydwodd ei phen yn anobeithiol. Cododd y ddau ymwelydd ac wrth iddynt adael cydiodd Meira yn llaw ei chyflogwr am eiliad a daeth dagrau i'w llygaid. Yna gadawodd i'r llaw ddisgyn yn llipa ar y blancedi.

Ar y ffordd yn ôl yng nghar Doctor Lloyd roedd un cwestiwn yn dal i boeni Meira. "Sut gwyddai e pryd byddai'r cynrhon yn troi'n bryfed."

Gwenodd y doctor. "Doedd dim llawer na wyddai Morris am bryfed. Ond nawr mae'n bryd i fi ddatgelu i chi beth oedd yn yr ewyllys yn llawn."

"Does dim angen i fi wybod. Ar wahân iddo fe adael y busnes i fi, mater preifat yw e."

"Ddim yn hollol, Meira. Chi'n gweld, mae e wedi gadael y cyfan i chi, y busnes, ei arian, ei gar, ei fflat. Popeth. R'ych chi'n fenyw gyfoethog, Meira."

Teimlai Meira fel pe cawsai ei tharo â morthwyl. "Y cyfan? I fi?"

Chwarddodd y doctor. "Wel, ddim y cyfan yn hollol. Fe adawodd e un peth i fi hefyd. Hen wats boced ei dad-cu. Rhyw jôc fach rhwng y ddau ohonon ni."

Ysgydwodd Meira ei phen yn anghrediniol. "Dyna lle'r o'wn i'n ceisio dychmygu wyneb Angela pan wnâi hi glywed mai fi oedd piau'r busnes. Fe fydd hi'n berwi pan glywith hi na fydd hi'n cael dim byd."

"Siŵr o fod. Ac mae hi'n sicr o ymladd yr ewyllys. Ond peidiwch â phoeni amdani hi. Mae hi wedi elwa yn dda arno fe, hi a'r plant. Ac wedi'r cyfan, mae'r tŷ ganddyn nhw."

Gollyngodd y doctor Meira ar ben y stryd gerllaw ei chartref. Am yr ail dro o fewn pythefnos, teimlai hi ei bod hi'n cerdded ar gwmwl o wlân.

Am hanner awr wedi pedwar roedd Meira yn dal mewn breuddwyd wrth geisio dychmygu bywyd fel menyw gyfoethog. Roedd Doctor Lloyd yn ei stydi ac wrth ei drydydd wisgi yn cofio'r dyddiau da a rannodd gyda'i hen gyfaill. Yn rhif 3 Heol y Gaer roedd Angela a'r plant mewn dadl wyllt a dagreuol â'r twrnai. Tra yn uned gofal dwys ysbyty'r dref bu farw Morris Blackwell.

Yn ôl tystiolaeth y nyrs a oedd yn bresennol ar y pryd, un funud roedd e'n anadlu'n dawel. Y funud nesaf gollyngodd un sgrech annaearol, a hynny gyda grym a'i cododd ar ei eistedd. Syllodd yn syn ar gornel y stafell cyn disgyn yn ôl yn farw gelain.

Datgysylltwyd ef o'r peiriant cynnal bywyd a throsglwyddwyd ei gorff o'r gwely i droli yn barod i'w gludo i'r adran batholeg ar gyfer post mortem.

Roedd hi'n un ar ddeg o'r gloch ar Meira yn cyrraedd y swyddfa y bore wedyn. Nid ei bod hi'n poeni. Wedi'r cyfan, hi oedd yn berchen ar y busnes erbyn hyn. Yn un llaw cariai'r bwndel o ddogfennau o'r banc i'w hailosod yn y sêff. O dan y fraich arall cariai barsel sgwâr, fflat wedi'i lapio mewn papur brown.

Y peth cyntaf a wnaeth ar ôl cyrraedd y swyddfa oedd glanhau pob twll a chornel drwy sugno'r pryfed marw i'r glanhawr Dirt Devil. Yna aeth ati i sgrwbio'r sêff yn lân â dŵr poeth a Dettol ac ailosod y dogfennau o'i mewn.

Yna tynnodd y llun erchyll oddi ar ei fachau a'i gario allan i'r stryd i'w osod gyda'r sbwriel. Yn ôl yn y swyddfa gosododd y pecyn sgwâr, fflat ar y bwrdd. O ddiosg y papur brown dadorchuddiwyd llun wedi'i fframio. Sgriwiodd fachau newydd, syml i ochr y ffrâm a'i osod dros y sêff. Camodd yn ôl ac eistedd yng nghadair esmwyth ei chyn-gyflogwr i edmygu'r campwaith ar y wal, darlun o 'Salem'.

Roedd Doctor Lloyd, ac yntau'n feddyg i Morris, wedi gofyn am fod yn bresennol yn y post mortem. Iddo yntau, fel i'r arbenigwyr meddygol yn yr ysbyty, roedd y salwch a arweiniodd at farwolaeth y claf yn dal yn ddirgelwch.

Ar fwrdd metel, gorweddai corff ei hen gyfaill o dan gynfas gwyrdd. Dim ond ei ben oedd yn y golwg. Aeth ias oer i lawr cefn y doctor wrth iddo glywed y llif drydan yn cychwyn grwnian gan foddi hymian is y system dymheru. Er ei fod yn hen gyfarwydd â bod yn bresennol mewn post mortem roedd gweld ei gynnal ar hen gyfaill yn brofiad chwithig ac annymunol. Aeth y sŵn yn ddyfnach wrth i'r pathologydd osod y llafn crwn yn erbyn croen ac asgwrn y benglog. Tra chwyrlïai'r llafn yn ddidrafferth drwy'r asgwrn tenau, daliai'r cynorthwyydd ei law ar ben Morris fel rhywun yn dal het rhag iddi gael ei chipio gan chwa sydyn o wynt.

O fewn chwinciad llwyddodd y pathologydd i dorri llinell ddestlus, denau, goch o gwmpas y pen, rhyw ddwy fodfedd uwchlaw'r llygaid a'r clustiau. Distawodd hymian y llif ond wrth i'r cynorthwyydd godi darn ucha'r benglog, fel codi cap, llanwyd y labordy gan hymian arall, hymian gwahanol.

Syllodd y tri dyn gydag arswyd wrth weld cwmwl o bryfed yn codi o benglog wag Morris Blackwell. Hedfanodd yr haid yn gwmwl du, hirgrwn unwaith o gwmpas y lab mewn trefniant perffaith, fel pe rheolid nhw gan un ymennydd, cyn diflannu trwy'r wyntyll yn y ffenest.

Syllodd y cynorthwyydd yn syfrdan ar y darn o benglog a oedd yn ei law. Roedd y tu mewn yn gwbwl wag a glân hyd yr asgwrn, yn union fel pe bai wedi ei sgwrio. Yna edrychodd y patholegydd i lawr i ran isa'r benglog. Disgynnodd ei olygon ar rywbeth dieithr ac amneidiodd ar i Lloyd ddod yn nes. Syllodd yntau i mewn i'r benglog glaerwen. Ar y gwaelod, gyferbyn â'r glust chwith yng nghyffiniau'r asgwrn mastoid, gorweddai rhywbeth du, crynedig. Gafaelodd y patholegydd mewn gefail a thynnodd y peth du allan a'i ollwng ar y bwrdd. Yno, yn rhy drwm i'w goesau, siglai pryfyn glas anferth, o faint pen bawd. Ceisiodd ymestyn ei adenydd i hedfan i ffwrdd. Ond roedd e'n rhy drwm o'i loddesta, yn rhy drwsgl. Gorweddai yno'n ddiog a difywyd fel malwen swrth.

Cododd y patholegydd scalpel ac fe'i tynnodd yn sydyn ar draws corff y pryfyn. Disgynnodd y ddau hanner ar wahân. Ac allan o ddwy gragen ei gorff treiglodd hylif llwydaidd, gludiog a thrwchus – y cyfan oedd yn weddill o ymennydd Morris Blackwell.

�# YNYS Y CATHOD

Duwiau a bwystfilod – dyna wneuthuriad ein byd.

ADOLPH HITLER

WRTH ROWNDIO ARFORDIR gorllewinol ynys Egina ar gwch hwylio y gwelais i Ynys y Cathod am y tro cyntaf. Ymddangosodd i mi drwy'r tes, fel rhyw grwban anferth, diog yn torheulo'n gysglyd yn y glesni. Pam dewis yr ynys arbennig honno, tua ugain milltir o Athen, wn i ddim. Ond fe ddeuwn i felltithio'r penderfyniad.

Nid Ynys y Cathod oedd ei henw swyddogol. Ond felly y deuthum i'w hadnabod. A mympwy yn unig a wnaeth i mi ei dewis, mae'n debyg. Er fy mod i, erbyn hyn, yn amau fod rhywbeth ysgeler, maleisus wedi hau'r hedyn yn fy meddwl. Peth hawdd yw dychmygu hynny nawr, wrth gwrs, wrth edrych yn ôl a'r hunllef drosodd. Hynny yw, os ydi hi drosodd wedi'r cwbwl. Ddoe ddiwethaf fe gefais achos i amau hynny.

Ond cystal mynd yn ôl i'r dechrau. Roedd Taki, y morwr a awgrymodd y lle i mi, yn ymddangos yn ddigon diniwed. Sipian *metaxa* mewn bar braidd yn amheus gerllaw'r harbwr ym mhorthladd Piraews yr oedd pan welodd fi'n pori dros siartiau o gwlff Saronikos a dod ataf i daro sgwrs.

"Gwyliau neu fusnes?" oedd ei gyfarchiad cyntaf.

"Gwyliau, a gwyliau'n unig," atebais. "Rwy' wedi cael digon ar fusnes i bara am o leia un oes."

Chwarddodd yn ddwfn. "Dyna'ch problem chi, bobol y gorllewin. Dydi busnes yn golygu dim byd ond gwaith i chi. I ni'r Groegiaid mae busnes a mwynhad yn medru bod yn ddau gydymaith sy'n teithio law yn llaw. Fe wyddon ni sut mae ymlacio. *Sigá sigá*. Pwyll piau hi."

"Wel, ymlacio bydda i am weddill fy oes. Meddwl ble fydd y man galw nesa rydw i nawr."

Pwysodd dros fy ysgwydd i syllu ar y siartiau. Sawrai ei

anadl o fwg sigâr a brandi rhad. "Fyddwn i, petawn i'n ymwelydd fel chi, ddim yn mynd i rai o'r ynysoedd mwya. Mae Egina, er enghraifft, ar wahân i'r brif dre, braidd yn amhersonol. Ac mae'r un peth yn wir am Póros."

"Beth am Hydra?" Roeddwn i wedi clywed fod un o'm hoff gantorion, Leonard Cohen, yn byw yno am ran o'r flwyddyn. Rhagwelodd Taki fy niddordeb yn y lle.

"Aha ... ffan o Cohen, rwy'n tybio. Wel, mae porthladd Hydra yn hyfryd, ond yn ddrud. Dim un car modur yn agos i'r lle, sy'n fendith. Ond siomedig yw gweddill yr ynys. Fe fyddwn i'n dewis ynys fechan petawn i'n chi."

Llowciodd weddill y *metaxa*, er ei fod yn blasu fel colsyn o'r tân, a chyffyrddodd â phig ei gap mewn ystum ffarwél.

"Gwell i mi fynd. Rwy' wedi addo mynd â dwy Americanes i bysgota. Wel, pysgota yw'r bwriad, o leia. Cofiwch be ddwedes i – busnes a mwynhad. *Adhío*."

Ac allan ag ef gan adael eco'i chwerthin, fel mwg ei sigâr, i oedi am rai eiliadau ar ei ôl. Diflannodd gan rowlio o ochr i ochr fel sy'n nodweddiadol o bobol y môr. Dychwelais at y siartiau ac fe drawodd fy llygaid ar ynys fechan a enwid yn Anghistri ar y map. Ymddangosai'n ddim mwy na rhyw dair milltir wrth bedair. A chyn belled ag y gallwn weld, doedd arni ond tri phentref, un bychan, un llai ac un arall llai fyth.

Yfais weddill fy *retsina* cyn mynd allan i brynu mân nwyddau. Nid bod angen rhyw lawer gan nad oedd yr ynys, yn ôl y siartiau, ond tua thair awr o fordaith i ffwrdd.

Ar ôl prynu ychydig ffrwythau, bara, caws *féta* a photel o win coch dyma ryddhau'r Llawenydd o'i hangorfa a'i lywio heibio i'r llongau fferi a oedd yn gwau trwy'i gilydd yn harbwr Piraews mor brysur â haig o fecryll. Rhaid oedd llywio'n ofalus oherwydd gwyddwn fod capteiniaid rhai o'r llongau bychain hyn yn medru bod yr un mor wallgof ar y môr ag ydi gyrwyr ceir Athen ar y ffordd. Ar ôl llwyddo i osgoi'r dwsin neu fwy o longau tancer hefyd, llongau sydd fel ynysoedd yn y gwlff, dyma wynebu môr Saronikos.

A'r Llawenydd yn symud yn ysgafn fel gwylan ar fynwes y

tonnau, buan y gadewais hagrwch diwydiannol ynys Salamis a'r mwg o'r ffatrïoedd cemegolion. Teimlad braf oedd cael anadlu awyr cymharol iach unwaith eto. Roedd y Llawenydd fel pe bai wedi ei hadeiladu ar gyfer y math hwn o fôr gyda'i fyrdd o ynysoedd. Er nad oedd y gwynt yn gryf, gyrrai'r slŵp ymlaen yn ddidrafferth, diolch i'r hwyl Genoa a gâi ei bolio gan yr awel.

Cwch pren 32 troedfedd o hyd yw'r Llawenydd, cwch un mast gydag injan fewnol gref 25 h.p. ac injan allanol fechan 5 h.p. Ac er ei bod hi'n ddeg ar hugain oed, mae rhai o'r dyfeisiau modern sydd arni yn ei gwneud hi cystal, os nad gwell, nag unrhyw gwch hwylio modern. Roedd y dyfeisiau hynny eisoes arni pan brynais hi â chyfran helaeth o'r tâl diswyddo a dderbyniais wrth adael fy ngwaith. Mae hi'n berffaith ar gyfer criw un dyn, er y gallai pedwar hwylio a byw arni yn gymharol gysurus. Ac mae'r ffaith mai cwch pren yw'r Llawenydd yn ychwanegu at ei rhamant.

Pan brynais hi am £16,000 chwe mis yn gynharach gan ryw Sais oedd wedi buddsoddi'n annoeth mewn tafarn yng nghyffiniau'r Cei Newydd, ei henw oedd "Happiness". Wnaeth hi ddim cyfiawnhau ei henw i'r Brymi, druan. Aeth yr hwch a'r cwch drwy'r siop, neu'n hytrach drwy'r dafarn. A'r banc, mewn gwirionedd, a'i gwerthodd hi i mi. Os gwna i byth gyfarfod â'r hwch honno fe wna i'n siŵr mai marw o henaint fydd ei thynged yn hytrach na chael ei bwtsiera. Beth bynnag, teimlais fod ei henw – y cwch, nid yr hwch – yn haeddu cael parhad. Felly dyma gyfieithu'r enw a'i bedyddio yn Llawenydd.

A'r Llawenydd bellach yn hwylio'i hun cefais gyfle i dorri darn o fara a'i fwyta gyda thalp o gaws *féta* gan olchi'r cyfan i lawr gyda joch o win. I'r dwyrain gwelwn amlinell ynys Egina yn ymestyn i'r tes tra oedd arfordir y tir mawr yn dal yn amlwg i'r gorllewin. Ymdebygai'r bae i lyn hwyaid. Ond môr twyllodrus yw môr Saronikos. Heb lanw na thrai gwerth sôn amdanynt, mae ynddo'r duedd i ferwi ar dywydd drwg. Ond roedd ofnau fel hynny ymhell o'm meddwl ar y pryd.

O'r de-orllewin y chwythai'r awel, dros Anghistri anweledig, ac arni gallwn wynto arogleuon pinwydd, grug, teim a mintys y creigiau. O'm cwmpas gwelwn bysgotwyr yn eu cychod rhwyfo yn cyrcydu'n amyneddgar gan fy nghyfarch yn foesgar wrth i mi fynd heibio iddynt. Teimlwn fy mod ar fy ffordd i baradwys. O fewn dyddiau cawn fy mhrofi yn anghywir. Yn anghywir iawn.

Awr a hanner allan o Athen gallwn weld amlinell Anghistri, yn union yn y canol rhwng Egina a'r tir mawr. Ac fel y nesawn dechreuai gwahanol agweddau ar ddaearyddiaeth yr ynys ymsefydlu. Gallwn weld y pinwydd yn dringo'r mynydd, yr unig fynydd ar yr ynys. Ac yna gwelais lafn o heulwen yn taro to cromennog eglwys glaerwen pentref Skála. Edrychai'n union fel golygfa ar y cerdyn post delfrydol. Pe gwyddwn beth fyddai yn fy aros byddwn wedi troi'r Llawenydd 90 gradd ar ei thin a hwylio'n ôl am Athen a dychwelyd yn ddi-stop drwy gamlas Corinth. Ond ar y pryd roedd hi'n amhosib credu y gallai prydferthwch Edenaidd o'r fath guddio'r arswyd dyfnaf.

Prin yr oedd angen imi gyffwrdd â llyw'r Llawenydd erbyn hyn. Câi ei denu, ei thynnu tua'r ynys fel pe bai Anghistri yn fagnet morwriaethol. Gydag ynys fechan Metopi i'r chwith iddi, angorai un o'r llongau fferi, y Kitsolakis Express, wrth lanfa goncrid Skála, a'i hwter yn rhwygo'r awyr wrth iddi ollwng chwydfa o deithwyr ar y cei; cymysgedd o bobol leol oedd wedi bod yn siopa yn Egina oeddynt ynghyd â thua dwsin o ymwelwyr a oedd yn dal eu gafael wrth gynffon y tymor ymwelwyr.

Ar ochr ddyfnaf y lanfa gorweddai'r llong dancer ddŵr wrth angor, a phiben drwchus yn arwain o'i howld i'r gronfa a gyflenwai'r pentref. Ac wrth wylio'r gweithgaredd yn yr harbwr bach penderfynais anelu trwyn y Llawenydd tuag at y traeth yn union y tu ôl i'r eglwys, lle'r oedd hanner dwsin o gychod hwylio a llynges o gychod llai yn siglo wrth angor. Roeddwn eisoes wedi gostwng yr hwyl cyn i mi danio'r injan fach a llywio'r cwch yn araf i mewn i angorfa naturiol rhwng dau gwch hwylio arall.

Diffoddais yr injan a neidiais i lathen o ddŵr gyda'r rhaff glymu yn un llaw. Bracsais tua'r tywod ac at fachyn haearn a oedd wedi'i blannu mewn lwmp o goncrid. Clymais ben y rhaff wrth y bachyn cyn ymsythu a chymryd golwg gyffredinol o'r traeth. Gallasai fod yn draeth mewn unrhyw wlad heulog yr adeg hon o'r flwyddyn. Chwaraeai plant ar wefusau'r tonnau diog a oedd yn llyfu'r traeth. Ar welâu haul rhostiai twristiaid yn y gwres, a sglein eu holew atal-llosgi yn gwneud iddynt edrych fel tyrcïod Nadolig mewn ffwrn gymunedol. O'r *taverna*s bychain codai miwsig disco diweddaraf y gorllewin tra yng nghysgod y blociau o fflatiau swatiai hen ddynion a hen fenywod yn eu dillad duon yn sipian *ouzo* a chlwcian fel ieir. Nhw, y tu hwnt i gyrraedd pelydrau llachar yr haul, oedd y callaf o ddigon. Ar yr awel hofranai aroglau digamsyniol octopws rhost.

Dringais yn ôl i'r cwch i gasglu fy het wellt a dyrnaid o ddrachmas ac ar ôl cloi drws y salŵn, penderfynais gael golwg fanylach ar Anghistri. Doeddwn i ddim wedi cerdded mwy nag ugain llath cyn i mi sylweddoli fod gen i gydymaith. Wrth fy sodlau roedd ci Labrador digon porthiannus yr olwg. Fel arfer mae Labrador naill ai'n felyn neu'n ddu. Cyfuniad o'r ddau oedd lliw hwn, ei gorff a'i ben yn lliw siocled tywyll, ei drwyn yn frown goleuach, a'i lygaid llawn deallusrwydd bron yn ddu.

Pan sefais i, safodd yntau braidd yn betrusgar. Ond wedi i mi grymu tuag ato ac estyn fy llaw yn groesawgar mentrodd tuag ataf. Ac ar ôl i mi fwytho'i ben a sibrwd yn ei glust, llyfodd fy llaw. Roeddwn i wedi gwneud fy ffrind cyntaf ar Anghistri. A Duw a ŵyr, o fewn y dyddiau nesaf fe fyddai arnaf angen ffrind.

Arweiniai'r llwybr o'r traeth i fyny at brif stryd y pentref, hynny yw, os gallwch chi ddisgrifio lôn gul, droellog yn stryd. Gwibiai scwteri heibio i mi fel cacwn prysur, blin.

Ar ôl rhyw grwydro'n ddibwrpas am ychydig gwelais far *taverna* croesawgar yr olwg, un modern ei gynllun. Uwch ei ben, ar y to, cyhoeddai arwydd mai Katerina oedd enw'r gwesty. Ond roedd i'r bar arbennig hwn enw arall, Ianws, sef enw ar yr hen dduw Rhufeinig â dau wyneb. Ac i ategu'r enw, ar y fwydlen ar y bwrdd roedd llun menyw ac iddi hithau ddau wyneb, un prydferth ac un hagr.

Doedd neb y tu ôl i'r bar ond ar y cownter gorweddai cath ddu, anferth yn hepian yn y gwres. Yn sydyn dihunodd y gath. Cododd ar flaenau ei thraed a rhythodd drwy lygaid melyn fel dwy fflam. Agorodd ei cheg gan ddadorchuddio dau ddant miniog, hir. Daeth hisian bygythiol o'i gwddf a chyrcydodd fel pe bai ar fin ymosod.

Sylweddolais nad fi oedd testun ei dicter ond y ci. A phan sylwodd hwnnw arni, neidiodd gryn lathen o'r llawr tuag ati. Â sgrech o ddicter tasgodd y gath o'r golwg o dan y cownter. Plygais i geisio cymell y ci i gallio. Gwyrodd yntau ei ben yn union fel pe ymbiliai am faddeuant a chiliodd yn llawn euogrwydd i orwedd yng nghysgod coeden lemwn. Ond daliai i chwyrnu'n isel.

Ac yna teimlais nad oeddwn ar fy mhen fy hun. Trois fy mhen ac yno yn syllu arnaf roedd yr wyneb mwyaf trawiadol i mi daro llygaid arno erioed. Wyneb merch oedd e, wyneb hir a gwelw a'r wyneb hwnnw wedi'i fframio â gwallt hir, mor ddu â phlu cigfran. Llosgai ei llygaid yn felyn ac roedd ei dannedd claerwyn wedi'u dinoethi fel petaen nhw'n barod i larpio unrhyw un neu unrhyw beth. Wn i ddim ai'r bygythiad yn ei hosgo neu sydynrwydd ei hymddangosiad a wnaeth i mi gamu'n ôl mewn syndod. Ond ar amrant gweddnewidiwyd ei hymddangosiad. Lledodd gwên ar draws ei hwyneb. Pylodd y tân yn ei llygaid yn fflachiadau gwyrdd o fywiogrwydd.

"Wel, wel, dyn dieithr. Croeso i Anghistri. Katerina ydw i."

Roedd ei llais mor groesawgar â'i hwyneb, llais dioglyd, swynol a rhywiol. Estynnodd ei llaw mewn cyfarchiad ac wrth i mi afael yn ysgafn yn y llaw honno fedrwn i ddim llai na theimlo'i hoerni a sylwi ar ei hewinedd hir, cochion.

"A beth fedra i gynnig i ddyn dieithr sy wedi teithio mor bell i westy Katerina?"

Roedd amwysedd ei chwestiwn y tu ôl i'r wên herfeiddiol

yn gwbwl amlwg. "Wel, sudd oren a llwyth o rew. Fe wna hynny'r tro i ddechrau. Ond sut gwyddoch chi 'mod i wedi teithio mor bell?"

Gwenodd wrth iddi wasgu a malu dau oren cyfan a hidlo'r hylif melys i wydr hanner peint o'r rhewgell a oedd wedi'i orchuddio â haen drwchus o rew. "Rwy'n adnabod pawb sy'n byw ar yr ynys. A d'ych chi ddim yn edrych fel un o'r twristiaid cyffredin."

Diolchais iddi am ei geiriau caredig. "Na, dydw i ddim yn un o'r twristiaid. Ymwelydd, hwyrach, fyddai'r disgrifiad gorau. Digwydd taro ar Anghistri wnes i. Dod yma ar hap."

Syllodd Katerina i fyw fy llygaid. "Does neb yn dod i Anghistri ar hap. Mae'r ynys yn gafael ynddoch chi ac yn gwrthod gollwng. Wyddoch chi beth yw ystyr yr enw?"

"Dim syniad."

"Ystyr Anghistri yw bachyn. Ac unwaith y cewch chi'ch bachu gan Anghistri, fedrwch chi ddim dianc. Mae 'na hen draddodiad sy'n dweud fod unrhyw un sy'n dod yma yn siŵr o ddychwelyd dro ar ôl tro. Ac os na wnewch chi ddod 'nôl i'r ynys, yna fe ddaw'r ynys atoch chi."

"Yn wahanol i Mohamed a'r mynydd, felly."

Syllodd braidd yn od arna i. Doedd dim pwrpas ceisio egluro wrthi.

"Anghofiwch e. Hen ddywediad sy gennyn ni. Ond fe alla i ddeall yr afael sy gan yr ynys. Prin hanner awr rydw i wedi bod yma ond fe allwn i dyngu 'mod i'n nabod y lle yn dda."

"Falle'ch bod chi. Falle i chi fod yma mewn rhyw einioes arall. Pwy a ŵyr? Rwy'n un o'r rheini sy'n credu'n gryf mewn ailymgnawdoliad. Ond cofiwch, mae 'na ystyr arall i Anghistri. Yn ogystal â bachyn, fe all olygu crafanc."

Wrth iddi estyn ei llaw i gydio yn fy ngwydr gwag fedrwn i ddim peidio â sylwi eto ar ei hewinedd hirion, main.

"Wel, diolch am y croeso – a'r sgwrs. Fe fydda i'n siŵr o alw eto."

Gwenodd hi yn awgrymog, a'i llygaid melyn yn fflachio, "O, gwnewch, fe wnewch chi alw eto. Mae hynny'n bendant."

Trois cyn gadael. "Rwy'n synnu, braidd, mai enw hen dduw Rhufeinig sydd ar y lle yma. Pam nad enw duw Groegaidd?"

Edrychodd braidd yn syn. "Fyddai unrhyw un o'r twristiaid cyffredin ddim yn gwybod hynna. R'ych chi'n iawn. Duw Rhufeinig oedd Ianws. A does gennyn ni'r Groegiaid ddim duw cyfatebol. Ond yn ôl y chwedlau, Groegwr oedd e, mab i Apollo a aeth i'r Eidal pan yn blentyn. Felly mae gennyn ni hawl arno."

"Ianws, os ydw i'n cofio'n iawn, yw duw'r gorffennol a'r dyfodol. A dyna pam mae ganddo fe ddau wyneb."

"Perffaith gywir. A dyna pam mae ei ddelw i'w gweld uwchben drysau a pham mae ei ddydd gŵyl ar y diwrnod cyntaf o'r flwyddyn. Ef wnaeth roi ei enw i Ionawr. Mae e'n edrych yn ôl ar yr hen flwyddyn ac ymlaen at y flwyddyn newydd."

"Mae'n rhaid nad yw dauwynebogrwydd yn un o'ch nodweddion chi'r Groegiaid."

Lledodd y wên hudolus dros ei hwyneb unwaith eto. "Mae hynny'n rhywbeth i chi ei ddarganfod."

Gadewais y *taverna* gan chwerthin a throi unwaith eto i'r brif stryd. Doedd dim angen i mi edrych yn ôl. Gwyddwn o'r gorau fod y ci brown yn fy nilyn. Gallwn deimlo hefyd bâr o lygaid melyn yn fy nghanlyn i fyny'r ffordd.

Rhyw ddilyn fy nhrwyn wnes i weddill y prynhawn. Potel o Budweiser yn y Quattro Bar, un arall yn Tivan's ac un arall eto fyth yn y Copacabana ar fin y ffordd sy'n arwain i Milos, y pentref nesaf. Ac yno yn y Copacabana y cefais hanes fy nghydymaith newydd. Yn ôl Viktoria, a gadwai'r bar, enw'r ci oedd Petros. Pwy wnaeth ei fedyddio, doedd ganddi ddim syniad. Rhyw gyrraedd yn sydyn wnaethai Petros, tua blwyddyn ynghynt, yn ôl Viktoria. O ble, fedrai neb ddweud. Yr esboniad mwyaf tebygol oedd i griw o ymwelwyr o Egina ddod ag e draw ar gwch ac yna, ar ôl gorddathlu, anghofio amdano.

Ond bellach roedd Petros wedi'i fabwysiadu gan yr

ynyswyr. Rhyw ysbryd rhydd oedd e, yn ôl Viktoria, gyda pherchenogion y gwahanol dai bwyta a'u cwsmeriaid yn ei gynnal o ran bwyd. Ac roedd rhywun wedi gweld yn dda i brynu coler iddo hefyd. Coler, mae'n debyg, a wahaniaethai gi anwes go iawn oddi wrth gi strae. Ac roedd digon o'r rheini hefyd ar yr ynys. Heb sôn am gathod di-rif. Ond er nad oedd neb yn berchen ar Petros, cawsai ei ddyrchafu yn gi o dras.

Beth bynnag, os oedd yr ynyswyr wedi mabwysiadu Petros, fe benderfynodd e fy mabwysiadu i. Rhyw gysgu ci bwtsiwr yr oedd e yn y Copacabana, rhyw hepian gydag un llygad yn agored. Yr eiliad y codais i, cododd yntau. Ac fe'm dilynodd ar hyd lwybr y traeth yn ôl yr holl ffordd i'r Llawenydd. Yn wir, fe wnaeth fy nilyn drwy'r dŵr at waelod yr ysgol fechan a arweiniai i fyny at y dec. Ac o'i weld yn griddfan ar y gwaelod, a minnau ar y cwch, allwn i ddim anwybyddu'r ymbil yn ei lygaid. Disgynnais yr ysgol, ac o ddal Petros o dan fy nghesail chwith, llwyddais i'w godi i'r dec. Llyfodd fy llaw'n ddiolchgar ac ysgydwodd ei gynffon mewn boddhad. A thra bûm yn twtian a chymhennu yma ac acw, syrthiodd i gysgu yng nghysgod y caban.

Erbyn hyn roedd awel fain yn crychu'r dŵr ac roedd y traeth yn araf wagio. Ailafaelais yn y botel win ac, wrth i'r awyr ddechrau cochi, eisteddais ar y dec i adolygu hynt a helynt y misoedd diwethaf. Flwyddyn yn gynharach fyddwn i ddim wedi breuddwydio y byddwn yn treulio mis Medi yn hwylio'r Môr Aegea.

Fe ddaeth y newydd fod y cwmni ariannu i gau fel ergyd o wn. Fel rheolwr y gangen yng Nghaerdydd chefais i ddim arwydd o rybudd fod y cwmni mewn unrhyw fath o berygl. Ond methodd y bwrdd rheolwyr wrthod y demtasiwn i werthu i gwmni mwy. Fe'n sicrhawyd ni, wrth gwrs, fod ein swyddi ni i gyd yn ddiogel. Fis yn ddiweddarach fe roddwyd pawb ohonom ar y clwt.

Do, fe ges i gelc digon sylweddol am fynd yn dawel. Ac ar un olwg roeddwn i'n falch o gael dianc o'r ras lygod afiach. A chan nad oedd gen i unrhyw ymrwymiad teuluol na charwriaethol – fe ddysgais chwarae'r farchnad mewn mwy nag un ffordd – penderfynais godi 'mhac a mynd adref i hen gartref fy rhieni ger Aberaeron.

Roedd halen yn fy ngwaed. Roedd fy nhaid, ar ochr fy nhad, wedi bod yn gapten llong. Ac arferai fy nhad, er mai cadw tyddyn a wnâi ef a Mam, fod yn berchen ar gwch pysgota. Yn eu blynyddoedd olaf, yn groes i'm holl ddadleuon, fe werthodd y ddau dir y tyddyn yn safle carafannau gan gadw eu gafael ar y tŷ.

Rhyw fis yn unig y bûm i'n byw yno ar ôl fy ngwneud yn ddi-waith. Teimlwn fel dieithryn yn fy mro fy hun. Doedd neb o'm hen gyfeillion ar ôl ac roedd yr holl broblemau cymdeithasol a arferai berthyn i drefi mawr a dinasoedd wedi ymledu i gefn gwlad Ceredigion. Felly, pan ddaeth y cyfle roedd y penderfyniad i brynu'r Llawenydd yn un hawdd.

Ac yno, yn harbwr ynys wyrthiol Anghistri, canmolais fy lwc. Roeddwn i'n ddyn sengl, yn ddyn rhydd, yn gymharol gefnog ac yn dal yn ganol oed cynnar. Roedd fy wybren yn las a digwmwl. O leiaf, felly y tybiwn ar y pryd.

Roedd y traeth wedi gwagio erbyn hyn a'r unig sŵn i darfu ar y tawelwch oedd canu ceiliog i fyny yn Metochi a cheiliog arall rywle yn Skála yn ei ateb. Penderfynais gael trochfa cyn mynd allan am swper. Yn y caban diosgais fy jîns a'm crys T a newid i 'ngwisg nofio. Roedd Petros yn dal i chwyrnu wrth i mi neidio o ben ôl y cwch i'r glesni claear, bendithiol.

Doedd dim sôn am Katerina wrth imi basio Bar Ianws. Yn dynn wrth fy sodlau trotiai Petros. Taflodd gilwg ar y bar wrth basio. Ond doedd dim golwg o'r gath ddu chwaith.

Penderfynais ddringo i'r chwith gan dderbyn gwahoddiad arwydd wedi'i hoelio ar olewydden yn hysbysebu *taverna* Giorgios. Yn ôl broliant yr arwydd, hwn oedd y *taverna* gorau am·fwyd ar yr ynys. Yr unig ffordd i brofi neu wrthbrofi hynny oedd drwy fynd yno.

Dringai'r llwybr rhwng olewydd cnotiog i fyny hyd at ymylon y coed pin. O dan y feranda yn yr awyr agored eisteddais wrth yr unig fwrdd gwag. A gollyngodd Petros ei hun yn swp fel sach o flawd o dan y bwrdd wrth fy nhraed. Cyn i mi gael cyfle i bori trwy'r fwydlen eisteddodd dyn croesawgar a siaradus gyferbyn â mi. Yn un llaw daliai lond piser pres o *retsina*. Yn y llaw arall cariai ddau wydr. Gosododd y gwydrau ar y bwrdd a'u llenwi â'r gwin. Gwthiodd un tuag ataf, a chan godi'r llall dymunodd, *"Yammas"*.

Codais fy ngwydr innau a'i gyffwrdd â'i wydr ef gan gydnabod ei gyfarchiad gyda "Iechyd da".

Goleuodd ei lygaid. "Cymro 'ych chi? Wel, wel, croeso i Anghistri."

"Sut gwyddoch chi mai Cymro ydw i?"

Chwarddodd yn ddwfn. "Rydw i, Giorgios, yn medru dweud o ble mae pawb yn dod. Ond yn eich achos chi, mae'r esboniad yn syml. Mae criw o Gymry yn dod yma bob haf. Ac maen nhw wedi llwyddo i ddysgu i mi sut i ddweud 'Iechyd da'."

Mewn ymateb i waedd o'r gegin, cododd a gwagio ei wydr. "Mae'r wraig yn galw. Cymerwch olwg ar y fwydlen a dewiswch. Rwy'n awgrymu'r *saganaki* i gychwyn."

Tra oedd Giorgios yn dal pen rheswm â'i wraig, dechreuais bori yn y fwydlen sylweddol. Penderfynais dderbyn gair Giorgios am y *saganaki*. Cyrhaeddodd ei fab gyda phlatiaid helaeth a'i osod o fy mlaen a gwên barod ei dad ar ei wyneb. Blasai'r caws *kefalotiri* wedi'i ffrio mewn olew yn hyfryd, yn enwedig o ychwanegu diferion o sudd lemwn ar ei ben.

Tra oeddwn i'n bwyta, ailymunodd Giorgios â mi. Ac ar ôl iddo ganmol fy chwaeth am ddewis ei fwyty ef aeth ymlaen i frolio gogoniannau'r ynys.

"Hon yw gardd Saronikos. Wyddech chi fod aroglau'r teim gwyllt a'r coed pin yn denu gwenyn yr holl ffordd o Egina?"

"Ydi hi'n wir mai ystyr enw'r ynys yw bachyn neu grafanc?"

Gwenodd Giorgios yn llydan. "Rwy'n gweld i chi wneud eich gwaith cartre. Ydi, mae'n wir. Ond yr hen enw oedd Kekryfalia sy'n dod o'r gair Kekryfalos, y benwisg y byddai'r menywod yn arfer ei gwisgo. Roedd ynys Metopi, yn yr hen ddyddiau, yn un ag Anghistri. Roedd yno winllannau ffrwythlon a gwenith yn tyfu arni. Bryd hynny roedd yr ynys yr un siâp a'r benwisg draddodiadol honno, mae'n debyg. Ond sut gwyddech chi am yr ystyron eraill?"

Esboniais wrtho am fy sgwrs gynharach gyda Katerina. Ac wrth i mi yngan ei henw fe anesmwythodd Giorgios. Gwnaeth ryw esgus fod ei angen wrth fwrdd arall er gwaetha'r ffaith fod ei fab, a'i ferch erbyn hyn, yn dygymod yn iawn â gweini ar y bwytawyr eraill. Cyn iddo ddiflannu gwaeddais arno fy mod i am *stifádho* fel prif gwrs.

Wrth i mi orffen y *saganaki* a gwagio'r piser *retsina* teimlais fod rhywun neu rywbeth yn syllu arnaf. Trois i edrych dros fy ysgwydd ac yno, ar y canllaw pren a wahanai'r lle bwyta oddi wrth yr ardd, cyrcydai tair cath. Rhythent arnaf drwy lygaid fflam gyda rhyw gymysgedd o fygwth a begera.

Y tu hwnt i'r ffens gwelwn fwy a mwy o gathod yn gwahanu oddi wrth y tywyllwch rhwng y coed ac yn dynesu fel cysgodion slei. Ac yna synhwyrodd Petros eu presenoldeb. Neidiodd o gysgod y bwrdd tuag at y cathod oedd ar y canllaw ac wrth i'r rheini, gan hisian a sgrechian, ffoi i'r ardd neidiodd y ci dros y ffens a pharhau â'i ruthr.

Diflannodd y cathod, dros ddwsin ohonynt erbyn hyn, i'r cysgodion. Ar wahân i un. Cath ddu, anferth oedd honno ac edrychai'n union fel yr un a welswn yn gynharach ar gownter *taverna* Katerina. Daliodd honno'i thir gan godi ar flaenau ei thraed a herio Petros. Ond nid arafodd y ci. Hyrddiodd yn ei flaen a gafael yng ngwar y gath. Sgrechiodd honno mewn artaith ond saethodd un o'i phawennau allan a thynnu ei hewinedd ar draws trwyn ei hymosodwr. Udodd y ci, yn fwy mewn syndod nag mewn poen, a gollyngodd ei afael. A chiliodd y gath yn araf a phwyllog tua'r coed. Safodd ar gwr y pinwydd a throdd tuag ataf. Melltennodd ei llygaid wrth iddi syllu arnaf cyn diflannu'n llwyr i'r gwyll.

Roedd Giorgios wedi clywed y twrw. Rhuthrodd allan o'r gegin yn cario piser arall o *retsina*, un mawr y tro hwn.

Gosododd y gostrel ar y bwrdd ac wrth i Petros ddychwelyd, a blaen ei dafod yn ceisio cyrraedd y gwaed oedd yn ffurfio'n ffrwd fain ar hyd ei drwyn, plygodd Giorgios i'w fwytho. Ac oddi ar blât ar fwrdd gwag cyfagos estynnodd asgwrn a darnau o gigach i'r ci.

"Da iawn yr hen Petros, mae angen cadw'r cathod gythraul yna yn eu lle."

Syllodd y ci arno'n ddiolchgar, a chan gipio'r asgwrn o'i law siglodd ei gynffon fel pendil cloc. Wrth i Giorgios eistedd a helpu'i hun i fwy o win cyrhaeddodd ei ferch â'm harcheb. Cododd aroglau sawrus y talpiau o gig tyner, y winwns, y garlleg, y tomatos, y shibwns a'r gwin coch i'm ffroenau. Tywalltodd creawdwr y wledd lond gwydr arall o win a'i wthio at fy mhenelin.

"Dewis da yw'r *stifádho*, er mai fi sy'n dweud hynny."

Gyda'm safn yn llawn o gig eidion blasus, amneidiais fy mhen mewn cytundeb llwyr.

"A diolch i Petros fe gewch chi lonydd i'w fwyta heb unrhyw ymyrraeth gan y cathod gythraul yna. Maen nhw'n bla ar yr ynys."

"Oes dim gobaith eu cadw nhw dan reolaeth? Eu doctora nhw i atal mwy o fridio? Neu hyd yn oed eu didoli nhw a lladd rhai ohonyn nhw trwy ryw ddull trugarog?"

Ysgydwodd Giorgios ei ben yn anobeithiol a difrifol. "Mae yna hen goel yma sy'n mynnu fod y cathod yn sanctaidd. Rwtsh llwyr, wrth gwrs. Ond mae'r hen bobol yn credu hynny. Ac ar ôl yr hyn a ddigwyddodd i'r hen Constantine, druan, chewch chi neb i feiddio awgrymu lladd cymaint ag un ohonynt."

"A beth ddigwyddodd i'r hen Constantine, druan?"

Rhwng sipiadau o *retsina* aeth Giorgios ati i adrodd y stori. "Roedd Constantine yn un o arweinwyr pwyllgor rheoli cymunedol yr ynys a thua phum mlynedd yn ôl fe wnaeth e awgrymu'r union beth a wnaethoch chi. Roedd ganddo rai cefnogwyr ymhlith y to ifanc, ond braidd yn ofnus oedd yr hen bobol.

"Beth bynnag, roedd Constantine wedi bod yn bwyta ac yn yfed yn hwyr draw yn *taverna* Tasos yn Limenaria dros y mynydd. Ac yn hytrach na dychwelyd ar hyd y ffordd fawr fe geisiodd groesi'r goedwig. Peth annoeth iawn i'w wneud wedi nos."

"Pam? Oes yna glogwyni peryglus yno?"

"Na, ddim yn hollol. Hynny yw, ddim os cadwch chi at y llwybrau. Ond mae yna bob math o hanesion drwg am y goedwig. Mae'r hen bobol yn cadw draw hyd yn oed yn ystod golau ddydd. Maen nhw'n credu fod eneidiau'r meirw yn byw ymhlith y pinwydd. Ond roedd Constantine naill ai yn ddewr neu yn feddw, rhyw gyfuniad o'r ddau, hwyrach. Ac fe anghofiodd y rhybuddion."

Cododd Giorgios a syllu i fyny i gyfeiriad y llethr uwchben. "Noson Gŵyl *Metamórfosi*, pan gynhelir gwledd i gofio'r Gweddnewidiad, oedd hi ac roedd yna wasanaeth yn yr eglwys ym Milos i ddathlu hynny. Mae gwreiddiau'r ŵyl yn mynd yn ôl i'r hen gyfnod paganaidd, ymhell cyn oes aur Athen. Yn ôl Tasos, roedd Constantine wedi gadael tuag un o'r gloch y bore mewn hwyliau mawr ac wedi anwybyddu'r rhybudd i gadw at y ffordd fawr. Fe'i canfuwyd e tuag wyth o'r gloch y bore yn gorwedd ar risiau'r eglwys ym Milos. Roedd ei wallt wedi troi'n wyn dros nos ac yn ôl yr olwg ar ei wyneb roedd rhywun neu rywbeth wedi ei frawychu. Ni fedrai siarad gair, dim ond rhyw faldorddi'n annealladwy. A thros ei wyneb a'i gorff roedd olion crafiadau dwfn fel pe bai rhyw anifail rheibus wedi ymosod arno."

"Wnaethoch chi ddod i wybod beth ddigwyddodd iddo?"

"Naddo. O'r diwrnod hwnnw hyd ei farw flwyddyn yn ddiweddarach fe'i trawyd yn fud. A'r peth rhyfeddaf oedd hyn – dim ond iddo weld cath, fe âi i grynu'n ddireolaeth a glafoerio. Pa ddrychiolaeth y bu'n dyst iddi'r noson honno, beth oedd y bwystfil a ymosododd arno, pwy a ŵyr? Ond wnaeth yr arswyd fyth adael ei lygaid. A wnaeth neb ar yr ynys awgrymu cadw poblogaeth y cathod o dan reolaeth wedyn."

Cododd Giorgios a chwarddodd fel pe bai am ysgafnhau'r awyrgylch. Erbyn hyn, fi oedd yr unig gwsmer oedd ar ôl ac fe wnaeth fy ngwahodd i mewn dan do'r bwyty lle'r oedd modd osgoi'r pryfed a gâi eu denu gan y goleuadau'r tu allan. Sylwais fod ganddo raffaid o arlleg yn hongian uwchben pob drws.

"Stwff da i gadw fampirod hyd braich," awgrymais yn ysgafn.

"Stwff da i gadw popeth drwg hyd braich," atebodd Giorgios gydag awgrym cryf mai cellwair oedd y peth olaf ar ei feddwl. Yna, fel pe dymunai newid y pwnc, ychwanegodd mai at bwrpas coginio'n unig y defnyddiai'r garlleg.

Erbyn hyn roedd ei wraig, Maria, menyw fach, ffyslyd wedi ymuno â ni. Yn ei llaw cariai botel o win coch *Boutari* a llanwodd dri gwydr i'w hymylon. Ar ganol y bwrdd gosododd blatiaid anferth o salad *melitzános*, yn nofio mewn môr o olew, finegr a sudd lemwn. Ac yno y treuliasom awr a mwy yn sgwrsio, yn yfed a rhyw bigo o'r salad tra oedd y plant yn clirio'r byrddau ac yn golchi'r llestri.

Ysgafnhaodd y sgwrs wrth i Giorgios a Maria drafod sefyllfa'r wraig ar yr ynys. Yn ôl Maria, menywod oedd wedi rheoli'r ynys erioed, neu o leiaf er dyddiau'r fynachlog a safasai ar Metopi yn yr ail ganrif ar bymtheg. Syrthiasai honno, Mynachlog Dyrchafael y Forwyn Chrysoleonidissa o Egina, meddai Maria, i ddwylo lleianod.

"A chofiwch fod un o arwresau mawr yr ynys wedi'i chladdu ger Eglwys Ffynhonnell Bywyd. Gwraig y morleidr Mitromaras oedd honno. Fe'i cipiwyd fel caethferch gan y Twrciaid ond fe'i prynwyd hi'n ôl gan fenywod yr ynys. O, ie, y menywod sy'n rheoli yma. Ac mae yna hen chwedl yma sy'n mynnu mai menyw yw'r diafol ei hun."

Cododd Maria ei llaw at ei cheg fel pe bai wedi sylweddoli iddi ddweud gormod. A sylwais i'r wên ar wyneb Giorgios bylu. Disgynnodd rhyw dawelwch annifyr dros y stafell. Ceisiodd Giorgios gadw'i deimladau o dan reolaeth. "Weithiau fe fyddi di, Maria, braidd yn rhy rydd dy dafod.

Does dim angen sôn am bethau fel yna o flaen gwestai."

Teimlwn braidd yn lletchwith. Doeddwn i ddim am fod yn dyst i gweryl rhwng gŵr a gwraig felly codais a gwneud esgus i adael. Ar unwaith ceisiodd Giorgios dawelu'r dyfroedd.

"Na, na, mae popeth yn iawn. Mae'n ddrwg gen i os gwnes i swnio'n anfoneddigaidd. Ond mae hi'n ddigon anodd denu ymwelwyr yma heb godi bwganod. Mae hen chwedlau fel hyn yn medru codi ofn ar bobol."

Ceisiais sicrhau Giorgios a Maria fy mod i'n deall y sefyllfa. Ond roedd hi'n hwyr, meddwn, ac yn hen bryd i mi ei throi hi. Ffarweliais â'r teulu croesawgar a'm stumog yn llawn, fy nhafod yn dew a'm waled ond pum mil o ddrachmas yn ysgafnach. Ar ôl ysgwyd llaw â Giorgios, ac addo dychwelyd yn fuan, gelwais ar Petros, a oedd yn llyfu ei baflau'n dawel o dan y bwrdd.

"Cofiwch gadw at y llwybr," oedd rhybudd Giorgios wrth i mi fynd. Swniai ei eiriau yn fwy fel rhybudd na chyngor. Ac ar ôl iddo droi i osod y cadeiriau â'u pennau i waered ar ben y byrddau ni fedrwn wrthod y demtasiwn i estyn i fyny a thynnu ewin garlleg yn rhydd o'r rhaff a hongiai uwchben y drws allan. Yn hytrach na dod yn rhydd, chwalodd yr ewin yn llwch sych yn fy llaw. Beth bynnag am y rhaffau eraill yn y *taverna*, doedd y rhaff arlleg hon ddim ar gyfer coginio. Roedd hi wedi hongian yno am amser hir. Amser hir iawn.

A Petros yn fy nilyn fel cysgod, crwydrais yn ôl i'r Llawenydd. Wedi blino gormod i ddiosg fy nillad, disgynnais ar fy hyd ar y bync. Neidiodd y ci i fyny ar y llall. Drwy'r ffenest gwelais fflach wrth i fellten oleuo'r awyr uwchlaw Epidawrws. A chyn i mi glywed twrw'r daran a oedd yn sicr o'i dilyn roeddwn i'n cysgu'n braf.

Dihunais i sŵn hwter y Kitsolakis Express yn cyhoeddi ei bod wedi glanio ar ôl taith hanner awr o Egina. Yna clywais seiniau o'r chwedegau, Eric Burdon o'r Animals yn canu 'We've Got to Get Out of this Place'. Methai'r nodau, a godai o stondin gwerthu bwydydd parod, lwyr foddi sgrechian plant a gweiddi rhieni ar y traeth. Edrychais ar y cloc ar y pared. Roedd hi newydd droi deg o'r gloch y bore. Roedd y bync wrth fy ymyl yn wag. Roedd Petros, mae'n amlwg, wedi blino disgwyl.

Codais ac ymlwybrais yn gysglyd i'r dec. Roedd y torheulwyr yn ôl ar y traeth. Almaenwyr tew a'u gwragedd tewach yn rhostio'n seimllyd braf yn yr haul. Ac allan yn y bae gwibiai cychod modur a sgiau jet fel gwenyn prysur, swnllyd. Mor agos i'w gilydd, meddyliais, yr oedd yr hen a'r newydd. Y noson cynt, clywed am hen, hen chwedlau. Nawr, roedd hi'n union fel bod mewn byd arall ynghanol dwndwr diwedd yr ugeinfed ganrif gyda'i fiwsig di-baid, ei fasnachu diddiwedd a'i ferched bronnoeth digywilydd. Digywilydd, ie, ond deniadol tu hwnt. Trodd un ohonynt ar ei chefn gan wenu'n ddireidus arnaf wrth i mi ddiosg fy nillad a phlymio i'r dŵr.

Does dim byd yn debyg i drochiad sydyn i glirio'r pen. A chan fod y dŵr yn y bore yn dal yn gymharol oer mae'n dueddol o roi sioc bach digon pleserus i'r cyhyrau a'r synhwyrau fel ei gilydd. Wrth ddringo'r ysgol yn ôl i ddec y Llawenydd teimlwn yn llawn egni. Ac roedd gen i'r fath awydd bwyd, fe allwn fod wedi bwyta asyn rhwng dwy fatras.

Ar ôl neidio i mewn i drowsus denim cwta a thaflu crys ysgafn dros fy ysgwyddau penderfynais chwilio am frecwast drwy ddilyn fy nhrwyn. Roedd yr aroglau a godai o gegin Katerina yn rhy sawrus i'w hanwybyddu. Doedd dim golwg o Katerina ei hun yn unman. Merch ifanc, myfyrwraig o Fwlgaria, oedd yn gweini.

Archebais bryd o *loukánika*, dau wy, a bara gwenith twym ynghyd â llond gwydr o goffi iasoer. Cliriais fy mhlât yn awchus ac wrth i mi sipian gwaddod y coffi teimlais chwa o oerfel wrth i gysgod ddisgyn drosta i. Ymgnawdolodd y cysgod ar ffurf Katerina. Eisteddodd ar draws y bwrdd gyda golwg feddylgar ar ei hwyneb. Gwisgai ffrog ddu â choler uchel at ei gên, a chyda'i hwyneb wedi'i fframio rhwng düwch ei gwisg a'i gwallt ymddangosai mor welw â darn bregus o borslen Dresden.

"Fe ddaethoch chi'n ôl." Gosodiad nid cwestiwn. "Fe ddwedais i y deuech chi'n ôl."

"Do. Fe fyddai'n anodd iawn i mi osgoi'r lle wrth grwydro o'r cwch drwy'r pentre. Ond y bore 'ma, fedrwn i ddim peidio â galw. Mae'r aroglau o'r gegin yn ddigon i demtio unrhyw un."

Gwenodd, gan ddadorchuddio dwy res o ddannedd claerwyn, perffaith. Ond fedrwn i ddim peidio â sylwi mai ar ei gwefusau yn unig y lledai'r wên. Doedd dim tynerwch yng ngwyrddni ei llygaid.

"Mae pawb yn dod 'nôl at Katerina. Fedran nhw ddim peidio."

Yn sydyn, cydiodd yn fy llaw. Roedd ei chyffyrddiad hi mor oer fel i mi dynnu fy llaw yn ôl yn reddfol. Daeth rhyw fflach felen i'w llygaid ac am eiliad ofnwn ei bod hi am fy nghrafangu. Ond meddalodd ei hwyneb ac ailafaelodd yn fy llaw, yn dyner y tro hwn.

"Wyddwn i ddim fod eich nerfau chi mor ddrwg. Ond peidiwch ag ofni, nid ceisio'ch hudo chi i'r gwely rydw i. Mae gen i'r ddawn i ddarllen dwylo, i ddweud eich ffortiwn."

Trodd fy llaw â'i chledr i fyny. Ac yn ysgafn a phwyllog â blaen un o'i hewinedd dechreuodd ddilyn y llinellau a'r gwrymiau ar hyd fy llaw dde.

"Wyddoch chi mai ni'r Groegiaid a gychwynnodd hyn? Roedd Plato ac Aristotle yn credu mewn llawddewiniaeth. Ein henw ni amdano yw *chiromancy, cheir* yn golygu llaw a *manteia* yn golygu dehongli."

"Diddorol iawn." Cefais hi'n amhosib cuddio fy niffyg diddordeb.

"Gwawdiwch chi. Ond mae mwy o wirionedd yn yr hen ffyrdd nag a freuddwydiech chi. Mae'ch llaw chwith chi, er enghraifft, yn adlewyrchu tueddiadau cynhenid. Ac mae twmpath Iau yn agwedd amlwg iawn, sy'n dangos eich bod chi'n berson hapus wrth natur. Mae Sadwrn yn fychan. Hynny'n awgrymu nad yw llwyddiant yn dod yn hawdd i chi. Ond mae twmpathau Fenws a'r Lleuad yn amlwg iawn. Felly rwy'n iawn i ddweud eich bod chi'n dipyn o freuddwydiwr ac yn serchus."

"Wel, wel, clyfar iawn. Fe fyddwch chi'n dweud wrtha i nesa pa liw yw'r trôns dw i'n eu gwisgo."

Caeodd ei llygaid yn ddoniol-ddramatig gan godi'i phen yn uchel. Yna agorodd un llygad yn chwareus. "Yr ateb yw ... Dydych chi ddim yn gwisgo trôns."

Chwarddodd y ddau ohonom. Ond doedd y dehongli ddim ar ben. Gafaelodd yn fy llaw dde gan fynd trwy'r un broses.

"Mae'r llaw dde yn adlewyrchu'r tueddiadau sydd wedi dod yn rhan ohonoch chi drwy brofiad. Yma mae twmpath Sadwrn yn fawr, sy'n golygu eich bod chi, drwy ymdrech, wedi ennill llwyddiant. Ac ar y ddwy law mae'r prif linellau, bywyd, deallusrwydd, y galon a llwyddiant personol yn hynod o gryf."

Erbyn hyn roedd cyffyrddiad ei bys wrth grwydro ar hyd gledr fy llaw wedi troi'n anwes. Syllai i fyw fy llygaid. Yn ddwfn yn ei llygaid hi fe welwn ryw wylltineb cyntefig, cynoesol. Fe allai yn hawdd fod yn un o lawforynion Athena ei hun. Gosododd ei dwy law dros fy llaw i, ac unwaith eto teimlais yr oerni.

Yna sibrydodd yn floesg, fel grwndi cath, "Mae lwc yn chwarae rhan amlwg yn eich bywyd chi. Ac os gwnewch chi oedi yma yn Anghistri, fe fyddwch chi'n fwy lwcus fyth, Mr John Andrews."

Wrth iddi blygu tuag ataf ar draws y bwrdd disgynnodd coler ei gwisg yn agored. Ac ar ochr ei gwddf gwelais friwiau coch fel olion brathiad. Pan welodd fi'n syllu, cododd ei choler ar frys a rhedodd i mewn i'r *taverna*.

Gadewais fwndel o ddrachmas ar y bwrdd a cherdded i lawr drwy'r pentref a 'mhen yn corddi. Os nad oeddwn i'n camgymryd yn fawr, ôl dannedd ci oedd ar ei gwddf. Ac yna sefais yn fy unfan wrth i mi sylweddoli iddi fy nghyfarch wrth fy enw. Doeddwn i ddim wedi datgelu fy enw wrth yr un enaid byw ar yr ynys.

Treuliais y prynhawn mewn breuddwyd. Crwydrais i lawr i'r Copacabana lle'r oedd Petros wrthi'n ymarfer ei hoff gêm – cyfarth ar y scwteri a'r moto-beics swnllyd oedd yn teithio'r filltir fer rhwng Skála a Milos. Pan welodd fi'n dynesu, rhedodd i'm cyfarfod heb unrhyw arwydd o euogrwydd am iddo fy ngadael ar fy mhen fy hun ar y cwch.

Archebais wydraid o seidr Strongbow oer ac eisteddais ar ymyl un o welâu haul y *taverna* wrth ymyl y traeth. Gwthiodd Petros ei hun o dan y gwely, allan o wres yr haul. Lleddfodd oerni'r seidir ryw ychydig ar y curo yn fy mhen. Ond methwn yn lân â chael digwyddiadau'r bore allan o'm meddwl.

Clywed grwndi di-baid y scwteri a'r moto-beics wnaeth i mi benderfynu mynd ar grwydr. I fyny ym Metochi, hanner milltir uwchlaw'r traeth, roedd Mikis yn hurio moto-beics am ddwy fil o ddrachmas y dydd. Crwydrais i fyny yno, a Petros yn dilyn yn glòs wrth fy sawdl, a huriais Vespa otomatig. Ac i ffwrdd â mi drwy Milos i gyfeiriad Limenaria. Cychwynnodd Petros fy nilyn, ond gerllaw'r Copacabana penderfynodd roi'r gorau iddi.

Prin y cyrhaeddodd y beic frig y rhiw allan o Milos. Ond a minnau'n ofni y byddai'n rhaid disgyn a dechrau gwthio, fe gymerodd yr hen Vespa ryw ail anadl a chripian dros ael y bryn.

Ar y ffordd i Limenaria drwy'r coed llanwai aroglau pinwydd fy ffroenau. Yma ac acw gwelwn fod y rhisgl wedi'i blicio i ffwrdd. Rhywun wedi'i gynaeafu ar gyfer gwneud *retsina*.

Pentref bach yw Limenaria gyda dwy eglwys ac un *taverna*. Ac yno, mewn *taverna*, *taverna* Tasos, yr oedais i olchi'r llwch o'm gwddf gyda photelaid o Amstel gwan a chynnes. Yng nghornel y bar nyddai hen wraig garpedi bychain petryal, lliwgar.

Ni fedrwn lai na chofio mai yma yr yfodd yr hen Constantine ei beint olaf cyn cael ei barlysu gan ryw ddrychiolaeth. Gadewais hanner y cwrw claear ac yn hytrach na throi'n ôl, teithiais ymlaen heibio i'r llyn halen i Aponissos, man anghysbell sy'n wynebu ynys fach o'r un enw ag ynys fwy, Doroussa. Yno, mewn *taverna* agored, archebais olwyth cig oen oddi ar y radell. Blasai'r cig yn hyfryd, er gwaetha sylw dwsinau o wenyn a oedd yn gymylau uwchben y bwytawyr. Yn amlwg, nid sawr y pinwydd oedd yn eu denu i Anghistri ond aroglau cig wedi'i rostio.

Ailgychwynnais y sgwter ac ailgyfeirio tuag at Milos a Skála. Wrth ddringo'r rhiw am Santa Barbara bu'n rhaid i mi osgoi bws mini Peter Gianos wrth iddo sgrialu rownd y gornel. Mae'n rhaid fod gyrru gwallgof yn un o nodweddion y Groegiaid ar yr ynysoedd fel ar y tir mawr.

Gyda'r bws – unig fws yr ynys – wedi pasio gwyddwn y dylai'r ffordd fod yn glir rhyngof a Milos. Felly marchogais ymlaen ychydig yn fwy hyderus. Fe fu hi'n siwrnai ddigon di-nod nes i mi droi'r gornel am Eglwys Ffynhonnell Bywyd. Wrth i mi yrru heibio i'r fynwent neidiodd cath ddu anferth o gysgod y mur yn union fel pe bai hi'n ddigon ynfyd i ymosod arnaf. Gwasgais y brêc ond llithrodd yr olwyn ôl ar y graean ac fe'm taflwyd oddi ar y beic. Yn ffodus iawn glaniais mewn llwyn origon, a rhwng hwnnw a thrwch o nodwyddau pin, torrwyd fy nghwymp. Wrth i mi godi'n simsan ar fy nhraed gwelais y gath ddu yn llithro o'r golwg rhwng y llwyni. Cyn iddi ddiflannu'n llwyr sylwais fod clwyfau ar ochr ei gwddf.

Codais y beic ar ei olwynion. Doedd e fawr gwaeth, diolch byth. A thra o'wn i'n paratoi i'w ailgychwyn daeth offeiriad oedrannus allan o'r eglwys. Prysurodd ataf a golwg bryderus ar ei wyneb.

"Mi glywais i sŵn damwain. Roeddwn i'n myfyrio yn yr eglwys. Ydych chi'n iawn?"

Fe'i sicrheais fy mod i'n ddianaf a gwahoddodd fi i mewn i'r eglwys. Eisteddais yn ddiolchgar yn yr oerni balmaidd. Agorodd y Tad fag ac estyn poteliad o ddŵr i mi. Llowciais ohoni gyda diolch.

"Mae'r ffordd yn gallu bod yn beryglus iawn, yn enwedig i bobol ddieithr." Yna sylweddolodd nad oedd e wedi'i gyflwyno'i hun. "Y Tad Apostolis ydw i, gyda llaw. Mae Eglwys Ffynhonnell Bywyd ac Eglwys Sant Kiriaki yn Limenaria yn fy ngofal i."

Wrth i'm llygaid ymgyfarwyddo â'r tywyllwch cymharol allwn i ddim peidio ag edmygu'r lluniau crefyddol cain ar waliau'r eglwys. Sylwodd y Tad ar fy niddordeb.

"Gwaith yr artist Stamatiadis. Cyfres anhygoel o furluniau a beintiodd drigain mlynedd yn ôl. Yn anffodus fe gollwyd rhai ohonynt mewn tân bum mlynedd yn ôl."

"Damwain?"

Cododd ei ddwylo mewn osgo o ansicrwydd. "Damwain medd rhai. Fy hunan, wel, mae gen i feddwl agored. Mae gan Gristnogaeth elynion ar yr ynys hon. Does dim amheuaeth nad oes yna bobol ar berwyl drwg yma. Mae'r tanau yn y coed pin ar y mynydd yn brawf o hynny. Profwyd fod nifer o'r tanau hynny wedi eu cynnau yn fwriadol. Ac mae'n fwy na chyd-ddigwyddiad i'r tân mawr diwethaf yn y goedwig ddigwydd yr un noson â'r tân yn yr eglwys hon."

Cerddais allan i'r fynwent a'r Tad yn fy nilyn. Trawyd fi gan don o wres tanbaid y prynhawn. Sylwais ar fedd cyfagos a thorch o flodau gwylltion yn gorwedd arno.

"Mae'r fynwent yma'n edrych yn hen iawn. Eto i gyd mae rhywun wedi cofio am bwy bynnag a gladdwyd fan hyn."

Cerddodd y Tad draw at y maen gan godi ei law i'm cymell i ato.

"Dyma i chi un o ddirgelion mawr Anghistri. Bedd y morleidr Mitromaras." Rhwbiodd y cen oddi ar wyneb y maen gan ddatgelu'r dyddiad 1771. "Rwy' wedi byw ar yr ynys hon am bedwar ugain mlynedd ond does dim wythnos yn mynd heibio nad yw rhywun yn rhoi blodau ar y bedd. Ac mae'n debyg ei fod e'n draddodiad sy'n mynd 'nôl ganrifoedd. A dyma i chi beth rhyfedd. Does neb erioed wedi gweld unrhyw un yn gosod blodau yma. Cymerwch y blodau hyn. Blodau wedi gwywo oedd ar y bedd pan gyrhaeddais i hanner awr yn ôl. Ond tra bûm i'n myfyrio yn yr eglwys, mae'n rhaid fod rhywun wedi bod yma. Welsoch chi rywun?"

"Naddo, welais i neb." Wnes i ddim dweud i mi, o ran hynny, weld rhywbeth. Y gath ddu. "Ond pam dal i goffáu Mitromaras? Oedd e'n genedlaetholwr neu'n rhyw arwr lleol?"

Ysgydwodd y Tad ei ben yn araf. "Mae gen i ryw syniad nad Mitromaras sy'n cael ei goffáu ond yn hytrach ei wraig."

"Honno gafodd ei gwerthu fel caethferch?"

Cododd ei ben mewn syndod. "R'ych chi'n gwybod y stori, felly?"

"Dim ond cymaint ag y dywedodd Maria, gwraig Giorgios, wrtha i yn y *taverna*."

Gwenodd yn braf. "Ie, Maria. Mae hi'n gwneud yn siŵr fod yr hen chwedlau'n dal yn fyw. Do, fe werthwyd gwraig Mitromaras ac fe'i prynwyd hi'n ôl gan y menywod ar yr ynys a'i rhyddhau. Ond mae yna fwy na hynna i'r stori. Mae yna hen draddodiad sy'n awgrymu ei bod hi'n fwy na menyw. Cred llawer o hyd ei bod hi'n oruwchnaturiol."

"Beth? Yn wrach?"

Eisteddodd y Tad ar ddarn o foncyff pinwydden a syllu'n hir ar y bedd. "Na, nid gwrach. Wel, nid yn hollol. Roedd hi o dras ymfudwyr o Albania a ddaeth yma mor bell yn ôl â'r Oesoedd Canol. Fe ddaethon nhw yma â'u traddodiadau eu hunain, eu gwisgoedd eu hunain ac, yn wir, eu hiaith eu hunain, yr Arvanitika. Mae'r dylanwadau i'w gweld o hyd ym mhenwisgoedd yr hen wragedd ac mae geiriau'r hen iaith yn para yn fyw yn eu sgwrsio naturiol. Ac maen nhw'n dal i gredu yn yr hen chwedlau goruwchnaturiol."

"Ydi hynny'n awgrymu mai rhyw fath o ddewines oedd gwraig Mitromaras?"

"Wel, rhywbeth yn debyg. Wyddoch chi beth yw *succubus*?"

Ysgydwais fy mhen. Aeth yn ei flaen. "Wel, mae'n siŵr i chi glywed am *incubus*?" Nid arhosodd am ateb. "Diafol oedd yr *incubus*. Ei ystyr yn y Lladin gwreiddiol yw hunllef. Fe fyddai'n ymweld â menywod meidrol. A thra bydden nhw'n cysgu fe fyddai'n cael cyfathrach rywiol â nhw er mwyn parhau'r llinach satanaidd. Ein henw ni am y diafol yw *Daimon*, angel syrthiedig sy'n bodoli rhwng pobol a'r duwiau. Ac fe all wneud un o ddau beth – gwella bywyd pobol neu eu cosbi ar ran y duwiau."

"Ond beth am *succubus*?"

Amneidiodd arnaf i fod yn amyneddgar. "*Succubus* yw'r fersiwn benywaidd o'r *incubus*. Fe fyddai hi'n dewis dynion i gael cyfathrach rywiol â nhw. Unwaith eto tra bydden nhw'n cysgu. Ac eto hefyd er mwyn parhau'r hil satanaidd."

"Ac roedd gwraig Mitromaras yn *succubus*?"

"Oedd, yn ôl yr hen chwedl. A dywed traddodiad iddi gael disgynyddion a bod rhai o'r rheini'n dal i fyw ar yr ynys hon."

"Ie, ond pam coffáu Mitromaras? Pam nad ei choffáu hi?"

"Cred rhai mai yma ym medd ei gŵr y mae hi'n gorwedd. Dydi ei henw hi ddim ar y maen. Fe'i claddwyd hi'n gyfrinachol yn nhywyllwch nos, ar noswyl Ffynhonnell Bywyd, mae'n debyg." Byseddodd y groes a hongiai o gwmpas ei wddf a chododd. "Ac yma ym medd ei gŵr, fe gredaf fi, y rhoddwyd Katerina Mitromaras i orwedd. Hynny yw, os ydi hi'n gorwedd."

Am weddill y prynhawn bu fy mhen yn gymysgedd o ddelweddau. Ar ôl dychwelyd y Vespa i Mikis penderfynais orwedd yn y Llawenydd i hel meddyliau. Roedd Petros ar y traeth yn fy nisgwyl a bu'n rhaid i mi ei godi i'r cwch lle canfu gysgod hwylus y tu ôl i'r caban. Ond er i mi geisio cysgu, roedd hynny'n amhosib.

Ddwy ganrif a mwy ers marwolaeth gwraig Mitromaras doedd bosib bod ei dewiniaeth yn dal i gyniwair ar hyd yr ynys? Ond roedd y Tad Apostolis yn ddyn dysgedig, yn ddyn call a phwyllog. Ac yn fwy na dim yn Gristion. Ond onid oedd Cristion go iawn yn credu ym modolaeth Satan? Yn credu yn y Diafol fel person o gig a gwaed? Ac o gredu hynny, onid cam cwbwl resymegol fyddai credu fod ganddo ferch?

Fedrwn i ddim cysgu, felly dyma newid i ddillad ychydig yn fwy cynnes a throi am dŷ bwyta Giorgios. Mynnodd Petros fy nilyn. Yn hytrach na cherdded i fyny'r ffordd heibio i'r Ianws dyma ddilyn llwybr y traeth a throi heibio i gefn y bar ac ar draws y stryd wrth dalcen y gwesty ac i fyny am le Giorgios.

Roedd yr arswyd a grewyd gan eiriau'r Tad yn anodd ei ddirnad mewn awyrgylch mor heddychlon. Roedd trydar *cicadas* o ganghennau'r coed olewydd yn llenwi'r nos. O'm blaen ymlwybrai dau gariad ymhleth yn ei gilydd ac ar goll yn eu breuddwydion.

Cefais lond tŷ o groeso gan Giorgios wrth iddo fy arwain at fwrdd ger y ffenest yn y stafell fwyta. Gadawodd fi am ychydig cyn dychwelyd â phiser o *retsina* a dau wydr ac aeth drwy'r ddefod o arllwys gwydraid yr un i ni. Y tro hwn daliais ar y cyfle i archebu cyn iddo ddianc – *dolmádhes* i gychwyn a phryd o *keftédhes* i ddilyn.

Gwaeddodd Giorgios fy archeb ac fe'i hatebwyd gan lais rhywun anweledig o'r gegin. A chan nad oedd y lle mor llawn â'r noson cynt roedd ganddo fwy o amser i siarad. Soniais wrtho am fy nhaith i Aponissos ac am fy sgwrs â'r Tad Apostolis ond heb fanylu gormod.

Roedd y Tad, yn ôl Giorgios, yn fawr ei barch ar yr ynys ac yn dipyn o hanesydd lleol yn ogystal â bod yn offeiriad. Heb wneud y peth yn rhy amlwg, llwyddais i droi'r stori i gyfeiriad Katerina, ei gwesty, a'i bar. Tawedog iawn oedd Giorgios i gychwyn nes i mi ei ddarbwyllo – neu'n hytrach ei dwyllo – mai diddordeb naturiol dyn mewn merch ifanc oedd gen i. Ysgydwodd ei fys o flaen ei wyneb gyda gwên.

"Byddwch yn ofalus iawn. Mae bod yng nghwmni Katerina fel troedio maes y gad. Mae mwy nag un wedi disgyn o dan ei hud ac wedi cael achos i edifarhau wedyn."

"Ei gweld hi'n rhyfedd ydw i fod merch mor brydferth heb briodi. Fe wnâi hi wraig dda i rywun."

Cododd Giorgios ei ysgwyddau mewn osgo o ddryswch. "Mae amryw wedi ceisio'i ffafrau ond heb fawr o lwc. Yn achos Katerina, mae gen i ryw syniad mai hi sy'n gwneud y dewis fel arfer. Does ganddi ddim diddordeb yn y bechgyn lleol a llai fyth yn y twristiaid. Rwy' wedi'i gweld hi gyda gwahanol ddynion. Ond perthynas unnos fu'r rhan fwyaf ohonyn nhw. Fel arfer dydi'r dynion ddim wedi dychwelyd ar ôl hynny."

"Oes ganddi hi deulu?"

"Oes, yn Athen, y teulu Skiriakos. Pobol fusnes ydyn nhw, pobol ariannog yn y fasnach longau. Ond fyddan nhw byth yn dod draw. Hi fydd yn mynd draw atyn nhw weithiau. Mae'n debyg i'w rhieni roi'r gwesty iddi er mwyn cael gwared â hi."

Cododd ar ei draed i ddiolch i gwsmeriaid oedd yn gadael a'u dilyn allan drwy'r drws. Yn y cyfamser cyrhaeddodd y *dolmádhes*. Roedd y llenwad sawrus o friwfwyd yn wrthgyferbyniad perffaith i surni'r dail gwinwydd o'i gwmpas.

Wrth i mi fwyta penderfynodd Petros fynd am dro. Hwyrach y teimlai'n syrffedus heb gathod i'w hymlid. Am ryw reswm doedd yr un gath ar gyfyl y *taverna*. Gan mai byrbryd yw *dolmádhes* ni fûm yn hir yn ei orffen, a thoc fe gyrhaeddodd Giorgios gyda'r *keftédhes* a chymysgedd o salad a bara ar blât arall. Cliciodd Giorgios ei fysedd ac ar amrant cyrhaeddodd ei fab gyda phiser arall o *retsina*. Rhwng y bwyta a'r sgwrsio llifai'r gwin yn rhydd a mynnodd y tafarnwr fy mod yn cael melysfwyd i orffen y pryd. A'r tro hwn, fe a ddewisodd y *baklavás* melys ar fy rhan.

Wrth i'r olaf o'r cwsmeriaid ddiflannu i lawr y llwybr fe ddaeth Maria, fel ar y noson cynt, i ymuno â ni a photel o win wedi'i hagor yn ei llaw. Wedi ychydig o fân siarad crybwyllodd Giorgios, yn gellweirus, i mi fod yn ei holi'n fanwl am Katerina. Difrifolodd Maria ar unwaith.

"Mae honna'n fenyw beryglus."

"Felly dw i wedi sylwi. Ond mae rhywbeth yn ddeniadol, yn hudolus, ynddi hi."

Chwarddodd Maria'n goeglyd. "Hudolus yw'r gair. Fe all Katerina lyncu dynion yn gyfan a'u poeri nhw allan. Does neb yn para'n hir."

"Fe fyddwn i'n disgwyl i rywun mor ddeniadol – ac mor gefnog – â hi fod yn briod ac yn fam erbyn hyn."

Bu tawelwch am ysbaid nes i Giorgios, yn anfoddog braidd, ymhelaethu. Cododd a syllu drwy'r ffenest i lawr i gyfeiriad bar Ianws.

"Mae 'na stori fod ganddi hi blentyn. Tua deng mlynedd yn ôl fe ddaeth dyn dieithr yma. Dechrau'r gwanwyn oedd hi a rhyw hopian o ynys i ynys oedd ei fwriad. Roedd e'n ddyn tal, gosgeiddig. O Albania'n wreiddiol ond wedi'i fagu yng ngogledd yr Eidal.

"Beth bynnag, fe wnaeth Katerina'i theimladau tuag ato'n amlwg o glir. Ac yna'n sydyn, dros nos, fe ddiflannodd y dyn. Doedd neb wedi'i weld yn gadael ar y fferi a doedd e ddim wedi bwcio lle ar y tacsi môr. Fe allai, wrth gwrs, fod wedi cael lle ar gwch pysgota. Ond ni fu unrhyw sôn amdano fyth wedyn. O dipyn i beth fe anghofiodd pawb amdano. Ond ymhen tua chwe mis wedyn fe adawodd Katerina hefyd. Er ei bod hi'n ben tymor fe adawodd y gwesty a'r bar yng ngofal un o'r gweithwyr ac i ffwrdd â hi. Bedwar mis yn ddiweddarach fe ddaeth hi'n ôl a'r si oedd iddi adael i eni plentyn."

"Oes yna unrhyw sôn am y plentyn?"

"Dim ond rhyw fân sibrydion gan ambell bysgotwr o'r tir mawr. Y sôn oedd iddi eni merch ac iddi ei gadael yng ngofal ei theulu yn Athen. Fe fyddai'r ferch erbyn hyn yn naw oed."

Bu saib arall heb ddim i dorri ar y tawelwch ond clincian llestri'n cael eu golchi gan y plant yn y gegin, hymian y wyntyll uwchben a thrydar di-baid y *cicadas* o'r coed. Ac yna torrwyd ar y mudandod gan ymddangosiad sydyn Petros. Cerddodd i mewn fel pe bai'n berchen y lle. Neidiodd ar fainc o dan y ffenest a dechrau ffroeni'r bwyd oedd yn weddill ar y bwrdd.

Crafodd Maria'r gweddillion i un plât a gosod y saig ar y llawr i'r ci ysglyfaethus. A thra bu Petros yn diwallu ei newyn fe aeth Giorgios i'r gegin i nôl potel arall o *Boutari*.

Erbyn tua dau o'r gloch y bore, braidd yn simsan oeddwn wrth gerdded yn ôl rhwng yr olewydd am y Llawenydd. Y tro hwn doedd gen i mo'r ysbryd na'r egni i ddilyn y ffordd hwyaf ac fe fentrais heibio i far Katerina. Roedd y lle yn dywyll fel y fagddu er i mi deimlo i mi weld trymwydd rhywun yn symud yn y cysgodion.

Erbyn hyn roedd y llanw allan a'r traeth difrycheuyn wedi'i lyfu'n lân gan dafodau'r mân donnau. Codais Petros i ben blaen y cwch a'i ddilyn, braidd yn drafferthus. Gorweddodd y ci ar unwaith y tu ôl i'r caban. Ac o gofio iddo fy ngadael yn gynnar y bore cynt fe'i clymais wrth fachyn cyfleus â darn o raff. Diosgais fy nillad. Gollyngais fy hun ar y bync a chysgais.

Ond cwsg aflonydd a gefais. Fflachiai breuddwyd ar ôl breuddwyd drwy fy mhen fel rhes o gerbydau trên yn rhuthro drwy'r tywyllwch. Ym mhob golygfa gwelwn Katerina, weithiau'n gwenu, weithiau'n gwgi. Deuai brawddegau digyswllt i'm clustiau ... Mae pawb yn dod 'nôl at Katerina ... Os na ddowch chi'n ôl i'r ynys, yna fe ddaw'r ynys atoch chi ... Hi fydd yn gwneud y dewis fel arfer ... Ac yma, mi gredaf, y rhoddwyd Katerina Mitromaras i orwedd. Hynny yw, os yw hi'n dal i orwedd ...

Yna meddiannodd Katerina fy mreuddwyd yn llwyr. Ymddangosodd yn nrws y caban fel rhith. Roedd hi'n gwbwl noeth ar wahân i ddafnau o ddŵr môr a oedd yn disgleirio ar wynder ei chorff fel perlau symudol, fel arian byw. Lledodd ei breichiau a dynesu ataf yn araf fel alarch yn glanio. Glynai tresi gwlybion ei gwallt dros ei hwyneb a'i hysgwyddau. Agorodd ei gwefusau gan ddatgelu dannedd claerwyn, perffaith. Dannedd yn gwenu arnaf. Dannedd yn agor yn araf i ddatgelu tafod meddal, gwlyb rhwng gwefusau disgwylgar, cochion. Gwefusau cochion yn ymwthio i sugno fy nhafod, fy anadl, fy enaid, fy einioes.

Sibrydodd mewn grwndi isel eiriau cariadus mewn iaith nas deallwn, iaith a swniai'n hŷn na'r cread ei hunan. Ildiais fy hun yn llwyr iddi a theimlais feddalwch ei bronnau yn ymchwyddo ar fy nghorff. Gosodais fy mreichiau o gwmpas ei hysgwyddau i'w thynnu hi'n nes a gwthiais ei gwallt o'i hwyneb.

Wrth i mi wneud hynny gwelais olion y brathiad ar ochr

ei gwddf. A'r eiliad honno, o flaen fy llygaid, fe'i gweddnewidiwyd. Gwelais fflamau melyn ei lygaid yn diffodd yn ddüwch cyn ailgynnau'n ddau farworyn coch. Gwelais ei gwefusau'n agor yn lletach a'i dannedd claerwyn yn tyfu'n ysgythrau hirion, miniog, melyn. A chlywais Petros yn cyfarth.

Clywais rwndi isel llais y Ddrychiolaeth yn troi'n chwyrnadau cryglyd, bwystfilaidd a theimlais ei hewinedd meddal yn troi'n grafangau miniog wrth iddynt rwygo croen fy nghefn. Ac yna sylweddolais fod cnawd meddal ei chefn hi, y cnawd llyfn y buaswn yn ei anwesu'n dyner eiliadau'n ôl, wedi troi'n flew anifail. A thrwy'r cyfan roedd Petros yn cyfarth.

Gwthiais y Ddrychiolaeth yn ôl a gwelais fod y bronnau llawn a fu'n gorwedd mor gynnes ar fy nghorff wedi troi'n dwmpathau memrynaidd, sychion. Ac yna symudodd y Peth tuag ataf unwaith eto, a'i chwyrnu'n codi'n floedd ar anterth buddugoliaeth. Gafaelodd ynof o gwmpas fy ysgwyddau a'm codi'n gorfforol o'r bync. Syllodd y marwor cochion o lygaid i fyw fy llygaid i ac yn araf gwthiodd ei safn tuag at fy ngwefusau. Trawodd drewdod ei hanadl fi, hen aroglau pydredd a chelanedd, aroglau hen feddau mewn hen fynwentydd. A gwyddwn, os na wnawn un ymdrech arall y byddai popeth ar ben. A thrwy'r cyfan roedd Petros yn cyfarth.

Teflais fy hun yn ôl ar y bync gan fy ngadael fy hun i ddisgyn. Gwnes hynny mor sydyn fel i mi syrthio'n ôl o afael y Peth. Syllodd arnaf mewn dryswch am eiliad. Ac fe roddodd yr eiliad honno gyfle i mi estyn am y fflachlamp drom a hongiai uwch fy mhen. Gyda'm holl egni trewais y Ddrychiolaeth ar draws ei thalcen. Allan o'i safn daeth sgrech annaearol o boen ac o syndod, sgrech na pherthynai i'r un anifail a grewyd gan Dduw erioed. Yna trodd a rhuthro allan trwy ddrws y caban a neidio dros ystlys y cwch. A thrwy'r cyfan roedd Petros yn cyfarth …

… A thrwy'r cyfan roedd Petros yn cyfarth. Oedd, yn cyfarth fel rhywbeth o'i gof. A dyna pryd y sylweddolais, o'r diwedd, fy mod i'n gwbwl effro. Roeddwn wedi bod yn effro drwy'r cyfan. Er gwaetha poen y rhwygiadau ar fy nghefn neidiais allan o'r cwch. Yn y pellter gwelais gysgod yn symud yn gyflym. Dechreuais redeg ar ei ôl nes iddo fynd o'r golwg i gyfeiriad cefn bar Katerina.

Roedd y lleuad yn llawn ac wrth i mi ailgyfeirio fy nghamau tua'r Llawenydd gallwn yn hawdd weld olion traed. Roedd olion fy nhraed i yn amlwg. Yn eu plith roedd olion traed noethion llai o faint yn cyfeirio tua'r cwch. Yn cyfeirio oddi wrth y cwch gwelais olion eraill, olion digamsyniol carnau anifail, olion carnau hollt bwystfil yn cerdded ar ei ddeutroed.

Yn ôl ar fwrdd y Llawenydd roedd hi'n amhosib cysgu. Nid yn unig oherwydd y digwyddiadau diweddar ond hefyd am fod storm yn codi o'r môr. Eisteddais ar y bync a Petros erbyn hyn wrth fy nhraed tra siglai'r cwch i fyny ac i lawr fel corcyn. Ond hyd yn oed mewn storm ro'wn i'n benderfynol o adael yr ynys ar y cyfle cyntaf.

Wrth iddi oleuo, cynyddu wnaeth y storm. Allan ar y culfor gwelwn long bysgota yn dynesu. Câi ei thaflu o un ochr i'r llall fel plisgyn wy gan y tonnau uchel. Ymhen hir a hwyr brwydrodd yn llwyddiannus i gyrraedd cysgod yr harbwr a llithro'n araf i'r lan ger glanfa'r llongau fferi. Neidiais allan o'r Llawenydd a Petros yn dynn wrth fy sawdl i gael gair â'r pysgotwr. Er mawr syndod i mi, Taki oedd yno, yr hen gyfaill o Piraews a heuodd yn fy meddwl y syniad o hwylio i Anghistri yn y lle cyntaf. Cododd ei law wrth i mi ddynesu.

"*Kalí méra*. Rwyt ti'n lwcus nad oeddet ti allan neithiwr. Mae hi'n uffern allan ar y môr. Welais i erioed mo'r *voriás* yn chwythu mor gryf."

Gwyddwn mai enw'r ynyswyr ar y *meltémi* neu wynt o'r gogledd oedd *voriás*. "Pryd bydd hi'n ddiogel i mi adael yma?"

"Mae'n dibynnu i ble'r wyt ti am fynd. Mae hi'n ddrwg iawn allan yn y gwlff, y gwynt tua Grym Saith. Fydd yr un llong fferi yn hwylio nes i'r gwynt yma ostegi. Ac mae gen i ryw hen ofn ym mêr fy esgyrn y gwelwn ni'r *anemostrophilos* cyn y bore. Ond os wyt ti'n ddigon gwallgo, mae'n bosib cyrraedd Egina, hwyrach, os gwnei di adael nawr."

Yr *anemostrophilos* oedd bwgan mawr yr ynyswyr. Ar adegau prin iawn fe allai'r *voriás* greu chwyrlwynt mor gryf fel y byddai'n achosi trobwll enfawr. A byddai'r cyfuniad o wynt a môr yn medru difa popeth. Roedd rhai o'r ynyswyr hynaf yn cofio'u cartrefi'n cael eu gwasdoti wrth i chwyrligwgan arswydus natur daro'r tir. Ond fel y teimlwn ar y pryd fe fyddwn i'n fodlon mentro i uffern. Fyddai'r lle hwnnw ddim gwaeth na'r lle y buaswn ynddo'n gynharach.

"Fe wnaiff Egina'r tro yn iawn."

Taflodd Taki ei raff ataf a chlymais hi wrth yr angorfa. Yna neidiodd allan, gan edrych yn falch o gael ei draed ar dir sych. "Os wyt ti'n benderfynol o fynd, bydd yn ofalus iawn yn y culfor rhwng Skála a Metopi. Mae 'na groeslanw peryglus iawn yno heb sôn am isgerrynt twyllodrus."

"Fe gofia i hynny. Diolch am y rhybudd."

Cychwynnais yn ôl am y Llawenydd a Petros yn dilyn. Yna cefais syniad. Trois yn ôl at Taki. "Wnei di gymwynas fawr â mi? Mae'r hen gi yma wedi cymryd ata i. Felly dydw i ddim am iddo feddwl fy mod i'n ei adael. Wnei di'n siŵr y bydd e o'r golwg pan fydda i'n gadael?"

Cytunodd ar unwaith. "Rwy am fynd am frecwast cynnar i'r Quattro. Fe a' i ag e gyda mi."

Roedd chwibaniad yn ddigon. Gydag ond un edrychiad yn ôl dilynodd ei ffrind newydd. Fedrwn i ddim peidio â theimlo'n drist o'i weld e'n diflannu i fyny'r llwybr. Ond pan fo bywyd rhywun yn y fantol, does dim lle i sentiment. Dringais ar fwrdd y Llawenydd a mynd ati i baratoi i godi angor. Ar ôl gwneud yn siŵr fod popeth symudol wedi'u sicrhau yn eu lle, taniais yr injan fach a chychwynnais allan yn araf. O fewn canllath i'r harbwr roedd y Llawenydd yn cael ei thaflu i bob cyfeiriad ar frig y tonnau.

Diffoddais yr injan a chodi'r jib storm a'r treihwyl a chyfeirio trwyn y cwch i mewn i'r gwynt gan wthio fy ffordd ymlaen. Roeddwn i o fewn tafliad carreg i gysgod Metopi pan welais gylch o ddŵr gwyn yn corddi fel llefrith mewn buddai. Ceisiais lywio'r cwch rhyngddo a'r ynys fechan ond fel pe bai ynghrog wrth raff weindio câi'r cwch ei dynnu yn nes ac yn nes at lygad y trobwll. Taflwyd y Llawenydd o gwmpas fel rhyw chwyrligwgan gwallgof. Taniais yr injan fewnol a'i gwthio i'r pŵer uchaf posib, ond i ddim pwrpas. Roeddwn i wedi fy nal rhwng yr isgerrynt a'r croeslanw a'r Llawenydd fel rhyw echel i'r trobwll. Roedd yr *anemostrophilos* wedi taro.

Daliais yn dynn wrth y llyw, a 'mhen yn chwyrlïo cymaint â'r cwch. Trwy ryw ryfedd wyrth fe daflwyd y Llawenydd allan o'r cylch dieflig a chefais fy hun unwaith eto yn cyfeirio at Skála. Wnes i ddim brwydro'r tro hwn. Roeddwn wedi fy nal, fel yng ngeiriau'r hen gân Saesneg honno, yn llythrennol rhwng y diafol a'r môr dwfn, glas. Gyda'r gwynt o'm hôl fe'm chwythwyd fel pluen tua'r lan.

Yn y Quattro ni chafodd Taki fawr o syndod fy ngweld i'n ôl. Ond dangosodd Petros ei fod wrth ei fodd drwy droi a throelli fel peth gwirion wrth geisio dal ei gynffon. Gwthiodd Taki ei jwg o goffi a chwpan gwag tuag ataf. Llowciais yr hylif du, berwedig gydag awch.

Wedi dod draw i gyffiniau Anghistri yr oedd Taki i ddal y merfog du, gan fod y pysgod prin hynny yn gyfyngedig i'r môr o gwmpas yr ynys. "Y pysgodyn du yw brenin y môr yn y cyffiniau hyn. Ond os na wna'r gwynt yma dawelu fe fydda i'n mynd yn ôl yn waglaw, rwy'n ofni."

Prin y medrwn ddilyn ei sgwrs. Roedd fy meddwl yn orlawn o'r awydd i ddianc.

"Ydi'r storm yma'n debyg o bara'n hir?"

"Pwy a ŵyr? Mae'r gwynt yn medru gostwng mor sydyn ag y mae'n codi. Fe all dawelu ymhen oriau. Fe all bara am wythnos a mwy. Dyna pam mae'r rhan fwyaf o'r twristiaid wedi mynd."

"Mae 'na gryn dipyn ar ôl yma."

Poerodd Taki gyda dirmyg. "Nid twristiaid ydyn nhw, gwaetha'r modd. Almaenwyr sy'n byw yma yw'r mwyafrif, wedi prynu tai i fyny ym Metochi. Maen nhw'n lladd yr ynys yma gyda'u tai crand a'u harferion estron."

Fel Cymro gallwn gydymdeimlo ag ef. Ond dim ond rhyw hanner gwrando yr oeddwn i. Roedd gen i broblemau mwy yn pwyso ar fy meddwl. Gadael y lle, nid ymsefydlu yno, oedd fy mlaenoriaeth i. Ffarweliais ag ef a throi am y llwybr at y traeth. Ac wrth gwrs, roedd Petros wrth fy sawdl.

Teimlais y creithiau ar fy nghefn yn llosgi. Doedd yna'r un enaid ar gyfyl y traeth i weld y crafiadau milain, felly diosgais fy nghrys a sefyll a'm cefn at y tonnau oedd yn torri dros y creigiau. Gwingais wrth i don dorri a tharo fy nghefn. Llosgai'r heli fel fflam yn ysu'r clwyfau. Ond yna oerodd y poen a gadewais i don arall iro fy nghnawd cyn i mi wisgo fy nghrys ac ailymuno â'r llwybr.

Wrth ddynesu at y Copacabana meddyliais i ddechrau fod y bar ynghau. Ond na. Er i Viktoria gau'r drysau a chloriau'r ffenestri roedd y bar yn agored ond yn wag. Archebais wydraid o *metaxa*. Er na allwn i odde'r ddiod fel arfer byddai'n fodd i sgwrio blas yr heli o'm gwddf.

Drwy wydr y drysau gwyliais y tonnau'n torri'n wyn dros y creigiau islaw Milos. I'r cyfeiriad arall prin y medrwn weld Metopi gan mor uchel oedd y tonnau. Daeth Viktoria draw i ymuno â mi.

"Dyma'r tywydd y bydda i'n ei fwynhau fwyaf. Y gwynt hwn sy'n chwythu'r twristiaid adre i Athen a thu hwnt bob diwedd haf. Mae hi'n braf cael ychydig o dawelwch."

"Fe fyddai'n dda gen i petawn i yno gyda nhw." Edrychodd Viktoria braidd yn amheus arnaf fel petawn i wedi ei sarhau hi a'r ynys. "Peidiwch â 'nghamddeall i. Nid bod yn feirniadol ydw i. Ond roeddwn i wedi bwriadu gadael heddiw ac mae fy nghynlluniau i bellach wedi'u chwalu."

Codais i adael gyda'r esgus fod gen i waith i'w wneud ar y cwch. Roedd hi'n amlwg nad oeddwn wedi llwyddo i dawelu meddwl Viktoria. Wrth i mi droi at lwybr y traeth gwelais hi'n syllu ar fy ôl yn ddryslyd.

Doedd dim amdani ond mynd yn ôl i'r cwch i ddisgwyl i'r

storm dawelu. Ar ôl codi Petros i'r dec, tynnais yr ysgol fechan i fyny. Doeddwn i ddim am i unrhyw un, nac unrhyw beth, gael mynediad i'r Llawenydd. Eisteddais ar ochr y bync. Mae'n rhaid i ddigwyddiadau'r noson cynt gael cryn effaith ar fy nghorff yn ogystal ag ar fy meddwl oherwydd pan ddihunais, roedd yr haul yn machlud yn belen goch dros Epidawrws. Erbyn hyn roedd y gwynt wedi gostegu'n sylweddol. Euthum ati i daflu golwg dros y rigin a llenwais yr injan fach â thanwydd, a hynny â chynnwys y botel olaf. Byddai angen i mi brynu potel arall cyn gadael, rhag ofn.

Cyn hynny penderfynais gael paned o goffi. Estynnais i ddrôr y bwrdd am focs o fatsys a chynnau'r cylch nwy ar ben y stôf. Cyn hir roeddwn i'n sipian coffi du, cryf, poeth a melys.

Erbyn hyn roedd popeth yn ei le ar y Llawenydd a'r gwynt yn dal i ostegu. Clymais Petros wrth ei dennyn a gafaelais yn y botel danwydd wag. Ailosodais yr ysgol yn ei lle a disgynnais i droedfedd o ddŵr cyn camu i'r traeth. Roedd y siop yn dal yn agored ac ail-lenwyd y botel danwydd. Roeddwn ar fin troi i adael pan ymddangosodd Giorgios.

"Ydych chi am ddod i fyny am bryd o fwyd? Fe fydd hwn yn rhodd gen i, Giorgios."

Doeddwn i ddim am roi'r argraff iddo fy mod wedi bwriadu gadael heb ffarwelio. Fe fyddai hynny wedi ei frifo. "Ar fy ffordd i fyny'r oeddwn i. Rwy'n gorfod gadael heno. Felly fydd gen i ddim amser i fwyta ond fe wna i gymryd rhyw ddiod neu ddwy."

Cerddodd y ddau ohonom o dan gangau'r olewydd tua'r dafarn. Suai'r gwynt rhwng y brigau. Roedd y byrddau y tu allan yn wag a dim ond tua hanner dwsin o gwsmeriaid oedd y tu mewn. Gan na fyddwn yn bwyta eisteddais wrth fwrdd y tu allan a diflannodd Giorgios i'r gegin gan ddychwelyd toc gyda photel o win *Tsantali Agioritiko*.

"Mae hwn yn achlysur arbennig, felly dim ond y gwin gorau wnaiff y tro. Ond rwy'n siŵr mai dim ond ffarwelio dros dro byddwn ni."

Roeddwn i'n amau hynny'n fawr. Ond gorfodais fy wyneb

i wenu wrth godi fy ngwydr i ategu *"Yammas"* Giorgios. Yn fy mrys i adael llyncais y gwydraid gwin yn anfoneddigaidd o gyflym. Mynnodd Giorgios fodd bynnag fod y botel yn wag cyn i mi adael felly fe aeth bron awr heibio. Ysgydwais ei law a daeth Maria allan o'r gegin i ddymuno mordaith dda i mi. Ac o'r diwedd, gyda'r botel danwydd yn fy llaw, cefais adael.

Roeddwn o fewn hanner can llath i'r lôn pan glywais siffrwd rhwng yr olewydd. Nid y gwynt oedd yn gyfrifol am y sŵn; roedd hwnnw wedi tawelu erbyn hyn. A 'nghywreinrwydd yn drech na mi stelciais rhwng y coed at dir agored, gwelltog.

Dim ond darnau o gysgodion oedd i'w gweld i gychwyn, a'r cysgodion hynny'n symud. Yna, yng ngolau'r lloer fe'u gwelais. Cathod, ddwsinau ohonynt, yn sleifio i fyny am y coed. Ac yn eu harwain roedd cath fawr ddu. Sylwais fod un o'i llygaid bron iawn ynghau.

Symudent yn unffurf fel pe rheolid nhw gan un ymennydd. Ymlaen yr aethant heb edrych i'r chwith nac i'r dde, ymlaen yn gwbwl bwrpasol. Erbyn hyn roeddwn i wedi fy hudo ganddynt, wedi fy mesmereiddio bron, a rhaid oedd eu dilyn.

Yn eu blaen yr aethant yn gwbwl ddistaw ar draws hen bentref Metochi ac ymlaen drwy'r pinwydd. Dilynais, gan gadw tuag ugain llathen o'u hôl a sleifio o goeden i goeden. Ond doedd dim angen i mi boeni. Roedd llygaid y giwed wedi'u hoelio ar rywbeth anweledig y tu hwnt i'r coed fel petaent yn cael eu denu ganddo. Ac yn eu harwain o hyd roedd y gath fawr ddu.

Mae'n rhaid eu bod wedi teithio bron milltir cyn iddynt sefyll ar ddarn creigiog, agored ar ymylon y goedwig uwchlaw'r môr. Sylweddolais fy mod, erbyn hyn, yn Dragonera.

Gorweddais ar fy mol ar y nodwyddau pin esmwyth i weld beth fyddai'r symudiad nesaf. Ni fu'n rhaid i mi ddisgwyl yn hir. Ffurfiodd y cathod gylch o gwmpas y gath ddu, a safai ar garreg fawr alloraidd. A dyna pryd y cefais hen deimlad annifyr fod rhywun yn fy ngwylio. Codais a chilio'n ôl i gysgod coeden. Sleifiais yn araf o gwmpas y goeden a bron na sgrechiais yn uchel wrth i mi ddod wyneb yn wyneb â chysgod. Edrychai mor ddu â'r nos ei hun. O'r düwch datgymalodd braich a chydiodd llaw ynof a'm tynnu ati. Gosodwyd y llaw arall ar draws fy ngheg.

"Shhh ... Peidiwch â chael ofn. Dim ond fi sydd yma."

Adnabûm y llais ar unwaith. Y Tad Apostolis oedd yno. Gollyngais anadl o ryddhad.

"Fe'ch gwelais chi'n dilyn y cathod. Roeddwn i'n cuddio y tu ôl i dafarn Giorgios. Roeddwn i'n disgwyl rhywbeth fel hyn. Mae heno yn noswyl *Metamórfosi*."

Wrth i'r lleuad ymddangos rhwng dau gwmwl gwelwn y Tad yn ei urddwisg laes ddu a'r *kammilafi* uchel ar ei ben yn gwneud iddo edrych fel cawr. Disgleiriai'r groes bres a grogai o'i wddf.

"Beth sy'n digwydd?"

"Fe garwn i wybod. Dyna pam rydw i yma. Ond fe allwch fod yn sicr na fydd unrhyw ddaioni'n digwydd yma heno." Byseddodd y groes fel pe'n deisyfu rhyw nerth ysbrydol. Yna gosododd ei law ar fy ysgwydd. "Edrychwch."

Trois, ac yno o flaen fy llygaid gwelais rywbeth na ddylai'r un dyn byw ei weld. Roedd y gath ddu erbyn hyn wedi ymestyn i faint panther, a'i llygaid melyn yn ddwy fflam yn goleuo'r tywyllwch. O'i gwddf ymwthiai rhyw fewian cryglyd ac o blith y cathod eraill codai ton ar ôl ton o oernadau fel dolefain holl eneidiau coll y byd.

Trymhaodd pwysau llaw y Tad ar fy ysgwydd wrth i ni weld y panther yn codi ar ei ddwy droed ôl. Pawennai'r awyr â chrafangau ei draed blaen. Yn araf, trodd y mewian yn eiriau, geiriau hen rhyw iaith goll, yr iaith a glywswn o enau'r Ddrychiolaeth ar y cwch.

Ac yna, o flaen ein llygaid, gweddnewidiodd y creadur. Unwaith eto gwelais y llygaid, un ohonynt yn hanner cau, yn troi'n farwor coch a'r dannedd yn ymestyn, yn melynu ac yn miniogi. Trodd y pawennau'n fysedd hirion, cnotiog a'r ewinedd yn grafangau. Safodd y Ddrychiolaeth ynghanol y cathod, a'i dwylo'n ymestyn tua'r nef a chrygni'r llais yn codi'n sgrech annaearol. Gwingodd y cathod fel ellyllon gorffwyll o gwmpas eu Meistres Satanaidd.

Teimlais afael y Tad ar fy ysgwydd yn tynhau ac yna'n gollwng. Ac yna, yn rhy hwyr, cerddodd allan o gysgod y goeden a symudodd yn araf a phwyllog tuag at y cylch dieflig. Yn ei law, daliai o'i flaen y groes arian, y *stavros* sanctaidd.

Trodd y Ddrychiolaeth a gweld y Tad yn agosáu. Am eiliad bu tawelwch llethol ac yna gollyngodd o'i genau waedd o gasineb pur. Ymlaen y cerddodd y Tad gan barablu gweddi.

"*Hristós Anésti. Alithós Anésti ...*"

Medrwn ddeall y geiriau. "Crist a atgyfododd. Yn wir, Ef a atgyfododd."

Yna trodd i lafarganu mewn iaith ddieithr. Ai Hen Roeg oedd yr iaith honno? Swniai'n fwy tebyg i iaith y Ddrychiolaeth ei hun.

Agorodd y cylch cathod gan ganiatáu iddo fynd trwodd cyn cau o'i ôl. A phan nad oedd ond llathen oddi wrth y Ddrychiolaeth gwthiodd y Tad ei groes tuag ati gan ei herio. Rhuodd y Peth. A thybiais i mi ganfod rhyw oslef o ofn yn y rhu. Yn sydyn cipiodd y creadur y groes o law'r Tad. Yna trodd y rhu yn sgrech o boen. Rhwng y crafangau a ddaliai'r groes cododd mwg, a thros bersawr y pinwydd lledodd aroglau cnawd yn llosgi.

Â chrafangau ei phawen rydd gafaelodd y Ddrychiolaeth yng ngwar y Tad a'i luchio'n gorfforol yn erbyn craig. Gorweddodd yno'n llipa fel doli glwt. A chan ddal i udo ceisiodd y Satanes ryddhau'r groes o'i gafael. Ond roedd y groes wedi'i serio i'w chnawd, wedi ei hasio yn rhan ohoni.

Wrth wylio'r pasiant dieflig mae'n rhaid fy mod, yn ddiarwybod, wedi symud allan o gysgod y goeden. Tawelwch sydyn oedd yr arwydd cyntaf i'r Ddrychiolaeth fy ngweld. Yna clywais chwyrnad isel, chwyrnad o adnabyddiaeth a chyn i mi gael cyfle i symud roedd y Peth wedi llamu ataf a gafael ynof. Ym myw'r llygaid cochion gwelais dân uffern. Gafaelodd y grafanc iach o gwmpas fy ngwddf a syllais am yr eildro ar y safn satanaidd, a honno'n diferu llysnafedd. Trodd y rhuo yn araf yn rwndi bodlon wrth i'r Ddrychiolaeth sylweddoli fy mod ar ei thrugaredd. Ond gwyddwn mai trugaredd fyddai'r peth olaf a dderbyniwn.

Agorodd y safn a thrawyd fi unwaith eto gan ddrewdod affwysol ei hanadl. Dynesodd y dannedd milain, melyn tuag at fy ngwddf. A phan oedd ei safn ar fin cau clywais sŵn cyfarth cyfarwydd. Roedd Petros wedi torri'n rhydd ac wedi fy nilyn.

Drwy gil fy llygad gwelais fflach o frown yn melltennu rhwng y coed ac ar amrant roedd y ci wedi neidio ar gefn y Ddrychiolaeth gan suddo'i ddannedd i'w gwar. Ysgydwodd y Satanes ei hun yn ffyrnig gan geisio taflu'r ci oddi arni. Ond roedd Petros yn hongian wrthi'n ddi-ildio. O'i chwmpas gwingai'r cathod mewn gwewyr.

Trodd y Ddrychiolaeth a chamu'n ôl gan wasgu Petros rhyngddi a boncyff coeden. Gorfodwyd y ci i ollwng ei afael a disgynnodd ar ei gefn. Gorweddai yno wedi llwyr golli ei wynt. Trodd y Satanes tuag ato. Cydiodd mewn carreg anferth a'i chodi'n gwbwl ddidrafferth. Daliodd y maen yn uchel uwch ei phen a'i anelu at gorff diymadferth Petros. Fel pe bai am ymestyn gwefr y foment, cymerodd amser i sicrhau ei hannel ac udodd waedd o fuddugoliaeth. Roedd y ci yn gwbwl ddiamddiffyn.

A'r oedi hwnnw a roddodd i mi'r cyfle i achub bywyd Petros a'm bywyd innau. Dyna pryd y teimlais bresenoldeb y botel danwydd yn fy llaw. Tynnais y corcyn a gwasgu fy hances boced i'w gwddf a'i hysgwyd. Yna cydiais yn y bocs matsys a thanio'r hances. Wrth i'r hances fflamio teflais y botel tuag at y Peth. Petawn i'n methu gwyddwn mai dyma fyddai diwedd y ci. Ac yna fe ddeuai fy nhro innau. A gwyddwn na chawn y farwolaeth fendithiol o sydyn a brofodd y Tad Apostolis. Fe wnâi'r Peth ymestyn yr artaith hyd yr eithaf.

Am hanner eiliad credais i mi fethu. Ond trwy ryw lwc, neu wyrth, chwalodd y botel ar y maen a ddaliai'r Ddrychiolaeth. Cydiodd y fflam yn yr hylif a ddisgynnodd yn gawod danllyd dros ben ac ysgwyddau'r Ddiafoles. Trodd tuag ataf a'i llygaid yn fflachio casineb. Gollyngodd y garreg. Rhwygodd ei sgrechiadau drwy dawelwch y nos wrth iddi ruthro at frig y clogwyn. Ac yn belen o dân, taflodd ei hun dros yr ymyl i'r môr. Ac wrth i'w sgrech hi ddistewi cododd sŵn arall, sŵn udo dolefus a galarus y cathod. Yna fel un, rhuthrodd y giwed Gadaraidd at frig y clogwyn a'u taflu eu hunain ar ôl eu Meistres Satanaidd.

Wrth i mi gael fy ngwynt ataf sylwais fod y fflamau wedi dechrau cydio yn y llwyni. Rhuthrais draw at y Tad Apostolis. Ond gorweddai yno'n farw gelain, a'i ben wedi'i ddirdroi ar ongl annaturiol. Erbyn hyn roedd y fflamau wedi lledu i'r coed pin. Doedd gen i fawr o ddewis ond gadael corff y Tad lle'r oedd a dianc, gan wneud yn siŵr fod Petros yn fy nilyn.

Eisoes clywn yn dynesu leisiau rhai o'r ynyswyr a oedd ar eu ffordd i geisio diffodd y tân. Doeddwn i ddim am iddynt fy ngweld felly trois i fynd trwy'r goedwig gan groesi tuag at Skála ar hyd y llwybr cefn. O ddec y Llawenydd gwelais y fflamau'n ysu rhan helaeth o Dragonera. Ac yna digwyddodd gwyrth arall. Goleuwyd y nos gan fellten a chlywyd taran yn glòs wrth ei chynffon. Esgorodd hynny ar gawod o law. Yn wir doedd cawod ddim yn air digonol i'w disgrifio. O'r entrych disgynnodd dilyw a barodd o leiaf ugain munud, yn union fel pe bai'r Nefoedd ei hun am olchi'r ynys yn lân o'i holl ddrygioni. Gwyliais y goelcerth yn troi'n rhyw ffrwtian cyn marw'n llwyr gan ildio'r awyr i gwmwl o fwg trwchus. Roedd yr hunllef drosodd. O leiaf, dyna a feddyliwn.

Y bore wedyn roedd y pentre'n ferw. Lawr yn yr harbwr gwelais Giorgios. Ni wnaeth feddwl gofyn i mi pam nad oeddwn wedi gadael fel y bwriadwn. Roedd digwyddiadau'r nos wedi bod yn rhy gyffrous iddo feddwl am faterion mor ddibwys.

Y stori oedd, meddai, i rywun ar ddamwain – neu'n fwriadol – osod y goedwig ar dân yng nghyffiniau Dragonera. Roedd y Tad Apostolis, ar ei ffordd o Limenaria i gynnal gwasanaeth Gŵyl *Metamórfosi* ym Milos, wedi'i ddal gan y fflamau. Ac roedd Katerina, mwy na thebyg wrth iddi fynd am dro, hefyd wedi'i dal. Ei hunig gyfle i ddianc oedd drwy neidio i'r môr. Un fentrus fu hi erioed. Trychineb, dim llai.

"Yn rhyfedd iawn, pan ganfuwyd corff Katerina wedi'i losgi'n ddrwg, roedd croes yn ei llaw dde. A doedd dim sôn am groes yn crogi o wddf y Tad Apostolis." Meddyliodd Giorgios yn ddwys am ychydig. "Mae'n bosib i'r ddau gyfarfod â'i gilydd wrth geisio dianc rhag y tân ac i'r Tad roi ei groes iddi yn y gobaith y gwnâi honno ei hachub. Pwy a ŵyr."

Ond roedd un peth rhyfeddach fyth wedi digwydd, yn ôl Giorgios. "Mae'n rhaid i Katerina benderfynu neidio i'r môr i geisio'i hachub ei hun. Dyna'r unig ateb rhesymegol. Yn anffodus, disgynnodd mewn dŵr bas a threngodd ar y creigiau. Pan ganfuwyd ei chorff llosgedig hi yn y môr wrth droed y clogwyn fe ganfuwyd hefyd gyrff dwsinau o gathod wedi boddi. Roedden nhw hefyd wedi ceisio dianc rhag y fflamau, siŵr o fod."

"Ai dyna beth mae pobol yn ei gredu?"

Daeth gwên fach ddeallus i'w wyneb. "Dyna beth mae pobol *am* ei gredu. A phwy ydw i, Giorgios, i feddwl yn wahanol?" A throdd am y lanfa lle'r oedd y Kitsolakis Express yn barod i'w gludo i Egina i adrodd yr hanes rhyfedd wrth bawb y deuai ar eu traws. Ac, wrth gwrs, i siopa. I Giorgios, fe fyddai bywyd yn mynd yn ei flaen, trychineb neu beidio. Wrth neidio i'r cwch, gwaeddodd dros ei ysgwydd.

"Kalí andhámosi."

Na, nid oedd yn debyg o'm gweld i am gryn amser. Ddim ar Anghistri, o leiaf. "Ffarwél", felly, oedd fy ateb i yn hytrach na "wela i di'n fuan". Ond aeth fy *"Adhío"* ar goll yn rhu'r injan.

Gan nad oedd unrhyw frys arnaf bellach oedais tan ddechrau'r prynhawn cyn codi angor. Prynais ddarn sylweddol o stêc i Petros ac ar ôl tanio'r injan teflais y cig i'r lan. Neidiodd y ci amdano o'r dec fel gwiwer. Gwthiais y sbardun gan dynnu allan i'r môr agored. Doedd gen i ddim o'r galon i edrych yn ôl ar Petros. Sibrydais ryw ffarwél fach dawel wrtho yn fy meddwl.

Roeddwn i bron â chyrraedd gyferbyn â thrwyn y lanfa pan glywais sŵn cyfarth. Doedd dim angen troi i weld cyfarth pwy. Rhedodd Petros fel rhywbeth gwallgof ar hyd y lanfa goncrid ac fel yr oeddwn ar fin rowndio'r pwynt neidiodd o leiaf ddwy lathen gan ddisgyn yn swp ar y dec. Cododd ar draed sigledig. Gollyngodd ryw ielp o hapusrwydd, ysgydwodd ei gynffon a neidiodd fyny gan osod ei ddwy droed blaen ar fy ysgwyddau. A llyfodd fy wyneb.

A dyna pryd y gwnes i benderfynu na ddeuai dim byd eto rhwng Petros a minnau, dim na chwarantîn na diafol. Na diafoles chwaith, o ran hynny. Anelais drwyn y Llawenydd tua'r gogledd. Roeddwn i ar fy ffordd adre.

Doedd y cwmwl mwg ddim wedi diflannu'n llwyr uwchlaw Anghistri ac roedd aroglau llosg wedi boddi sawr hudolus y pinwydd. I gyfeiriad Dragonera gallwn weld cylch tua hanner can erw o'r goedwig wedi'i ddifa. Ymddangosai'r ynys fel penglog unllygeidiog.

Tua awr allan o Anghistri, rhwng Egina a Salamina, gwelais y llong fferi'n dynesu ar ei ffordd o Athen i'r ynysoedd. Cyn hir roedd modd i mi ddarllen yn glir yr enw Manaras Express ar flaen y caban. Ac wrth iddi ddod yn nes gwelwn ddwsin a mwy o deithwyr, oll wedi'u gwisgo mewn du, yn eistedd ar y dec uchaf. Perthnasau Katerina ar eu ffordd draw i'r wylnos. Gwisgai'r menywod fêl ddu dros eu hwynebau. Wrth i mi basio sylwais ar un o'r galarwyr yn codi ac yn cerdded at ystlys y llong. Edrychai fel merch ifanc tua naw neu ddeg oed.

Er na allwn weld ei llygaid y tu ôl i'r fêl, gwyddwn eu bod nhw wedi'u hoelio ar fy llygaid i. Yna, a'r cwch a'r llong ond tua ugain llathen oddi wrth ei gilydd, cododd y fêl i ddadorchuddio wyneb hir a gwelw a'r wyneb hwnnw wedi'i fframio â gwallt mor ddu â phlu cigfran. Llosgai ei llygaid yn felyn ac roedd ei dannedd claerwyn wedi'u dinoethi fel pe'n barod i larpio rhywun neu rywbeth.

Seriodd ei llygaid i fyw fy holl fod. A chyn iddi ollwng y fêl yn ôl dros ei hwyneb tybiais i mi weld melyn ei llygaid yn troi'n ddau farworyn coch. Un o driciau'r haul, mae'n siŵr.

Mordeithiais tuag adre'n hamddenol. O fewn pythefnos diflannodd y creithiau ar fy nghefn bron yn llwyr. Ond fe gymer fwy o amser i greithiau eraill wella.

Hwyliais drwy Gamlas Corinth i Fôr Ionia ac allan i'r Môr Canoldir. Oddi yno dilynais arfordiroedd Portiwgal, Ffrainc a Llydaw a dilyn trwyn Cernyw. Dim ond ar ôl dod i olwg Tyddewi y gwnes i deimlo fy mod ar fin dod adre. Wnaeth Bae Ceredigion, er bod glaw mân yn cymylu fy llygaid, erioed edrych mor ddeniadol.

Gydol y fordaith gofalais gadw draw oddi wrth fannau poblog gan nad oeddwn am i neb wybod fod gen i gi ar fwrdd y cwch. Pan fyddwn yn gadael y Llawenydd i siopa yma ac acw gwnawn yn siŵr fod Petros wedi'i gau yn y caban. Ac fe ddaeth yr hen gi, yn fuan iawn, i ddeall y drefn a chadw'n dawel.

Aeth dwy flynedd heibio bellach ers i mi fod yn safn uffern. Rwy'n dal i gael hunllefau. A daw mân frawddegau yn ôl i'm poeni ar yr adegau ac yn y mannau mwyaf annisgwyl. "Mae Katerina yn dewis ei dynion ... Os na ddewch chi at yr ynys fe ddaw'r ynys atoch chi ... Maen nhw'n dweud fod ganddi ferch ..."

Mae Petros bellach yn ddeuddeg oed a'i glyw a'i lygaid heb fod mor llym ag y buont. Oni bai am hynny, mae'n siŵr na fyddai'r gath yna y bore 'ma wedi mentro ar gyfyl y cwch. Roedd y Llawenydd wedi'i hangori oddi ar Borth-gain a minnau'n hepian ar y bync. Roedd Petros yn chwyrnu'n braf ar y bync arall. Yn sydyn teimlais fod rhywun neu rywbeth yn syllu arnaf. Ac yno yr oedd hi y tu allan i ffenest y caban yn cyrcydu ac yn rhythu'n fud. Cath ddu fawr a chanddi lygaid melyn fel dwy fflam. Ond doedd dim creithiau ar wddf hon. Ac ymddangosai'n iau na'r gath honno ar yr ynys.

Cododd ar flaenau ei thraed a chrymanodd ei chefn. Syllodd i fyw fy llygaid drwy'r ffenest ac agorodd ei safn gan hisian arnaf. Ac er iddi wneud hynny'n ddi-sŵn, roedd bygythiad herfeiddiol yn ei hosgo.

Rhuthrais allan o'r caban ond wedi i mi gyrraedd y dec doedd dim sôn amdani. I ble'r aeth hi, Duw a ŵyr. Roedd pellter o ugain troedfedd o ddŵr rhwng y cwch a'r traeth. Beth bynnag, roedd hi wedi diflannu'n llwyr.

Ond mae gen i ryw hen deimlad annifyr mai yn ôl y daw hi. O, ie, yn ôl y daw hi.

SGRECH Y COED

*Dechreuasom farw cyn dyfod yr eira,
ac fel yr eira, parhau i ddisgyn a
wnaethom. Y syndod oedd fod
cymaint ohonom ar ôl i farw.*

LOUISE ERDRICH

Siskiwit,
Isle Royale,
Michigan.
Rhagfyr 1889.

MAEN NHW WRTHI heno eto. Gallaf glywed eu sgrechiadau yn gymysg â chwythiadau'r gwynt a dagrau eu hwylofain yn disgyn ymysg y plu eira. Mae eu cwynfan lond y goedwig, lond fy mhen, a fedra i mo'u cau nhw allan.

Dim ond un ffordd o ddianc sydd gen i ar ôl ac fe gymeraf y cam anochel hwnnw yn fuan. Mae'r rhaff wedi'i dolennu eisoes ac wedi'i chlymu wrth un o'r distiau. Ac mae mainc wedi'i gosod oddi tani. Ond yn gyntaf mae'n rhaid i mi gofnodi'r cyfan fel y gall eraill ddeall sut y disgynnodd y fath felltith ar fy mhen.

Hwyrach hefyd y bydd croniclo'r cyfan yn dod â rhyw fath o lonyddwch i'm henaid cyn marw. Gwn na chaf faddeuant gan gyd-ddyn. A phrin y gwnaiff Duw agor ei fantell a'i lapio amdanaf i guddio fy mhechodau ysgeler, ond hwyrach y gwna fy ngeiriau esbonio rhywfaint ar yr uffern a greais i eraill ac i mi fy hun.

Roedd y cyfan mor wahanol yn ôl ddechrau'r gwanwyn y llynedd wrth i ni gychwyn ar ein taith o lannau'r Manicouagan mewn trol a cheffyl i Baie Comeau. Roedd y tri ohonom, Michel, Edith a minnau, mewn hwyliau da wrth adael ar long ar hyd y St Laurent am Lyn Ontario.

Edrychai Edith yn brydferth wrth i'r gwynt anwesu cudynnau ei gwallt melyn a'i donni fel cae o ŷd. Roedd arwyddion o feichiogrwydd yn dyfnhau ei harddwch.

Cymerodd Michel botel o win o'i fag. Tynnodd y corcyn â'i ddannedd a chynnig y botel i mi. Yfais yn ddwfn cyn ei throsglwyddo yn ôl iddo. Llifodd ychydig o'r gwin coch i lawr ei ên fel ffrwd fain o waed. Cododd y botel yn uchel a gwenu.

"Pob lwc i'r bywyd newydd."

Ymunais yn y dymuniadau da gan gofleidio Michel ac Edith a chreu rhyw ddawns fach ddifyfyr ar y dec er mawr fwynhad a syndod i'n cyd-deithwyr. Eisteddodd Edith ar fainc gyfagos, wedi colli ei gwynt braidd.

"Llai o'r dawnsio yma, Edith," meddai Michel yn chwareus. "Pum mis arall ac fe fyddi di'n fam."

"A thithau'n dad." Chwarddodd Edith ac agor ei breichiau mewn gwahoddiad. Plygodd Michel tuag ati a phlannu cusan ar ei gwefusau trymion, coch a disgwylgar. Teimlais ychydig o eiddigedd ar y pryd er i mi ymdynghedu i fod yn hen lanc weddill fy oes. Roedd rhywbeth cynnes i'w deimlo rhwng y gŵr a'r wraig, rhyw sefydlogrwydd a sicrwydd, rhywbeth oedd ar goll o'm bywyd i.

A'r llong yn siglo'n rhythmig ar yr afon, syrthiodd Edith i gysgu ym mreichiau ei gŵr. Eisteddais ar fainc gyferbyn i feddwl am yr hyn a'n harweiniodd i rwygo'n gwreiddiau o lannau'r Manicouagan a symud i fan na welsom erioed o'r blaen.

Trapiwr o gyrion Nitchequon soniodd wrthym gyntaf am Isle Royale. Cerddodd i mewn i dafarn Jean-Claude fel rhyw arth anferth gan ysgwyd yr eira o'i gôt. Llyncodd dri mesur o wisgi cyn troi i weld pwy arall oedd yn y bar ac arhosodd ei lygaid arnaf fi a Michel. Adnabod cywion o frid, mae'n debyg. Ciciodd stôl o'r gornel tuag at ein bwrdd ni ac eisteddodd arni gan wthio'i gap croen racŵn yn ôl ar ei dalcen.

"Helwyr, os nad ydw i'n camgymryd."

"Ie, helwyr. Ond helwyr braidd yn dlawd y dyddiau hyn," atebais.

"Anifeiliaid yn brin?" Closiodd atom gan rwbio'i ddwylo yng ngwres y tân.

Amneidiodd Michel â'i ben mewn arwydd o gadarnhad. Poerodd i'r tân. "Y blydi cwmni aliwminiwm yna. Llygru'r tir, llygru'r goedwig, llygru'r afon. Maen nhw'n wenwyn pur. Cyn hir fydd dim ar ôl ond tyllau dwfn a thomenni sbwriel."

"Cytuno'n llwyr. Mae'r tir yn cael ei ddwyn o dan ein

trwynau ni." Poerodd y dieithryn i'r tân a phlygodd tuag atom yn llechwraidd. "Gyda llaw, Pierre yw'r enw, Pierre Montauban."

Aeth eiliadau heibio cyn i neb dorri gair ymhellach a gallwn weld Pierre yn anesmwytho braidd. Yn amlwg roedd arno eisiau cwmni.

"Fe wn i am y lle delfrydol i chi. Gardd Eden, os bu un erioed. Ynys ar Lyn Superior."

Llwyddodd i ddal ein sylw ar unwaith.

"Fe fyddai unrhyw le yn well na'r twll yma. Dydi bod yn Ffrancwr ddim yn fêl i gyd y dyddiau hyn."

Roedd Michel wedi bod yn dipyn o rebel erioed. Byddai'n fflamio pan ddeuai i gysylltiad â Phrydeinwyr. Bu'r ddau ohonom mewn aml i ffrwgwd o ganlyniad i'w fyrbwylledd. Fy hun, roeddwn i'n fwy pwyllog. Er fy mod i'n casáu'r Prydeinwyr lawn cymaint â Michel gwyddwn pryd i agor fy ngheg a phryd i'w chadw ynghau, hyd yn oed yng nghwmni Ffrancwr arall fel Pierre.

Gwenodd y dieithryn ar Michel. Gwyddai iddo daro ar fan gwan. "Un o ddilynwyr Louis Riel? Bydd yn ofalus beth rwyt ti'n ei ddweud. Mae ysbïwyr Prydain ym mhobman."

Neidiodd Michel ar ei draed a chododd ei lais ar yr un pryd. "Fe grogwyd Riel, ond wnaiff y diawliaid fyth gau fy ngheg i." Yfodd ddiferion olaf ei wisgi a thaflu'r gwydr yn erbyn y pentan. Chwalodd y gwydr yn deilchion. Trodd am y drws a gweiddi dros ei ysgwydd. "Rwy'n mynd adre. Mae'r blydi lle yma yn fy llethu i."

Caeodd y drws yn glep ar ei ôl, ac yn araf ailddechreuodd y mân sgwrsio o gwmpas y bar. Chwarddodd y dieithryn yn ddwfn ac yn hir. Gwagiodd ei wydr, gafael yn fy ngwydr innau a mynd at y cownter i'w ail-lenwi. Erbyn iddo gyrraedd yn ôl roedd e wedi difrifoli unwaith eto.

"Mae eich ffrind yn dipyn o genedlaetholwr."

"Ydi, tanbaid iawn."

Pwysodd yn ôl a syllu i'r tân. "Fe fues innau yn union yr un fath ag e. Roedd fy ngwaed i'n fwrlwm bryd hynny. Yn wir, fe ddilynais i Riel am gyfnod. Ond pan grogwyd e bedair blynedd yn ôl fe godais fy mhac a dianc."

"Fe fedra i ddeall pam. Mae cymaint o'n gobeithion ni wedi eu chwalu yn ystod y blynyddoedd diwethaf yma fel 'mod i'n teimlo fel gwneud yr un peth fy hun. Codi gobeithion ddim ond i'w gweld nhw'n chwalu'n deilchion."

Cytunodd y dieithryn. "Dyna'n union pam y gwnes i gilio. Newydd ddychwelyd rydw i. A dyma fi wedi dod nôl i siom arall. Rown i'n gobeithio y byddai Honoré Mercier wedi cydio yn yr awenau ac yn arwain y Parti Nationale i fuddugoliaeth."

Yfais yn ddwfn o'r wisgi. "Breuddwyd gwrach. Mae e bellach yn gysurus yn yr un gwely â'r Rhyddfrydwyr. Ie, siom ar ôl siom."

"Pam na wnei di'r hyn a wnes i? Gadael am gyfnod ac yna mynd adre'n llwythog o arian. Mae hi'n haws bod o dan draed y Prydeinwyr os oes gen ti arian. Ac mae gen i ddigon nawr i nghynnal i am o leia flwyddyn neu ddwy."

"I ble'r est ti? California ar drywydd yr aur? Neu i'r gorllewin, i'r Pecos, i ddwyn o fanc?"

Chwarddodd y dyn eto. Roedd gwres y tân ynghyd â chryfder y wisgi wedi dod â gwawr goch i'w wyneb. Cnociodd waelod ei wydr ar y bwrdd fel arwydd ei fod yn barod am un arall. Ond pan godais i brynu diod i ni'n dau caeodd ei law'n dynn dros fy llaw i.

"Fi sy'n talu. Nid brolio'n wag roeddwn i. Ac nid malu awyr roeddwn i wrth sôn am yr ynys yna ar Lyn Superior. Rwy'n llwythog o arian. Ac fe fyddi dithau hefyd os cymeri di 'nghyngor i."

Gwthiodd rhwng yr yfwyr o gwmpas y bar. Safodd y rhan fwyaf o'r neilltu mewn parchedig ofn i wneud lle iddo. Daeth yn ôl yn fuan gyda dau lond gwydr o'r hylif melyn. Ailgydiodd yn ei sgwrs fel pe nad adawsai hi.

"Isle Royale yw'r lle i chi. Ti a'th ffrind diamynedd. Brithyllod fel morfilod yn y llynnoedd a'r afonydd. Ceirw ac elciaid fel eliffantod. Cwningod a llwynogod mor aml â chwain ar gefn ci tafarn. Diddordeb?"

Syllais arno am eiliad. Oedd, er bod cryfder y wisgi'n dechrau dweud arno, roedd e'n gwbwl ddifrifol. Ac mae'n rhaid fod y trapiwr wedi gweld yn glir fy mod am wybod mwy.

Esboniodd iddo dreulio tymor cyfan yn byw ac yn hela ar Isle Royale. Daethai yn ôl i Nitchequon i weld ei fam, oedd ar ei gwely angau. Erbyn hyn roedd hi wedi marw ac roedd ar ei ffordd i ddinas Québec i wario rhan o'i enillion.

"Mae gen i ddigon i bara am sbel. A phan aiff fy mhoced i'n wag, fe a' i'n ôl i'r ynys i ennill chwaneg. Ond tra bydda i yn mwynhau fy hun yn Québec, mae croeso i chi ddefnyddio 'nghaban i."

Cododd a cherdded at y bar gan ddychwelyd â darn o bapur a phensel. Yna aeth ati i lunio map digon blêr o Isle Royale gan osod croes i ddynodi lleoliad ei gaban. Aeth ati i ddisgrifio'r hyn fyddai'n ein haros gan fanylu ar drefniadau'r daith.

"Unwaith y gwnewch chi gyrraedd Grand Portage yn Ontario fe gewch chi gwch ar draws y dŵr i Todd Harbor. Yna mae hi'n daith tua awr ar droed i lan Llyn Siskiwit, lle mae'r caban. Fe gewch chi'r lle i gyd i chi'ch hunain. Does neb yn byw ar yr ynys y dyddiau hyn, ddim hyd yn oed yr Indiaid."

"Mae hynny'n beth od. O ystyried yr enw sydd gan yr Indiaid fel helwyr, mae'r ynys yn swnio'n lle delfrydol iddyn nhw."

Ysgydwodd ei ben a gwenu. "Fe wyddost ti am ofergoelion yr Indiaid. Fe wnân' nhw ambell ymweliad yn ystod y dydd. Ond wnân' nhw ddim aros yno dros nos am unrhyw bris. Mae ganddyn nhw ofn marwol o'r lle yn y tywyllwch. Canlyniad rhyw hen chwedl, mae'n debyg, am ddynion hysbys a chanibaliaid. Beth bynnag, maen nhw bron i gyd mewn tiriogaethau brodorol bellach."

Yn ôl Pierre, y Saulteurs, pobol y rhaeadrau, oedd yn arfer byw ar yr ynys, llwyth oedd yn fwy cyfarwydd fel yr Ojibwa neu'r Chippewa yn iaith yr Americanwyr a'r Saeson.

"Yn rhyfedd iawn, o gyffiniau ceg y St Laurent y mudodd y llwyth yn wreiddiol gyda'r Potowatomi a'r Ottawa, gan ffurfio'r hyn a alwent yn Dri Thân traddodiadol sy'n rhan o'u hen hanes. Ond wedi iddynt gyrraedd y Mackinac fe aethant eu ffordd eu hunain gyda'r Chippewa yn ymsefydlu ar lannau Llyn Superior, neu iddynt hwy, Kitchigami."

"Mae enw gan y Chippewa fel ymladdwyr."

Wfftiodd Pierre fy ofnau. "Erbyn hyn maen nhw wedi dofi ac yn fwy o berygl i Indiaid eraill fel y Sioux nag i'r dyn gwyn. Beth bynnag, maen nhw'n hen ffrindiau gyda ni'r Ffrancwyr. Fe wnaethon nhw ymladd gyda ni yn erbyn y Saeson, os wyt ti'n cofio dy wersi hanes."

"Do. Ond wedyn fe wnaethon nhw droi i gefnogi'r Saeson yn erbyn yr Americanwyr. Pobol oriog iawn, ddwedwn i."

Cytunodd Pierre a llwyddais, o'r diwedd, i'w berswadio i ganiatáu i mi brynu wisgi iddo. Prynais un i mi fy hunan yn ogystal. Cyffyrddasom ein gwydrau cyn llowcio'r hylif euraid a dymuno nos da i'n gilydd. Ychwanegodd o dan ei anadl, *"Je me souviens"*, "Rwy'n cofio", sef hen hen arwyddair herfeiddiol cenedlaetholwyr Québec. Cyn i mi fynd fe wthiodd y map i boced fy nghôt. Yna trodd at y bar am ddiod arall.

Y bore wedyn, uwchben fy mrecwast o fara a chaws, prin y cofiwn am y sgwrs â'r dieithryn. Dim ond wedi i mi wisgo fy nghôt ar gyfer ymweld â Michel ac Edith y gwnes i ddigwydd taro ar y map a luniodd y dyn dieithr ar y darn papur oedd yn fy mhoced. Ac onibai iddo dorri ei enw ar waelod y map fe fyddwn i wedi anghofio enw Pierre Montauban yn llwyr. Gwae i mi gyfarfod ag e erioed. Ond dyna fe, nid arno fe'r oedd y bai.

Wrth gerdded ar hyd glan yr afon, a oedd yn llawn llysnafedd y gwaith aliwminiwm, teimlais eto'r wefr a gyneuodd Pierre ynof wrth ddisgrifio Isle Royale. Yno fe fyddai'r nentydd a'r llynnoedd yn glir fel grisial. Yno fe fyddai pysgod yn heigio ac elciaid yn heidio. Yno fe fyddai byd arall ymhell o greithiau'r diwydiant a oedd yn anrheithio glannau'r Manicouagan.

Roedd Edith wrthi'n paratoi brecwast pan gyrhaeddais, ac aroglau coffi'n berwi a bacwn yn rhostio yn llenwi'r lle. Dal yn ei wely yr oedd Michel. Nid mewn hwyl dda iawn chwaith, yn ôl ei wraig. Doedd hynny ddim yn rhyw syndod mawr gan iddo fod yn y felan ers tro byd.

Gwaeddodd Edith ar ei gŵr ac estynnodd baned o goffi berwedig i mi. Chlywais i fawr o arwyddion fod Michel ar fin codi. Dim ond rhyw gwynfan cysglyd. Manteisiais ar y cyfle i sôn wrth Edith am yr hyn a ddywedodd Pierre wrthyf y noson cynt. Gwrandawodd yn astud heb unwaith dorri ar fy nhraws. Yna mentrais ddangos iddi'r map.

"Meddylia, fe fyddai hi'n nefoedd ar y tri ohonon ni ..."

"... Pedwar." Cododd ar ei thraed a gosod ei dwy law ar ei bol.

Fedrwn i ddim credu'r newydd. "Beth? Rwyt ti'n feichiog o'r diwedd. Edith, mae hyn yn newydd gwych."

Cerddais ati a'i chofleidio. Gwridodd hithau. Ac ar yr eiliad honno cerddodd Michel i mewn, a'i grys yn hongian allan o'i drowser. Safodd yn ei unfan am ennyd a thybiais i mi weld arwyddion o'i dymer sydyn yn codi yn ei lygaid. Ond fe'i tawelwyd gan eiriau Edith.

"Mae'n iawn, Michel. Rwy' newydd dorri'r newydd wrtho amdana i a thi ... a'r babi."

Toddodd Michel a chydio'n gariadus yn ei wraig a'i chusanu. Teimlwn yn falch ac yn eiddigeddus ar yr un pryd. Yna trodd Michel a gosod ei law ar fy ysgwydd.

"Rown i wedi bwriadu dweud wrthot ti neithiwr. Ond fe anghofiais i'r cyfan wrth i'r dyn dieithr yna faldorddi am yr ynys yna yn Llyn Superior. Malwr awyr, os bu un erioed. Gest ti wared ohono fe yn y diwedd?"

Syllodd Edith a minnau ar ein gilydd am eiliad. Eisteddais a llyncu ychydig o'r coffi cyn troi i wynebu Michel.

"Malwr awyr, hwyrach. Ond malwr awyr uffernol o ddiddorol. Fe fyddai Isle Royale yn lle delfrydol i ni. Mae Edith a minnau newydd fod yn trafod ..."

Daeth fflamau i'w lygaid unwaith eto. "Beth? Yn trafod y

tu ôl i 'nghefn i? Dydw i ddim yn cyfri, mae'n debyg. Fe aethoch chi ati i drefnu popeth tra o'wn i'n cysgu."

Brasgamodd allan i'r cwt ymolchi. Clywais sŵn y badell yn cael ei thaflu at y gasgen ddŵr. Yna, wedi ychydig eiliadau clywn sŵn dŵr yn llifo i'r badell ac ebychiad wrth i Michel drochi ei wyneb. Erbyn iddo orffen ymolchi a cherdded yn ôl i'r stafell roedd wedi pwyllo unwaith eto. Eisteddodd yn dawel wrth y bwrdd a gafael yn ei goffi mewn un llaw a'r map oedd ar y bwrdd â'r llaw arall. Syllodd arno am funud gyfan. Cododd a cherdded o gwmpas y stafell yn fyfyrgar gan dynnu ei fysedd trwy ei wallt. Yna, yn sydyn, safodd ar ganol y llawr a throi tuag atom.

"Rwy'n fodlon ystyried unrhyw syniad a wnaiff ein harwain ni o'r twll yma. Nawr fod Edith yn feichiog, mae'n bwysig ein bod ni'n cynllunio rhyw fath o ddyfodol ymhell o'r uffern sy wedi ei gorfodi arnon ni gan y diwydianwyr ddiawl yna sy'n meddwl am ddim byd ond elw. Ydw, rwy'n fodlon gwrando."

Eisteddodd unwaith eto wrth y bwrdd gan fy ngwahodd, gydag osgo o'i law, i ymuno ag ef. Yna amneidiodd, gan fy annog i adrodd yr hyn a wyddwn am Isle Royale, Gardd Eden Llyn Superior.

Ie, Gardd Eden. Ond roedd sarff yn Eden Adda ac Efa. Ac fe fyddwn yn dod i wybod fod sarff yn yr Eden hon hefyd. Mae hi'n gwingo yn fy mhen yr eiliad hon. Yn cordeddu o gwmpas fy ymennydd ac yn ei wasgu. Ond wnaiff hi fyth dawelu'r wylofain sydd, heno eto, i'w glywed yn y coed. Lleisiau ydyn nhw, lleisiau yn galw am freichiau cysur, am ymgeledd ond yn methu cael ateb, yn methu cael unrhyw beth nac unrhyw un i'w tawelu, i'w suo i gysgu. Ac mae gen i ryw hen deimlad annifyr ers tro bellach fy mod i'n adnabod un o'r lleisiau.

Ni chymerodd hi fawr o amser i mi berswadio Michel i roi cynnig ar ei lwc ar Isle Royale. Nid fy nadl i a'i perswadiodd ond y goleuni a welodd yn llygaid Edith wrth iddi hithau wrando arnaf yn ailadrodd disgrifiad Pierre o'r wlad a oedd yn llifeirio o laeth a mêl.

Roedd gennym ni gryn waith paratoi ac roedd yr amser yn brin. Roedd Michel yn awyddus i ni adael o fewn y mis fel y câi Edith lai o drafferth, a hithau yn wythnosau cynnar ei beichiogrwydd. Doedd gennym ni fawr o arian i dalu ein ffordd. Felly bu'n rhaid i ni werthu'r rhan fwyaf o'n heiddo prin gan adael, am resymau ymarferol yn ogystal ag ariannol, gyda'r lleiaf posib yn ein meddiant. Fe wnaethon ni hyd yn oed werthu ein trapiau a'n drylliau, a hynny am ail i ddim, i dalu am y daith. Roedd Pierre wedi cadw digon ar ôl yn y caban i ni gael cychwyn yn ein cartref newydd. Yna, o'n henillion cynnar, gobeithiem fedru fforddio prynu stoc newydd yn y ganolfan fasnach yn Grand Portage.

Aeth chwe wythnos heibio cyn i ni lwyddo i adael. Doedd arnon ni fawr o hiraeth wrth ffarwelio. Gadawsom ein cabanau gan eu gosod yng ngofal cymdogion hyd nes i ni ddychwelyd rywbryd yn y dyfodol. Ac ar ôl ysgwyd llaw â phawb o'n perthnasau a'n cyfeillion cychwynasom ar ran gyntaf y daith bell i Isle Royale.

Rhwng popeth fe gymerodd bythefnos dda i ni i deithio i lawr y St Laurent. Profiad i'w gofio fu hwylio drwy'r rhan gul o'r afon gyferbyn a Québec. Enw'r Indiaid Huron brodorol ar Y Culion, fel yr adwaenwn ni'r lle, yn yr iaith Algonquin oedd 'Kebek', yr union enw a fabwysiadwyd yn enw i'r ddinas. Teimlwn yn falch mai yma y sefydlodd Samuel de Champlain y Ffrainc Newydd yn 1608. Ond wrth fynd heibio i'r penrhyn uchel uwchlaw'r afon teimlwn yn drist o gofio i'r Saeson lwyddo i'w ddringo yn 1759 cyn mynd ymlaen i'n curo ar Wastadedd Abraham.

Ond buan yr anghofiais artaith y gorffennol wrth i ni hwylio ymlaen trwy lynnoedd Ontario ac Erie i Windsor. Teithio ar draws gwlad wedyn am gyfnod a dal llong arall a hwyliai ymlaen drwy Superior ac ymlaen i Grand Portage. Roedd hyn yn golygu hwylio heibio i drwyn gorllewinol Isle Royale. Ac o'r dec fe gawsom ein golwg cyntaf ar yr ynys hir, ffrwythlon. Ar fore clir o Fai codai'r niwl fel arogldarth gan ddadorchuddio'r ynys a'i chyflwyno i ni yn ei holl ogoniant.

Ar ôl pythefnos o daith, gydag Edith yn dioddef o salwch boreol, edrychem ymlaen at gyrraedd. Ond roedd gorchwyl bwysig yn ein haros cyn hynny. Yn Grand Portage roedd angen prynu anghenion sylfaenol fel bwyd a diod. Ac ar ben hynny, heb arian i dalu am y cyfan, fe fyddai'n rhaid perswadio'r siopwr i ganiatáu cownt i ni ar addewid. Gobeithiem y byddai crybwyll enw Pierre yn ddigon o ernes i ni.

Braf oedd cyrraedd Grand Portage a chael ein traed ar dir sych a solet unwaith eto. Mynnodd Edith gael gweld y siopau dillad ac aeth Michel gyda hi. Manteisiais ar y cyfle i bicio i mewn i far cyfagos i dorri fy syched. Roedd gen i ddigon o arian i dalu am ddwy neu dair diod.

Roedd y bar yn wag, bron iawn. Croesawyd fi'n frwd gan y tafarnwr. A chyn i mi gael cyfle i sipian y diferion cyntaf o gwrw melyn dechreuodd holi fy mherfedd. O ble y daethwn? I ble'r oeddwn i'n mynd? Pwy oedd wedi awgrymu y dylwn fynd yno? Oedd, roedd e'n adnabod Pierre Montauban yn dda. A bu hynny'n help mawr.

"Ie, Pierre. Dyn dewr os bu un erioed. Dyn ffôl hefyd."

"Dyn mentrus," cynigiais.

"Wel, dewr, beth bynnag. Does dim llawer o bobol fyddai'n fodlon treulio misoedd bwy gilydd ar yr ynys. Mae angen dewrder o fath arbennig i wneud hynny."

"Does bosib dy fod ti'n rhoi coel ar hen chwedlau'r Chippewa? Rhyw hen stori wedi'i chreu er mwyn cadw'r dyn gwyn draw, fel cymaint o'u chwedlau, mae'n debyg?"

Ysgydwodd y tafarnwr ei ben yn araf. "Y cyfan a ddweda i yw na fyddwn i'n fodlon treulio'r un noson yno. A dwn i ddim am fawr o neb arall fyddai'n fodlon gwneud hynny, ar wahân i ffyliaid dewr fel Pierre. Fe ddaw ambell un yma yn awr ac yn y man. A chofia di hyn, dydi pob un ohonyn nhw ddim yn dychwelyd."

Chwarddais yn braf. Ond doedd dim gwên ar wyneb y tafarnwr. Wrth i mi ofyn am wydraid arall o gwrw teimlais law ar fy ysgwydd. A phan drois i weld pwy oedd yno bu bron i mi â neidio mewn braw. Yn rhythu arnaf â dau lygad tanbaid brown roedd wyneb melyn crychiog fel memrwn wedi'i beintio â llinellau coch a gwyn, wyneb Indiad wedi ei baratoi at ryfel. Roedd ganddo drwyn bachog a gwisgai hen gôt frethyn a throwser rib melyn. Dros ei gôt roedd e wedi gwnïo clytiau lliwgar a wnâi iddo edrych fel clown. Ar ei ben swatiai het ffelt ddu a phluen frowngoch yn ymddangos o'r tu ôl iddi. Am ei draed gwisgai sandalau Indiaidd, mocasins o groen a oedd wedi gweld dyddiau gwell. Am ei wddf hongiai mwclis o aeron wedi sychu. Siaradai eiriau dieithr nad oeddynt Saesneg, na Ffrangeg yn sicr. Eto i gyd teimlwn fy mod yn gynefin â rhai o'r geiriau rhyfedd a ddeuai o'i enau. Yn sydyn ymdawelodd gan bwyntio'i fys ataf. Yna caeodd ei lygaid a dechrau llafarganu'n uchel, rhyw fwmial disynnwyr. Ciliais yn ôl oddi wrtho heb fod yn rhyw siŵr iawn beth i'w wneud.

Chwerthin a wnaeth y tafarnwr a chamu allan o'r tu ôl i'r bar. Cydiodd yng ngwar yr Indiad a'i daflu allan i'r stryd cyn dychwelyd i orffen llenwi fy ngwydr.

"Paid â chymryd sylw o'r hen ffŵl yna. Dydi e ddim yn hollol iawn yn ei ben. Tipyn o niwsens yw Joseph, ond digon diniwed."

"Ond beth oedd e'n ceisio'i ddweud wrtha i?"

"Un o'r Chippewa yw e, ac os gwnes i ei ddeall e'n iawn, dy rybuddio di'r oedd e i beidio â mynd ar gyfyl Isle Royale. I'r Chippewa mae'r ynys yn sanctaidd yn ogystal â bod yn dir gwaharddedig."

Y cwestiwn cyntaf a groesodd fy meddwl oedd sut y gwyddai e fy mod i'n bwriadu mynd drosodd i'r ynys? Ond cwestiwn twp oedd hwnnw. Erbyn hyn fe fyddai pawb yn y dref yn gwybod fod tri ffŵl ar eu ffordd yno, tri ffŵl yn gobeithio gwneud eu ffortiwn. Ond dyna fe, chwerthin wnaethon nhw o weld Pierre yn mentro drosodd, mae'n debyg. Ac os oedd hwnnw wedi profi llwyddiant, pam na fedrem ni?

Erbyn hyn clywn Joseph yn rhyw fwhwman y tu allan i'r bar. Os oedd e'n wallgof, fel yr awgrymai'r tafarnwr, yna roedd rhyw apêl rhyfedd yn ei wallgofrwydd. Er nad oedd ond cardotyn, teimlwn i mi weld ôl rhyw hen urddas yn nyfnder ei lygaid brown.

"Does bosib mai Joseph yw ei enw iawn os yw e'n Chippewa?"

"Na, digon gwir. Pobol yr ardal a'i bedyddiodd e'n Joseph. Mae ei gôt liwgar e'n esbonio'r rheswm. Mae e'n galw'i hun wrth enw arall, Kanatowakechin. Ac mae e'n honni ei fod e'n ddisgynnydd i holl benaethiaid y Chippewa a fu'n byw yng nghyffiniau Llyn Siskiwit ar Isle Royale. Rwtsh llwyr, wrth gwrs, ond mae'n fodd iddo gael cildwrn gan deithwyr hygoelus sy'n credu pob gair."

Wrth i mi wagio fy ngwydr am yr eildro clywais gyffro o'r tu allan. Cerddais tua'r drws. Allan ar y stryd roedd Joseph ar ei liniau o flaen Edith ac yn ceisio estyn ei law at ei bol chwyddedig i'w anwesu. Ceisio'i ddal yn ôl yr oedd Michel. Edrychai Joseph fel dyn gorffwyll wrth iddo ymbil arni. Llwyddodd Michel i'w lusgo o gyrraedd Edith ond yna rhwygodd yr Indiad hanner dwsin o'r aeron yn rhydd o'r cortyn a amgylchynai ei wddf a'u cynnig yn offrwm iddi. Ac er gwaethaf cyngor Michel iddi gadw draw, camodd Edith tuag ato a derbyniodd yr aeron a'u gosod ym mhoced ei chôt. Ar hynny ymdawelodd Joseph a gollyngodd ei hun yn swp wrth ochr y stryd gan rhyw hanner llafarganu a hanner cwynfan yn dawel wrtho'i hun.

Roedd Michel ac Edith wedi prynu'r angenrheidion pennaf sef blawd, reis, triog, siwgwr, y bwydydd sylfaenol. Roedd Pierre wedi ein sicrhau fod angenrheidion mwy sylfaenol, rhofiau a llifiau, ac yn arbennig faglau, trapiau, drylliau a bwledi yn y caban yn ein haros. Roedd Michel hefyd wedi trefnu i ni gael ein cludo i'r ynys ar long bysgota un o'r trigolion.

Ar ôl llwytho'r cyfan, y syniad oedd i ni'n tri fynd drosodd gyda'n gilydd ac wedi i ni ymsefydlu, y byddwn i'n dod drosodd i brynu unrhyw angenrheidion eraill.

Roedd y llyn mor llyfn â wyneb merch wrth i ni groesi. Doedd dim awel yn crychu'r dŵr ac o fewn dwy awr medrem weld natur ddaearyddol Isle Royale. O'i chwmpas, fel rhes o fwclis, roedd nifer o ynysoedd bychain. Drosti tyfai canopi di-dor o goed, er y gwyddwn, diolch i ddisgrifiad Pierre, fod yno lynnoedd a llennyrch agored yn torri ar undonedd y fforest.

Wrth i ni ddynesu gwelem, ymhlith adar y môr a oedd wedi ein dilyn o Grand Portage, ambell walch y pysgod. Ac uwchlaw'r cyfan hofranai eryr moel, brenin yr awyr. Yr holl ffordd i lawr at y glannau ymestynnai gwyrddni coed a llwyni. Roedd llygaid Edith yn llawn gobaith a goleuni. Ychydig a wyddai bryd hynny y byddai'r nefoedd o'i blaen yn troi yn uffern.

Trodd y cwch i'r chwith ac i mewn i harbwr bychan naturiol. Gyda help y pysgotwyr, buan y llwyddasom i ddadlwytho'n cargo. Ni wastraffodd y criw eiliad yn ffarwelio â ni, a theimlais nad dyletswyddau pysgota oedd yr unig reswm dros eu hawydd i fynd. Ysgydwodd pob un o'r tri pysgotwr law â ni a dymuno pob lwc i ni. A chawsom gyfarwyddyd i gynnau tân ar y traeth pan fyddem angen cwch i fynd drosodd i Grand Portage. Fe wnâi'r criw, o fod allan yn pysgota, weld y mwg fel arwydd i ddod i'n cludo i'r tir mawr.

Yn erbyn craig gerllaw yn unol ag addewid Pierre, roedd *travoise*, rhyw fath ar gar llusg Indiaidd, nad oedd ond dau ddarn hir o bren, a dau ddarn croes, wedi'u clymu â stribedi o groen carw wedi sychu, yn eu huno. Buan y clymwyd rhan helaeth o'r cargo ar y *travoise* a chymerodd Michel a minnau ein tro i lusgo'r llwyth tua'r caban.

Er bod tyfiant bellach yn cuddio'r llwybr roedd modd ei ddilyn yn weddol ddidrafferth gan fod y llwyni a'r planhigion ar ei hyd yn fyrrach na'r tyfiant cyffredin o'i boptu.

Ac O! y fath dyfiant. Doedd disgrifiad Pierre o'r lle fel Gardd Eden ddim yn bell ohoni. Yn y pellter talsythai coed pin unionsyth a rhyngddynt tyfai poplys ac aethnenni, ynn a cheirios. Dynodai presenoldeb bedw, ffawydd, masarn a llwyni cegid dir ffrwythlon. Ar y tir gwlyb rhyngom a'r afon – afon Siskiwit, mae'n rhaid – ffynnai cedrwydd gwynion, llarwydd a sbriws.

Ar y gwastadedd tyfai toreth o blanhigion, yn arbennig reis gwyllt, cynhaliaeth barod i'r Chippewa ar hyd y canrifoedd. Nawr ac yn y man clywem drwst yn y coed wrth i ni darfu ar ambell gwningen, carw, llwynog neu hyd yn oed flaidd.

Yn hwyr y deuai'r gwanwyn i lannau'r Kitchigami ond nawr, ddechrau Ebrill, roedd yr eira'n toddi a'r nentydd yn rhedeg yn wyn. Doedd ryfedd mai enw'r Chippewa ar fis Ebrill oedd Lloer Rhoi'r Sgidiau Eira Heibio. Ar y pryd roeddwn i'n gwbwl anwybodus ynghylch arferion yr Indiaid ond fe ddeuwn i ddysgu llawer am eu ffordd o fyw a'u credoau a hynny er mawr gymorth i ni. Wedyn y trodd yr wybodaeth yn hunllef.

Roedd Edith eisoes fel petai hi'n synhwyro ein bod ni'n nesáu at y caban. Prysurodd o'n blaen i fyny'r bryn a chyn pen dim clywsom ei llais yn cyhoeddi'n gyffrous ein bod ni ar fin cyrraedd. Brwydrodd Michel a minnau i fyny'r bryncyn, ac ar ôl cyrraedd y brig gadawsom i siafftau'r car llusg ddisgyn. A disgyn yn ddiolchgar a wnaethom ninnau gan orwedd ar ein cefnau yn y borfa ir a orchuddiai'r copa. Ond chawsom ni fawr o lonydd. Cydiodd Edith yng ngholer Michel a cheisio'i lusgo ar ei draed.

"Tyrd, cwyd a sbia. Lawr fan'na yn y llannerch. Ein cartref newydd ni."

Ufuddhaodd Michel yn anfoddog braidd. Fe godais innau ar fy eistedd. Ac oedd, roedd y caban yn swatio'n glyd ym mhen pellaf sgwaryn gwyrdd a oedd wedi ei glirio'n lân o goed a llwyni. O'i flaen ymestynnai canllath da o weirglodd ac fel caer o'i ôl codai fforest o goed pin amddiffynnol.

Erbyn hyn doedd dim dal 'nôl ar Edith. Rhuthrodd i lawr y rhediad tir ac erbyn i Michel a minnau stryffaglu gyda'r *travoise* i gyffiniau'r tŷ roedd mwg eisoes yn codi ac yn troelli uwchlaw'r corn simddai.

Roedd popeth yno fel yr addawsai Pierre. Roedd y blawd oedd yn weddill, mae'n wir, wedi dechrau llwydo. Ond roedd yno domen o goed tân wrth dalcen y cwt y tu ôl i'r caban ynghyd â drylliau o bob math, maglau, a thrapiau. Popeth yn wir y byddai ei angen ar ddau heliwr fel ni.

Toc daeth Edith allan o'r tŷ yn cario dau dun o goffi berwedig a'u hestyn i ni cyn dychwelyd i nôl un iddi hi ei hunan. Oedd, roedd yr hen Pierre wedi gadael coffi i ni hefyd. Fe'i bendithiais e'n dawel wrth sipian yr hylif du, chwerw. Ymddangosai popeth yn berffaith. Roedd cyfnod newydd, llwyddiannus o'n blaen. Doedd dim byd, na Duw na diafol, a fedrai ein hatal. O leiaf, dyna a deimlwn ar y pryd. Ond fel y gwn yn dda erbyn hyn, dydi'r diafol byth yn bell oddi wrth wendidau dyn.

Nid yr un yw diafol y Chippewa a'n diafol ni. Ond yr un yw ei natur. Ac yn eu crefydd hwy nid Duw ond y diafol a wnaeth foddi'r ddaear â dilyw. Honno oedd Daear Gyntaf y Chippewa, lle trigai'r Bobol Goch. Dim ond drwy ymyrraeth un o'r duwiau, Wenebojo, yr achubwyd y llwyth. A thrwyddo ef y cawsant yr hawl i aros ar y ddaear.

Wenebojo, yn ôl Joseph, fu'n gyfrifol am ddysgu'r Chippewa i ffermio ac i hela a smygu tybaco. Ac ef, yn bwysicach fyth, a ddysgodd iddynt y cyfreithiau crefyddol a'u galluogai i gymuno â'r Ysbryd Mawr ei hun.

A Wenebojo hefyd, drwy fawr ddoethineb yr Ysbryd Mawr, a ddysgodd iddynt y ddawn i iacháu. Ac onibai am y ddawn honno fyddai Edith wedi marw ar enedigaeth ei phlentyn. Ac wedi marw hefyd y byddai'r plentyn onibai am yr Ysbryd Mawr, a weithredodd drwy Joseph. Ac o ystyried yr erchyllterau oedd i ddod, rheitiach fyddai i Edith a'i baban fod wedi marw bryd hynny gan y byddent, o leiaf, wedi marw'n naturiol.

O dipyn i beth cafwyd trefn ar y caban. Âi Michel a minnau allan i hela gan ddychwelyd yn llwythog o grwyn llwynogod cochion ac afancod, mincod ac ysgyfarnogod yr eira. Roedd bywyd yn dda a'n penderfyniad i ymfudo i'r ynys yn talu ar ei ganfed.

Ar y cychwyn arferem fynd draw â llwyth o grwyn i'r tir mawr a'u ffeirio am angenrheidion. Ond buan y daethom i wneud elw sylweddol mewn arian sychion hefyd, fel i ni allu fforddio prynu cwch.

Erbyn hyn roedd yr amheuwyr a fu'n ein hwfftio yn dechrau ailfeddwl ac yn cydnabod ein bod, os yn ffyliaid, yn haeddu ein lwc. Edrychai rhai o'r helwyr eraill yn Grand Portage arnom gyda chymysgedd o edmygedd ac eiddigedd. Ond doedd neb ohonynt yn fodlon cymryd cam tebyg ac ymsefydlu ar yr ynys. Beth bynnag, roedd yr enillion ar lannau'r llyn bron mor dda â'n henillion ni. Y gwahaniaeth mawr oedd fod hela ar Isle Royale mor hawdd. Roedd anifeiliaid yn cerdded yn wirfoddol, bron iawn, i'r trapiau a'r adar yn yr awyr fel petaent yn hofran uwch ein pennau yn gwahodd ergydion o'n drylliau. Ymddangosai fel petai natur wyllt yn aberthu ei hunan ar ein hallor.

Wedi i ni ddechrau dangos elw, fi, fel arfer, fyddai'n cludo'r crwyn drosodd i'w ffeirio a'u gwerthu tra byddai Michel wrthi'n trwsio trapiau ac yn gwneud ychydig o hela ei hun yng nghyffiniau'r caban. Mwynhawn yr ymweliadau â'r tir mawr. Ac yn arbennig y sesiynau yn y bar.

Cawsun fy nerbyn gan ffyddloniaid y bar fel cwmni da, parod i dalu fy siâr o ddiod a'r un mor barod am sgwrs. Er hynny, teimlwn eu bod yn rhyw anfoddog, braidd, i dderbyn fy nghyfeillgarwch â'r hen Joseph. Prin y câi yr Indiaid eu goddef o gwbwl ac roedd Indiad meddw na châi ei dderbyn hyd yn oed gan ei lwyth ei hun yn esgymun ganddynt. Ond fe gymerais i at yr hen greadur. Yn wir, o fewn ychydig amser gallwn sgwrsio rhyw gymaint ag ef yn ei iaith ei hun, yr iaith Algonquin a siaredid gynt yn Québec. Dysgaswn ychydig ohoni oddi wrth rai o'r Indiaid a oedd wedi goroesi yno.

Roedd Joseph yn hyddysg yn hanes ac arferion ei genedl. Petai'r fath swydd yn bod ef, yn ddiamau, fyddai hanesydd ei lwyth. Ond eithriad oedd Joseph. Prin iawn, erbyn hyn, oedd yr aelodau o'r Chippewa oedd am siarad am eu gorffennol. Buasent yn bobol ffyrnig yn eu brwydrau yn erbyn llwyth y Sioux ar hyd y canrifoedd ond ychydig iawn o wrthwynebiad corfforol wnaethon nhw ei ddangos yn erbyn y gwynion. Yn wir, onid oeddynt wedi ein cefnogi ni'r Ffrancwyr mewn un rhyfel cyn cefnogi'r Prydeinwyr mewn rhyfel diweddarach?

Ond er fod Joseph bellach, fel cymaint o'i lwyth, yn aberth i alcohol roedd rhyw urddas tawel a pharch tuag at ei lwyth a'i draddodiadau, a oedd wedi goroesi dau fileniwm, yn dal yn rhan o gymeriad yr hen Indiad. Cadarnhaodd mai ei enw go iawn oedd Kanatowakechin ac esboniodd mai ystyr yr enw oedd Rhith.

A chan Joseph y clywais y chwedl honno am y digwyddiad a fu'n gyfrifol am i'w lwyth gefnu ar Isle Royale. Mor fyw y disgrifiodd yr hen ŵr y stori fel i mi, ar ôl dychwelyd i'r ynys, gofnodi'r cyfan: Mae'r llawysgrif o fy mlaen y funud hon ...

Cyfnod yr Ail Ddaear oedd hi, wedi'r dilyw. Ac Ynys Anishinabe oedd ei henw hi bryd hynny, ymhell bell cyn eich dyfodiad chi, y Ffrancwyr. Adeg Lloer y Dail yn Disgyn oedd hi. Lledodd cawodydd oerllyd ar draws yr ynys gan ddinistrio cnwd y manomini, neu'r reis gwyllt, yn llwyr. Yna disgynnodd yr eira gan ladd adar ac anifeiliaid a chadw'r Chippewa draw o'r fforestydd.

Ffodd llawer o'r bobol i'r tir mawr a bu farw o newyn ac oerfel nifer o'r rhai a ddewisodd aros, yn ogystal â llawer o'r rheini oedd yn rhy hen neu'n rhy ifanc i adael.

Ymddangosai fel petai melltith wedi disgyn ar y tir. Roedd hyd yn oed y bleiddiaid, sy'n barod i fwyta unrhyw beth, gan gynnwys celanedd, yn marw o newyn yn eu ffeuau. Rhewodd y nentydd a'r llynnoedd mor galed fel nad oedd modd cloddio tyllau yn yr iâ er mwyn pysgota. Ac roedd yr adar yn rhewi ar frigau'r coed.

Roedd hi'n amlwg fod y bobol wedi pechu yn erbyn Gitchi-

manido yr Ysbryd Mawr ei hun, Rhoddwr Bywyd. Roedd y Midéwiwin, sef y penaethiaid, mor ofidus fel iddynt alw cyfarfod o'r Shamaniaid, neu'r Dynion Hysbys yn y wigwam fawr, y Midéwigan, er mwyn ceisio canfod ym mha fodd y pechodd y llwyth yn erbyn yr Ysbryd Mawr.

Perfformiwyd Dawns yr Ysbrydion er cof am y dwsinau a fu farw a chododd y Shamaniaid eu llef tuag at y Manidog, gweision Gitchi-manido, i erfyn am faddeuant am ba bechod bynnag a gyflawnwyd. Fyddai neb, wrth gwrs, yn meiddio cyfarch yr Ysbryd Mawr ei hun.

Am oriau bu'r Dynion Hysbys yn cynnal cymundeb â'r Manidog. Lladdwyd ci a'i daflu i'r llyn fel aberth i Misshepeshu, Anghenfil-ddyn y Dŵr. Aberthwyd un arall er mwyn tawelu'r Windigo, Cawr y Coed, a fyddai'n bwyta pobol pe câi ei ddigio. Crynhowyd yr ychydig ffrwythau a chigoedd oedd yn weddill a'u hoffrymu gan y Midéwiwin i'r Manidog. Cynigiwyd iddynt yr ychydig ddail tybaco prin oedd ar ôl. Ond ni chafwyd ateb.

Ceisiwyd apelio ar bedwar Aderyn y Daran, goruchwylwyr y Pedwar Cyfeiriad a Cheidwaid yr Elfennau. Ond doedd dim yn tycio. Dewisodd yr adar sanctaidd oedi yn uchel yn yr awyr ymhell bell y tu hwnt i'r cymylau.

Tynnwyd allan sgroliau'r llwyth, lle'r oedd holl hanes y Chippewa wedi'i gofnodi dros y canrifoedd ar ffurf lluniau ar risgl coed bedw, a'u hailastudio. Canwyd caneuon y llwyth a bu dawnsio o gwmpas y tân. Ond ar ôl pedwar diwrnod a phedair noson o gymuno roedd y Manidog oll yn fud, hyd yn oed Wenebojo, hwnnw a roes i ni'r hawl i fyw ar y ddaear, a'n dysgodd i hela, i amaethu a gwella'r cleifion, ac a gyflwynodd i ni dybaco. Oedd, roedd Wenebojo ei hun wedi ein anghofio ni, y Chippewa.

Wedi llwyr ymlâdd, disgynnodd pawb i'r llawr o gwmpas y tân mewn anobaith llwyr. Ond yna, wrth i aelodau'r llwyth ddechrau syrthio i gysgu tywyllwyd y fynedfa i'r Midéwigan. Syllodd y bobol yn ddryslyd ar chwech o ddynion mawr, cadarn yr olwg, wedi'u gwisgo fel Dynion Hysbys. Doedden nhw ddim yn perthyn i lwyth yr ynys. Aelodau o un o lwythau'r tir mawr oedd y rhain. Camodd un ohonynt ymlaen gan godi ei law dde, arwydd o gyfarchiad a dymuniad am osteg ar yr un pryd.

"Fe'n hanfonwyd ni yma gan y Manidog i'ch achub rhag dicter yr Ysbryd Mawr, Gitchi-manido. Fe wylltiwyd yr Ysbryd Mawr gan eich bywyd pechadurus. Ond mae Gitchi-manido yn fawr ei drugaredd ac fe alwodd arnom ni, o Lwyth yr Arth, i ddangos i chi sut i ailganfod y llwybr cywir."

Roedd llais y dyn yn atseinio fel taran drwy'r Midéwigan. Cododd y bobol yn gysglyd cyn ailddisgyn ar eu gliniau o flaen y chwe Dyn Hysbys o Deulu'r Arth. Wnaeth neb feddwl sut y medrodd y Shamaniaid hyn gyrraedd yr ynys o gwbwl yn y fath dywydd. Roedd y ffaith iddynt gael eu danfon gan y Manidog ar draws y llyn i achub y llwyth yn ddigon.

Y noson honno, drwy ryfedd wyrth, gwleddodd y llwyth ar gig am y tro cyntaf ers y ddwy leuad lawn cyn dyfodiad y llifogydd a'r eira. Ac O! y fath gig. Roedd e'n felys a ffresh fel cig mochyn gwyllt ifanc. Wnaeth neb ofyn sut y llwyddodd y Dynion Hysbys i gael hyd i'r fath gig gyda'r llynnoedd a'r fforestydd yn dal dan glo rhew ac eira. Teimlem mai gwyrth drwy law'r Ysbryd Mawr ei hun oedd y cyfan.

Am ddyddiau a nosau gwleddodd y bobol ar gig ffresh. Canwyd clodydd Gitchi-manido am fod mor faddeugar, mor dda i'r llwyth. Pesgodd y cnawd ar eu hesgyrn a daeth gwrid i ruddiau unwaith eto.

Ond yna dyma'r llwyth yn dechrau sylweddoli fod y plant, er yn cael eu gwala a'u gweddill o fwyd, yn marw. Yn wir, roedd mwy o golledion ymhlith y plant nag a gafwyd adeg y Newyn Mawr ei hun. Yn ddyddiol byddai plant yn marw ac yn gyfnosol, o'r coed, deuai ochneidiau cwynfanus rhieni wrth osod eu hepil i orffwys ar gychwyn taith eu heneidiau bychain tua'r gorllewin.

Un bore canfu Ombashi, Hwn a Godwyd gan y Gwynt, ei ferch fach Bineshii, yr Aderyn Bach, yn farw yn y wigwam. Doedd dim ôl salwch nac unrhyw archoll arni. Hi oedd y deuddegfed plentyn i farw o fewn chwe diwrnod.

Yn drwm ei galon paratôdd Ombashi gorff ei ferch ar gyfer

y ddefod angladdol. Plethodd ei gwallt du a'i gwisgo yn ei dillad a'i haddurniadau gorau fel paratoad iddi ymuno â Dawns yr Ysbrydion. Roedd y ddaear yn rhy galed gan rew iddo dorri bedd iddi. Felly, ychydig cyn y machlud, fe'i gosodwyd ar fframwaith o binwydd, a'i chorff wedi'i lapio mewn rhisgl coed bedw, a'i hwyneb tua'r dwyrain ar gyfer taith bedwar diwrnod ei hysbryd. Unwaith y deuai'r Lloer Flodeuog ar ei hynt i ryddhau'r pridd fe gâi ei chladdu. Ond fe fyddai ei hysbryd wedi hen adael erbyn hynny.

I gloi'r ddefod, llafarganodd un o offeiriaid y Medéwiwin eiriau sanctaidd y llwyth uwch ei phen a chiliodd pawb yn ôl i'w pebyll.

Ond roedd hiraeth a galar yn llethu cymaint ar Ombashi fel iddo ddychwelyd yn hwyrach. Ac yno, wedi ei lapio mewn haenau o groen a ffwr, gerllaw corff ei unig ferch, y gorweddodd yn yr awyr agored. Tua chanol nos tarfwyd arno gan sŵn rhywun – neu rywbeth – yn symud yn llechwraidd drwy'r llwyni. Ciliodd i'r cysgod a diolchodd yn dawel am iddo fod mor hirben â gwneud hynny. Gwelodd arth enfawr yn agosáu gan symud yn araf drwy'r goedwig. Cyn cyrraedd y llwyn y cuddiai Ombashi oddi tano, oedodd yr arth gan edrych o'i chwmpas yn slei. Yna, yn sydyn, cydiodd yng nghorff Bineshii oddi ar y fframwaith coed a'i gario i ffwrdd o dan ei fraich.

Am eiliad oerodd gwaed Ombashi. Yna estynnodd am ei fwa a gosod nicyn saeth ar y llinyn. Plygodd a thynnu'r bwa gyda holl nerth ei fraich, anadlodd yn ddwfn er mwyn gorchfygu ei gryndod ac anelu a gollwng y saeth. Hedfanodd honno'n chwim ac unionsyth fel gwennol i'w nyth a phlannu ei hun yng nghefn yr arth. Gyda rhoch o boen a syndod trodd yr anifail gan ollwng corff y ferch. Ond er gwaetha'r ergyd ymlwybrodd tuag at Ombashi gan ruo a glafoerio. Taflodd hwnnw ei fwa o'r neilltu ac ymbalfalodd o dan haenau ei ddillad am ei fwyell. Ac wrth i'r arth geisio gafael ynddo trawodd Ombashi y creadur â'i holl egni, mor galed nes iddo ddatgymalu un o bawennau'r anifail.

Rhuodd yr anifail clwyfedig cyn troi ar ei sawdl. A gwaed

yn ffrydio o'r clwyf yn ei gefn a'i arddwrn rhuthrodd i ffwrdd drwy'r coed gan adael Ombashi yno'n crynu o ofn yn gymaint ag o ryddhad. Wedi iddo ymdawelu, ailosododd Ombashi gorff Bineshii yn dyner ar y fframwaith coed. Cusanodd rudd oer ei ferch fach yn dyner a'i hailorchuddio â chrwyn. Yna trodd am y pentref.

Pan gyrhaeddodd Ombashi'r pentref roedd y bobol wedi ymgynnull ar gyfer swper. Ond yn wahanol i'r nosweithiau cynt doedd dim sawr cig rhost ar yr awyr a doedd dim sôn am y Dynion Hysbys. Adroddodd Ombashi'r hanes rhyfedd ac ofnadwy wrth gyd-aelodau o'r llwyth a chynhyrfwyd y rheini fel iddynt benderfynu mynd ar drywydd yr arth a'i lladd.

Yna clywyd sŵn sgwrsio isel yn dod o'r Midéwigan gerllaw. Gwnaeth Ombashi arwydd ar i'r lleill ymdawelu a'u cymell i nesáu at y babell fawr. Yno, yng ngolau'r tân, swatiai'r chwe Dyn Hysbys. Gwelodd Ombashi a'i gyfeillion fod dau o'r Dynion Hysbys yn ymgeleddu un o'r lleill drwy geisio tynnu saeth o'i gefn. Gwelsant hefyd stwmpyn gwaedlyd lle'r arferai llaw'r Shaman clwyfedig fod ynghlwm wrth ei arddwrn.

Fe un dyn rhuthrodd y dynion ar y Shamaniaid. Mor gyflym y bu'r cyrch, mor sydyn yr ymosodiad, fel na chafodd y Dynion Hysbys gyfle i ymladd yn ôl. Disgynnodd pump o'r chwech yn dwmpathau gwaedlyd o dan ergydion bwyeill a thrywaniad cyllyll y llwyth.

Yn unol â'n traddodiad fe gadwyd un yn fyw yn fwriadol. Wedi llusgo hwnnw tuag at y tân a gwthio'i wyneb at y fflamau dechreuodd un o Ddynion Hysbys ein llwyth ni ei holi. Ar y cychwyn gwrthodai yngan gair. Ond mae gennym ni'r Chippewa amynedd. Fodfedd wrth fodfedd gwthiwyd ei wyneb yn nes at y fflamau. Parhaodd yn fud am gryn amser. Hyd yn oed wedi i'w wallt ddechrau deifio yn y gwres gwrthodai ateb.

Ond ymlaen yn ddidrugaredd yr aeth yr holi. Trodd gwallt y Shaman o Deulu'r Arth yn fflamau a ffurfiodd swigod ar draws ei wyneb. Ac am y tro cyntaf y noson honno gwyntodd y bobol gig rhost wrth i wyneb y Shaman o Lwyth yr Arth gael ei ysu gan y fflamau. Nid cyn dioddef hynny yr ildiodd a chyfaddef iddo ef a'r pump arall gerdded ar draws y rhew ar wyneb y llyn yn y gobaith y byddai digonedd o fwyd ar yr ynys. Yna, o weld y sefyllfa druenus, aethant ati i gynllwynio ac i dwyllo.

Yn dilyn ei gyfaddefiad, syrthiodd y chweched Shaman twyllodrus yn farw ar draws y tân. Llusgwyd ei gorff oddi yno. Yna, a'r gyflafan drosodd, aeth y dynion ati'n bwyllog a defodol i flingo pennau'r Dynion Hysbys. Galwyd ar y gwragedd i mewn i'r Midéwigan a chan gario a chwifio'r crwyn pennau fel enillion rhyfel, dawnsiwyd Dawns yr Angau o gwmpas cyrff drylliedig y chwech.

Am y cyrff, digon yw dweud na wnaeth yr ychydig gŵn a oedd wedi goroesi'r newyn ddioddef o angen bwyd am weddill y gaeaf hwnnw.

Fe ddylai'r llwyth, wrth gwrs, fod wedi amau'r chwe Shaman dieithr o'r dechrau. Ond rhowch chi bryd o fwyd o flaen pobol newynog ac fe wnân' nhw gredu unrhyw beth. Yn rhy hwyr, deallodd y llwyth nad gweithredu ar ran yr Ysbryd Mawr a wnaethai'r Dynion Hysbys. Yn hytrach, drwy esgus achub y llwyth, roeddynt hefyd yn eu hachub nhw eu hunain drwy ladd y plant a gwledda ar eu cyrff yn ddiweddarach.

Yn sicr, er na sylweddolent hynny, gweision y Windigo oedd y chwech, gweision y cawr canibalaidd a grwydrai fforestydd y gaeaf yn chwilio am ysbail ddynol. Ni fu aberthu ci iddo yn ddigon i leddfu ei wanc am gnawd y plant.

Fe barodd y ddawns o gwmpas y cyrff drylliedig hyd ganol y diwrnod wedyn. Ond y noson honno ni lwyddodd yr un aelod o'r llwyth i gael cwsg. O'r goedwig o'u cwmpas cododd sŵn wylo, sŵn crio. Sŵn a oedd hyd yn oed yn uwch nag udo'r bleiddiaid newynog. Sŵn meinach na sgrech gwynt y dwyrain drwy'r coed pinwydd. Sŵn plant yn wylofain. Ac o blith y côr wylofus gallai'r Chippewa adnabod sgrechiadau eu plant eu hunain. Eu plant marw nhw eu hunain.

Gyda'r chwedl honno, os chwedl hefyd, y tarddodd ofn y Chippewa o Isle Royale. Dyna pam na wnaent fentro ar gyfyl yr ynys wedi machlud haul. Ac o'r prynhawn hwnnw, wedi 1 mi glywed y stori o wefusau Joseph, fe wnes innau edrych ar yr ynys gyda llygaid gwahanol. Yn enwedig pan fyddwn ar fy mhen fy hun.

Ond gydag amser, llwyddais i wthio'r stori i gefn fy meddwl. Wedi'r cyfan, roedd gennym bethau pwysicach i ofidio amdanynt. Roedd tymp esgoriad Edith yn agosáu. Ac roedd gennym waith o'n blaen cyn wynebu'r gaeaf.

Roedd hi'n ddechrau mis Medi, neu Loer y Dail yn Disgyn, a minnau newydd werthu llwyth olaf y tymor. Toc fe fyddai'r llyn wedi rhewi gormod i ni fedru defnyddio'r cwch. Roedd gen i gelc go dda a llwyth o nwyddau i'w cludo'n ôl i'r ynys y prynhawn hwnnw. Ond gan mai hwn fyddai llwyth olaf y tymor teimlais y dylwn gael sesiwn gyda Joseph yn y bar cyn gadael.

Prynais botel gyfan o'r Bourbon gorau a'i gludo, ynghyd â dau wydr, i gornel pella'r dafarn, yn ddigon pell oddi wrth wawdio'r helwyr eraill, a fyddai'n dal ar bob cyfle i daflu eu dirmyg ar yr hen Joseph.

Yn ôl fy arfer, daliais ar y cyfle i holi Joseph am hanes ei lwyth. Ac wrth i ni'n dau yfed yn helaeth o'r Bourbon esboniodd i mi gredo'r Chippewa oedd yn honni mai nhw oedd y bobol gyntaf i drigo ar y ddaear.

"Ein henw ni bryd hynny oedd yr 'Anishinabe', sef y cyntaf o'r ddynoliaeth. Pobol eraill aeth ati i'n bedyddio ni yn 'Ojibwa', yn deillio o 'o-jib-i-weg', sef y rheini sy'n gwneud lluniau. Fe lygrwyd hynny gan y Saeson i ffurfio'r gair 'Chippewa'."

Fe aeth Joseph ymlaen i esbonio fod holl hanes ei genedl wedi'i groniclo ar risgl pren bedw. Siaradodd yn hiraethus am ddyddiau ei blentyndod a'i fywyd yn y wigwams cromennog y gellid eu llunio o wiail y pren haearn mewn llai na diwrnod. Y dynion a osodai'r gwiail mewn cylch hirgrwn yn y ddaear tra clymai'r menywod y fframwaith â rhimynnau o bren gwaglwyf. Yna câi'r cyfan ei orchuddio â rhisgl coed. Croen carw fyddai'n cuddio agoriad y wigwam a matiau llafrwyn y llawr.

Roedd hiraeth yn llygaid Joseph wrth iddo gofio'i fam yn llunio iddo ddillad o groen ewig. A thybiais i mi weld deigryn yn disgyn wrth iddo ddisgrifio'i fam yn iro'i wallt a gwêr arth neu garw cyn ei blethu a'i addurno.

"Bryd hynny roedd gennym ni o hyd ychydig o hunan-barch. Roedden ni'n hunangynhaliol. A phan fyddai bywyd yn galed fe fyddem yn rhannu popeth â'n gilydd. Ond yna fe ddaeth y bobol wynion i ddifetha'n ffordd o fyw."

Teimlais fod rhai o'r yfwyr wrth y bar yn anesmwytho braidd a cheisiais ysgafnhau'r sgwrs drwy ail-lenwi ei wydr â mwy o *Bourbon* a cheisio'i gysuro â'r sylw fod bywyd wedi newid er gwaeth i bawb ohonom. Wedi'r cyfan, doedd hi ddim wedi bod yn hawdd i ni'r Ffrancwyr chwaith.

Siriolodd ryw ychydig a throdd yn ôl at y dyddiau difyr, a'r llwyth yn byw yn unol â'r tymhorau.

"I ni, yr haul yw'r Tad a'r lloer yw'r Fam. Mis Mawrth i ni oedd Lloer yr Eira Crawennog a mis Ebrill oedd Lloer Rhoi Heibio'r Sgidiau Eira. Dyna gyfnod hel y sudd o'r coed masarn i wneud triog. Yna fe ddeuai Lloer y Blodeuo pan fyddem yn casglu criafol. Fe gâi'r ŷd ei blannu adeg Lloer y Mefus. Yna, erbyn diwedd yr haf, gyda dyfodiad Lloer y Llus a Lloer Troi'r Dail, fe fyddem yn cywain y reis gwyllt. Erbyn misoedd Hydref a Thachwedd, Lloerau Disgyn y Dail a Rhewi'r Llyn, fe âi'r dynion allan i hela adar ar gyfer y gaeaf."

Cymaint oedd fy niddordeb yn atgofion Joseph, a chymaint oedd ei frwdfrydedd ef wrth hel atgofion fel i'r botel *Bourbon* ddiflannu'n rhyfeddol o sydyn. Ac er fy mod i'n awyddus i gyrraedd yn ôl cyn nos fe aeth y demtasiwn i brynu potel arall yn drech na mi.

Wrth wagio honno y trodd pethau'n ddrwg. Roedd yr yfwyr eraill eisoes yn troi tuag atom yn achlysurol ac yn ysgyrnygu o dan eu dannedd. Ond yna fe ddechreuodd Joseph roi enghraifft i mi o un o ganeuon y llwyth. Roedd e eisoes wedi esbonio am y *pow-wows*, y cyfarfodydd pan ddeuai'r Chippewa ynghyd i ddathlu bywyd, i dalu gwrogaeth i'r ddaear, ac i ddiolch i'r Ysbryd Mawr. Yna, gan daro wyneb y bwrdd â'i ddwylo yn rhythmig dechreuodd lafarganu'n uchel. Ac wrth iddo ganu a tharo wyneb y bwrdd dechreuodd ddawnsio yn ei unfan yn hynod afrosgo – effaith y *Bourbon*, mae'n siŵr.

O fewn dim o dro roedd rhai o'r yfwyr eraill wedi'n hamgylchynu. Gafaelodd dau ohonynt yn Joseph a dechrau ei lusgo tua'r drws. Fe geisiais ymyrryd. Cefais fy rhybuddio gan un o'r helwyr i feindio fy musnes. Ond roedd Joseph yn gyfaill i mi a cheisiais eto ymresymu gyda'r dynion. Cydiodd un ohonynt yn y botel oddi ar y bwrdd a'm taro ar fy ngwegil. Ac aeth popeth yn dywyll.

Pan ddihunais roedd hi'n dal yn dywyll a theimlwn fel petawn i'n hofran rhwng daear a nef. Yna clywais sibrwd tonnau a sŵn plyciog rhywun yn rhwyfo. Codais ar un ben-glin ac yno'n fy wynebu roedd cefn cadarn Joseph. Roedd yr hen gyfaill, yn amlwg, wedi fy llusgo i'r cwch ac yn bwriadu fy rhwyfo yr holl ffordd yn ôl i'r ynys.

Gorweddais yn ôl am ychydig gan syllu ar y sêr uwchben. Doedd dim sŵn i'w glywed ond siffrwd diog y dŵr yn llyfu ystlysau'r cwch a sŵn rhythmig Joseph yn rhwyfo.

Llusgais fy hun o waelod y cwch gan ymbalfalu am focs i eistedd arno. A chan fagu fy mhen yn fy nwylo ceisiais berswadio Joseph i ddychwelyd. Nid atebodd, dim ond dal i dynnu ar y rhwyfau gydag osgo a ymddangosai'n gwbwl ddiymdrech.

"Er mwyn popeth, Joseph, tro'n ôl. Fe fydda i'n iawn. Fe a' i draw fory pan fydda i'n teimlo'n well."

"Na, mae dy angen di yno heno."

Ni ddaeth cwestiynau fel "Pam?" a "Sut y gwyddost ti?" i'm meddwl ar y pryd. Y cyfan a fynnwn oedd i Joseph droi'n ôl o daith a'i harweiniai i'w hunllef ddaearyddol a seicolegol ei hun a'i lwyth. Ac yna clywais sŵn dŵr yn slapio cefn y cwch yn rheolaidd, sŵn gwahanol i'r sŵn arferol a glywn wrth rwyfo'r llyn. Trois i syllu dros fy ysgwydd ac yno, wedi ei rwymo wrth gefn y cwch, roedd canŵ bach syml yn cael ei dowio'n ysgafn o'n hôl.

A daeth bwriad Joseph yn amlwg. Golygai fy rhwyfo i tua'r ynys ac yna rwyfo'i hun yn ôl yn ei ganŵ bach cyntefig.

Mae'n rhaid fy mod i wedi ail-lewygu gan mai'r peth nesaf a gofiaf oedd dihuno ar fy hyd yn y cwch, a hwnnw wedi'i glymu wrth y lanfa. Doedd dim sôn am Joseph na'i ganŵ yn unman. Codais yn sigledig gan geisio dyfalu sut y cafodd yr hen Indiad y nerth a'r gallu i rwyfo wedi'r holl *Bourbon*. Roeddwn i, mae'n wir, wedi dioddef ergyd ar fy mhen hefyd. Ac fe deimlwn boen yn morthwylio ar draws fy ngwegil wrth i mi geisio codi ar fy nhraed.

Penderfynais adael y cyfan o'r nwyddau yn y cwch hyd fore trannoeth. Fe fyddai cyrraedd y caban ei hun yn ddigon o dasg i rywun yn fy nghyflwr i. Fe gymerodd funud neu ddwy i mi ymgyfarwyddo â sefyll ar dir sych cyn i mi gychwyn ar fy siwrnai sigledig tua'r caban. A dyna pryd y cofiais eiriau Joseph.

"Mae dy angen di yno heno."

Geiriau rhyfedd. Ond geiriau a wnaeth i mi o adnabod Joseph brysuro fy nghamrau tuag adre. Dechreuodd fwrw eira a bendithiais y plu oer a gusanai fy wyneb gan leddfu'r poen yn fy mhen. Ychydig cyn i mi gyrraedd brig y llwybr clywais oernad bleiddast yn hollti'r tawelwch. Galw ar ei chymar, meddyliwn. Ac yna torrodd y sŵn eilwaith drwy'r tywyllwch, sŵn mwy dynol nag anifeilaidd, sŵn rhywun mewn poen.

O gyrraedd y brig gwelwn fod golau yn y caban. A sylweddolais mai oddi yno y deuai'r sgrechian. Prysurais yn fy mlaen a'r sgrechiadau yn cynyddu yn eu sŵn ac yn codi'n amlach o'r caban.

Cyrhaeddais y drws a'i daflu ar agor. Yn llenwi'r stafell roedd stêm yn codi o fwced a oedd yn berwi ar y tân agored. Ac yno ar y gwely, yn griddfan a sgrechian am yn ail, gorweddai Edith gyda Michel yn edrych arni'n ofidus wrth ei thendio. Edrychai fy nghyfaill yn welw a gwelwn gleisiau o dan ei lygaid fel pe na bai wedi cysgu ers tro. Ei ymateb cyntaf o'm gweld oedd taflu golwg gyhuddgar tuag ataf fel pe'n gofyn ble y bûm yn hel fy amser. Ond yn ebrwydd dychwelodd yr olwg ofidus i'w wyneb.

Doedd dim angen iddo siarad. Roedd hi'n amlwg fod Edith ar fin esgor ond yn cael trafferthion mawr i wneud hynny. Llifai chwys i lawr ei hwyneb a thros ei bronnau noeth, llawn. Cydiais mewn cadach a'i drochi mewn bwcedaid o ddŵr oer a'i osod ar ei thalcen. Llaciodd ei phangau am ychydig ac eisteddodd Michel ar erchwyn y gwely a'i ben yn ei ddwylo. Roedd hi'n amlwg y byddai Edith, os na allai eni'r plentyn, yn farw o fewn yr awr. A threngi a wnâi'r baban hefyd.

Gosodais fy llaw ar gefn Michel fel arwydd o gysur a throis i godi'r bwced i'w ail-lenwi yn y ffynnon. Roedd hi'n noson glir ac oer heb ddim byd ond ochneidiau Edith yn torri ar y tawelwch. Ac yno, wrth edrych ar y ffynnon, teimlais ryw wefr, rhyw ias yn crwydro trwy fy ngwythiennau. Crychodd wyneb y dŵr cyn ail-lonyddu. Yno, yn syllu yn ôl arnaf, roedd wyneb. Fe'i gwelwn yn glir yng ngolau'r lloer. Wyneb Joseph. Symudai ei wefusau wrth iddo adrodd ac ailadrodd rhywbeth drosodd a throsodd. Fe'i cawn hi'n anodd deall ei sibrydion.

Yna llwyddais i'w ddeall. "Cofia'r aeron ... Cofia'r aeron ..."

Ac fe gofiais. Aeth fy meddwl yn ôl i'r cyfarfyddiad cyntaf hwnnw pan wthiodd Joseph lond dwrn o griafol i law Edith. Ac fel pe deallai'r adlewyrchiad yn y dŵr fy mod wedi cofio fe ddiflannodd gan adael dim ond llewyrch y lloer ar wyneb y ffynnon.

Llenwais y bwced a rhuthro i'r tŷ gan weiddi ar Michel. "Yr aeron. Ble maen nhw? Tyrd, ceisia gofio."

Edrychodd yn syn arnaf. Yn amlwg, ni allai ddyfalu beth oedd ar fy meddwl. Cydiais yn ei ysgwyddau a'i ysgwyd.

"Yr aeron y gwnaeth Joseph eu rhoi i Edith. Ble maen nhw? Ble maen nhw?"

Torrodd rhyw arlliw o ddealltwriaeth dros wyneb gwelw Michel. Cododd a phrysuro at silff ym mhen draw'r stafell gan gydio mewn bowlen. Ynddi roedd hanner dwsin o aeron cochion wedi sychu a chrebachu. Ond daliai i ysgwyd ei ben fel pe na bai wedi llawn ddeall y sefyllfa.

"Dyma nhw. Am ryw reswm rhyfedd fe fynnodd Edith eu cadw nhw. Ond pam rwyt ti eu hangen nhw?"

Nid atebais. Roedd Edith erbyn hyn wedi ymdawelu ac wedi disgyn i lewyg a gwyddwn fod amser yn brin. Euthum ati i falu'r aeron â chefn llwy mewn cwpan cyn arllwys drostynt ddŵr berwedig o'r bwced oedd ar y tân. Cymysgais y cyfan a gadael i'r hylif ystwytho. Yna, ar ôl ychwanegu joch o ddŵr oer dechreuais fwydo'r hylif i geg Edith â llwy.

Er ei bod hi'n anymwybodol llwyddodd i lyncu'r trwythiad. Ac yno, o flaen ein llygaid, ciliodd y dwymyn. Daeth gwrid yn ôl i'w bochau ac ymlaciodd. Yna, yn sydyn, cododd sgrech annaearol o'i gwddf ac ymddangosodd rhan uchaf pen ei baban rhwng ei choesau. Eiliadau wedyn ac roedd bwndel crychlyd coch a gwlyb yn gorffwys ym mreichiau Michel. Lapiodd y baban mewn blanced a'i ddal yn lletchwith, braidd, yn ei gôl. Gafaelais mewn potel o wisgi o'r silff a'i hagor cyn arllwys mesur helaeth ohono dros lafn fy nghyllell hela a thorrais linyn y bogail. Roedd yr hunllef drosodd. Am y tro.

Dihunodd Edith i sŵn crio'i baban. Syllodd yn ddryslyd am ychydig cyn i Michel osod y bwndel cynnes yn ei chôl. "Llongyfarchiadau, cariad. Rwyt ti'n fam i ferch fach."
Gwasgodd Edith ei baban at ei bron. Chwarddodd a chriodd am yn ail. Cydiodd Michel yn y botel wisgi ac arllwysodd fesur helaeth i ddau gwpan. Gwthiodd un o dan fy nhrwyn a chododd y llall mewn cyfarchiad i enedigaeth ei ferch.

Ailgydiodd cwsg yn esmwyth yn Edith wedi'i threialon a buan y cysgodd y baban hithau yn ei blanced mewn bocs pren o flaen y tân. A dyna pryd y sylweddolodd Michel y gallai ymlacio. Gafaelodd ynof a'm gwasgu i'w gôl gan wylo'n hidl.

"Ro'wn i'n siŵr y gwnawn i ei cholli hi. Edith a'r baban. Y nefoedd, petait ti'n gwybod faint gwnes i weddïo. A faint gwnes i dy felltithio di am beidio â bod yma."

Teimlais gywilydd am i mi adael fy mhartner ar ei ben ei

hun mor hir. Ond maddeuodd Michel i mi'n hawdd. Roedd popeth wedi troi allan yn iawn. Yna trodd ataf yn llawn chwilfrydedd.

"Ond y criafol. Sut gwyddet ti?"

"Cwestiwn da. Wn i ddim fy hunan. Rhyw deimlad, dyna i gyd. Hwyrach nad yr aeron wnaeth ei hachub. Hwyrach ei bod hi dros ei thwymyn cyn iddi hyd yn oed yfed y cymysgedd."

Ond fe wyddwn yn fy nghalon mai'r aeron, ac ymddangosiad rhithiol Joseph, a achubodd fywyd Edith a'i baban. Galwch e'n ddewiniaeth neu galwch e'n feddyginiaeth naturiol. Neu'n gymysgedd o'r ddau. Beth bynnag fu'n gyfrifol, fe lwyddodd.

Pan ddihunodd Edith a chael ei baban yn ôl yn ei breichiau syllodd yn ddryslyd arnom.

"Fe ddigwyddodd rhywbeth rhyfedd heno. Yng nghanol y dwymyn fe allwn i dyngu fod Joseph yn y caban gyda mi. Gallwn deimlo'i bresenoldeb, ei weld yn glir ar adegau. Ac unwaith fe deimlais ei fod e, fel o'r blaen, yn gwthio llond dwrn o aeron cochion i'm llaw i."

Edrychodd Michel braidd yn rhyfedd arnaf. Eisteddodd wrth erchwyn gwely Edith gan osod ei fraich o'i hamgylch hi a'r baban.

"Breuddwyd, cariad. Hunllef, dyna i gyd."

Gwenodd Edith. "Beth bynnag oedd e, petai'r baban yn fachgen fe'i bedyddiwn i e'n Joseph. Ond gan mai merch gawson ni, a hynny yng nghanol cawod o eira, rwy am ei galw hi'n Blanche."

Chwarddodd Michel a minnau gan gytuno fod Blanche yn enw perffaith.

Oedd, roedd Blanche yn enw perffaith ar y fechan. Etifeddodd groen gwyn ei mam, gwynder fel yr eira hwnnw a ddisgynnodd noson ei geni. O wythnos i wythnos ymgryfhaodd. A darlun perffaith oedd hwnnw ohoni yn sugno ar fron ei mam a Michel yn syllu ar y ddwy fel dyn wedi dotio. Mae'n rhaid gen i mai hwn oedd y cyfnod hapusaf ym mywyd Michel erioed. Roedd ganddo wraig brydferth a gweithgar, y ferch fach ddelaf yn y byd, a dyfodol sicr ar Isle Royale. Yn anffodus iddo ef, ac i minnau, ni fyddai'r dyfodol hwnnw yn hirhoedlog iawn.

Fe gyrhaeddodd Lloer Rhewi'r Llyn. Ond am ryw reswm rhyfedd fe drodd y tywydd yn hynod o dyner. A dyna beth wnaeth berswadio Michel i fynd allan ar sgawt. Teimlai ei bod hi'n drueni ar ddiwedd y tymor i wastraffu cyfle arall i hela a thrapio. O gael helfa dda byddai gennym lwyth o grwyn i'w cludo i Grand Portage i'w gwerthu cyn i unrhyw un o drapwyr y tir mawr ailddechrau hela. Fe fyddai hynny, felly, yn ffordd dda o achub y blaen.

Roeddwn i'n orweddiog ar ôl sathru ar drap a osodais fy hun. Trodd y clwyf yn wenwynig a bu'n rhaid i mi gyfyngu fy hun i'r caban.

Gadawodd Michel yn uchel ei ysbryd gan ddweud y byddai'n ôl cyn iddi nosi. Oedodd Edith gyda Blanche fach yn ei chôl yn ffarwelio ag ef nes iddi ddiflannu o'r golwg. A dyna'r tro olaf y câi'r tri ohonynt weld ei gilydd byth wedyn.

Trodd Edith yn ôl i'r tŷ gan osod Blanche yn ei chrud pren, a luniwyd iddi gan Michel. Yna aeth ati i dwtio dan ganu'n hapus wrth ei gwaith. Roeddwn i'n teimlo'n ddigon penysgafn, yn dal o dan effaith y dwymyn a ddisgynnodd arnaf o ganlyniad i wenwyno fy nhroed. Teimlais mai'r ateb gorau fyddai gorffwys gan adael i'r dwymyn ddiflannu o'i rhan ei hun.

Roedd y cyfnod diweddar o salwch wedi golygu fy mod i wedi treulio llawer o amser yng nghwmni Edith. Ceisiwn dwyllo fy hun nad oedd gen i unrhyw deimladau rhywiol tuag ati. Ond celwydd oedd hynny. Roeddwn i wedi bod heb fenyw ers misoedd a fyddwn i ddim yn ddyn cig a gwaed pe na fyddwn wedi ffansïo merch, heb sôn am un mor brydferth ag Edith.

Unwaith, a minnau wrthi'n ceisio torri coed yn y cefn, cerddais i mewn i'r cwt. Ac oddi yno, ar ddamwain, gwelais hi'n sefyll yn noeth yn yr hen badell fawr yn ymolchi. Daliwyd fi yno'n gegrwth. Teimlwn yn annifyr ond hudwyd fi fel cwningen gan wenci. Yn ffodus ro'wn i yn nhywyllwch y cwt a hithau yng ngolau'r lamp ac ni sylweddolodd fy mod i yno. Euthum allan drwy'r cefn ac yn ôl drwy'r drws ffrynt wedi iddi wisgo heb iddi sylweddoli dim.

Wedi i Michel adael, mae'n rhaid fy mod i wedi syrthio i gysgu'n drwm gan mai'r cof nesaf sydd gen i oedd deffro wrth i Edith fy ysgwyd. Edrychai braidd yn ofidus. Roedd y caban erbyn hyn yn dechrau tywyllu.

Syllais arni'n ddryslyd braidd gan feddwl fod rhyw aflwydd wedi taro Blanche fach. Ond na, Michel oedd testun ei gofid.

"Mae'r eira'n disgyn yn drwm a dydi Michel byth wedi dychwelyd. Fyddai hi'n well i mi fynd i chwilio amdano? Hwyrach ei fod e wedi cael damwain?"

Llusgais fy hun o'r gwely ac at y ffenest. Nid yn unig yr oedd hi'n bwrw eira'n drwm ond roedd gwynt cryf wedi codi gan droi'r olygfa yn un gwynder chwyrlïol. Ar ben hynny roedd pibonwy wedi ffurfio ar y tu allan i'r ffenest. Eira, gwynt a rhew, y drindod uffernol a wnâi, yn sicr, ladd Michel os na lwyddodd i ganfod cysgod. Roeddwn i'n weddol ffyddiog y byddai wedi gwneud hynny gan fod yna ddigon o gilfachau o fewn ychydig filltiroedd i'r caban gan gynnwys ogofâu hen weithfeydd copr a gloddiwyd gan y Chippewa yn y gorffennol pell. A chodais galon Edith drwy ei hatgoffa o hynny ac o brofiad Michel o fod allan ymhob tywydd.

"Os daw rhywun drwyddi, Michel fydd hwnnw. Disgwyl i'r gwynt dawelu mae e, yn siŵr i ti. Os na fydd e'n ôl heno, fe fydd e'n ôl fory neu'r diwrnod wedyn. A wnaiff e ddim clemio. Fetia i ei fod e wedi dal ambell i gwningen yn ystod y dydd. Ac fe wnaiff e fwyta cig amrwd cyn iddo glemio."

Wnes i ddim darbwyllo Edith yn llwyr. Rhyw droi tua'r ffenest wnaeth hi am weddill y noson. Ac fe syrthiais i i gysgu yn sŵn Edith yn suo Blanche i gysgu gyda hen hwiangerdd nas clywn ers dyddiau plentyndod.

Cwsg aflonydd oedd e, ond cwsg er hynny. Ac er na wyddwn hynny ar y pryd, honno fyddai'r noson olaf o gwsg a gawn yn y byd hwn. Chysgais i'r un llygedyn wedyn. A chysga i byth eto gan mai heno fydd fy noson olaf ar y ddaear.

Rhyw hanner cysgu a breuddwydio wnes i gydol y noson honno. Roedd y dwymyn wedi cydio a sŵn y gwynt yn y simdde a than y drws yn rhuo yn fy nghlustiau gydol yr amser. Yn fy mreuddwydion daeth Joseph i ymweld â mi. Wnaeth e ddim dweud gair dim ond gwneud arwydd â'i law fel pe'n fy ngorchymyn i fynd. Ond mynd i ble? I chwilio am Michel? Fedrwn i ddim. Roedd y boen yn fy nhroed yn ormod. Gadael yr ynys? Fedrwn i ddim gwneud hynny chwaith yn y fath dywydd.

Yn fy mreuddwydion hefyd gwelais bedwar aderyn mawr yn hofran uwch fy mhen. Ac er nas gwelswn hwy erioed o'r blaen gwyddwn mai Adar y Daran oedd y rhain, Goruchwylwyr y Pedwar Cyfeiriad a Cheidwaid yr Elfennau. Ond wrth iddynt hofran uwch fy mhen fe'u gwelais nhw'n troi'n fwlturiaid milain. Dechreuasant gylchu uwch fy mhen cyn disgyn arnaf, un ar ôl y llall, a phlicio fy nghnawd byw oddi ar fy esgyrn â'u crafangau.

Mae'n rhaid fy mod i wedi sgrechian gan fod gen i gof am Edith yn plygu uwch fy mhen fel rhyw angyles y nos ac yn sychu'r chwys oddi ar fy nhalcen.

Wn i ddim am ba hyd y bûm yn mwydro. Dyddiau a nosau, mae'n rhaid. Y gwynt yn dal i gwynfan yn y simdde a than y drws gan fy ngyrru o 'nghof. Blanche fach yn crio. Edith yn poeni am Michel. A'r gwynt felltith yna'n dal i gwynfan.

Pan ailafaelais yn fy synhwyrau roedd hi'n anodd penderfynu beth oedd wedi digwydd. Ac yna, o sylweddoli beth a ddigwyddodd roedd hi'n amhosib deall pam. Mae'r cyfan, wrth edrych yn ôl, fel rhes o olygfeydd digyswllt yn rhuthro heibio. Rhyw chwyrligwgan gwallgof wedi colli pob rheolaeth arno'i hun.

Un funud roedd Joseph yn fy ngorchymyn i adael. Y funud nesaf ro'wn i'n gwylio Edith yn ymolchi yn y badell fawr, a'i bronnau noethion, llawn yn pendilio wrth iddi daflu dŵr dros ei hwyneb. Bronnau claerwynion gydag arlliw o lesni i'w weld yn y gwythiennau. Y nefoedd, roeddwn ei heisiau gyda phob anadliad o'm corff. Roedd hi'n credu fy mod i'n cysgu ar y pryd. Ond do'wn i ddim. O, nac oeddwn.

Blanche yn crio. Edith yn ei chysuro. Fi'n sgrechian am dawelwch. Edith yn crio. A'r gwynt yn dal i gwyno yn y simdde a than y drws. A Joseph, byth a hefyd, yn tresmasu ar fy mreuddwydion ac yn eu troi'n hunllefau. Yn wir, ef oedd y caredicaf o ymwelwyr fy hunllefau. Gwelais eto Adar y Daran. Cefais fy ymlid gan Misshepeshu, Anghenfil y Llyn. Teimlais ddrewdod cynnes anadl y Windigo, canibal y coedydd, ar fy ngrudd. Ac yn fy nghlustiau, nos a dydd, clywn grio Blanche, wylo Edith a sŵn diddiwedd, didostur y gwynt yn rhuo yn y simdde ac o dan y drws.

Unwaith, wrth i Edith iro fy nhalcen â dŵr oer, mae gen i gof ohonof yn syllu i'w llygaid ac yn gafael ynddi a'i thynnu ataf ar y gwely. A chofiaf i mi glywed sgrech annaearol yn fy nghlustiau. Ar y pryd wyddwn i ddim ai bleiddast yn udo y tu allan i'r caban ai sgrech y Windigo ei hun a glywais. Neu fy sgrech fy hun. Fe wn yn awr.

Medraf gofio hefyd i mi glywed wylo dagreuol Blanche, am oriau bwy gilydd, yn cystadlu â sŵn y gwynt ac yn llenwi fy mhen. Mae gen i gof i mi godi a mynd ati a chlywed y crio yn troi'n gecian cras cyn iddo ddistewi'n llwyr.

Mae'n siŵr mai'r tawelwch wedi'r storm wnaeth fy nihuno. Tawelwch llethol. Roedd sŵn y gwynt wedi distewi'n llwyr a Blanche, mae'n rhaid, yn cysgu. A doedd dim trwst i awgrymu fod Edith yn twtio o gwmpas y tŷ. Agorais fy llygaid a sylweddolais fod y dwymyn wedi mynd heibio. Roedd fy mhen yn ysgafn, mae'n wir. A theimlwn braidd yn wan.

Roedd y tân wedi llosgi yn farwor ond roedd haul egwan yn llyfu'r haenen o rew a orchuddiai'r ffenest. Ac o dipyn i beth dechreuodd y caban oleuo. Codais ar fy eistedd a gosod fy nhraed ar y llawr am y tro cyntaf ers dyddiau. Roedd newyn yn ffyrnigo yn fy stumog a'm ceg yn grimp gan syched.

143

Mentrais gerdded cam i chwilio am ddŵr a disgynnais yn swp wrth i mi faglu dros rywbeth a orweddai ar y llawr. Estynnais fy llaw i ganfod beth a achosodd y gwymp. Ac ar gledr honno teimlais rywbeth gludiog. Trois fy ngolygon o'r staen tywyll oedd ar fy llaw at yr hyn a orweddai wrth fy ymyl. Ac wrth i niwl olaf y dwymyn a hofranai o flaen fy llygaid ddiflannu gwelais gorff Edith, corff claerwyn Edith gyda staen o gochni o gwmpas ei gwddf a thros ei bronnau. Corff noeth Edith. Corff marw Edith.

Gwn i mi ollwng sgrech. Fe'i clywaf yn fy nghlustiau o hyd. Ac am ryw reswm lloerig dwrdiais fy hun am darfu ar gwsg Blanche. Ond ni chodai unrhyw sŵn o'r crud, dim swn crio, dim swn anadlu rheolaidd a bodlon yr un fach. Camais draw i'r gornel a chuddiais fy llygaid â'm dwylo wrth i mi blygu uwchlaw'r crud. Yn araf agorais fy mysedd crynedig. A rhyngddynt, yn gorwedd yno, a'i phen bron wedi ei wahanu oddi wrth ei gwddf, gwelwn Blanche yn gorwedd. Ac am yr eildro o fewn un funud fe sgrechiais. A'r tro hwn doedd dim perygl i mi ddihuno neb.

Eisteddais ar erchwyn y gwely, a 'mhen yn fy nwylo. Pwy oedd wedi cyflawni'r fath anfadwaith? Pam yr arbedwyd fi? Pa felltith oedd wedi disgyn ar y lle?

Fe wyddwn i'r ateb, wrth gwrs. Doedd neb arall wedi bod ar gyfyl y lle ers dyddiau. Gorweddai eira yn drwch y tu allan i fyny at hanner y drws. A gwyddwn pe edrychwn allan drwy'r ffenest na welwn unrhyw olion traed yn arwain at y caban. Fi oedd Missepheshu. Fi oedd y Windigo. Fi oedd y creadur mwyaf ysgeler ar ddaear Duw. Ac fel pe'n cadarnhau hynny, yno yn gorwedd rhwng fy nhraed roedd fy nghyllell hela waedlyd fy hun.

Nid wy'n amau erbyn hyn nad gwallgofrwydd a fu'n gyfrifol am fy ngweithredoedd ysgeler. Nid ceisio osgoi'r bai'r ydw i. Ond fe glywswn i gynt am helwyr a thrapwyr yn dioddef o dwymyn y caban o gael eu cau i mewn am gyfnod hir. Rhywbeth felly, ochr yn ochr â'r dwymyn arall honno a achoswyd gan y clwyf gwenwynig yn fy nhroed, a fu'n gyfrifol am i mi wallgofi. A gwallgofi yw'r gair gan mai'r peth cyntaf a ddaeth i'm meddwl wedi i mi sylweddoli'r hyn a ddigwyddodd oedd y byddai'n rhaid i mi dwtio'r caban cyn i Michel ddychwelyd. Hynny yw, os gwnâi e fyth ddychwelyd.

Llusgais gorff Edith allan drwy'r cwt cefn gan wneud lle iddo o dan y das o goed tân. Gosodais gorff y baban i orwedd yng nghôl ei mam cyn ailosod y coed drostynt. Yna cyneuais y tân yn y caban a berwi bwcedaid o ddŵr cyn mynd ati i olchi i ffwrdd yr olion gwaed. Yn rhyfedd iawn fe wnaeth hyn i mi deimlo'n well. Eisteddais o flaen y tân i ystyried pa stori i'w dweud wrth Michel pan ddychwelai. Pe dychwelai. Roedd hynny bellach yn amheus iawn. Ac yno, ynghanol fy myfyrdodau, fe'm brawychwyd gan lais rhywun yn gweiddi.

"Blanche! Blanche! Ble'r wyt ti?"

Adnabûm lais Michel ar unwaith. Oedd, roedd e wedi goroesi'r storm ac ar fin cyrraedd gartref. Aeth fy holl gynlluniau yn chwilfriw. Rhuthrais at y ffenest a'i weld e'n stryffaglu i lawr y llwybr drwy'r eira, gan weiddi nerth ei ben a'i freichiau ar led. Mae'n amlwg iddo adael ei helfa a'i ddryll ar ôl er mwyn ei chael hi'n haws brwydro drwy'r eira.

Rhuthrais i'r cwt cefn a gafael yn y dryll trwm a allai gwympo arth ag un ergyd. Yna euthum allan drwy'r drws cefn a cherdded o gwmpas y caban i ddisgwyl Michel y tu blaen. Pan welodd fi dechreuodd redeg a baglu bob yn ail gam, cymaint oedd ei awydd i gyrraedd. Pan oedd e o fewn ugain llathen codais y gwn at fy ysgwydd. Pan sylwodd Michel ar hyn safodd yn stond.

"Hei, beth sy'n bod? Rho hwnna i lawr. Fi sy yma. Michel."

Nid atebais air, dim ond dal i anelu ato. Cerddodd ymlaen gam neu ddau, a'i freichiau ar led.

"Be ddiawl sy'n bod arnat ti? Wyt ti ddim yn fy adnabod i? Fi, Michel, sydd yma. Ble mae Edith a Blanche?"

Cerddodd tuag ataf yn araf. Er ei fod e'n gwenu roedd ei lygaid yn llawn dryswch, yn llawn cwestiynau. O weld fod y gwn yn dal i bwyntio tuag ato diflannodd y wên o'i wyneb.

"Pam wyt ti'n anelu'r gwn yna ata i? Beth sy'n bod?" Yna

dechreuodd weiddi eto. "Blanche! Blanche, ble'r wyt ti? ... Edith ..."

Ac enw'i wraig oedd y gair olaf i dreiglo dros ei wefus. Yn bwyllog a diysgog tynnais y gliced. Taranodd sŵn yr ergyd gan ddiasbedain trwy'r coed. Cododd heidiau o adar sgrechlyd o'r canghennau a disgynnodd eira o'r to o'm cwmpas. A draw yn y pellter teimlais i mi glywed bleiddast unig yn udo. Yna, tawelwch llethol. Siglodd Michel a chymerodd ddau gam tuag ataf cyn disgyn. Gwthiodd ei law dde ymlaen ar hyd yr eira a gafaelodd yn fy esgid. Yna teimlais ei afael yn llacio. Syllais i lawr ar ei gorff. Roedd twll enfawr yn ei gefn lle ffrwydrasai'r ergyd.

Yn rhyfedd iawn doedd gen i fawr o deimlad, fawr o emosiwn, wrth syllu ar gorff fy hen gyfaill yn gwaedu yn yr eira. Ystyriwn i mi wneud y peth iawn o dan yr amgylchiadau. Heb Edith a Blanche fyddai bywyd yn golygu dim i Michel.

Llusgais ei gorff y tu cefn i'r cwt a'i osod i orwedd o dan y coed tân gyda'i wraig a'i blentyn. Dyna'r peth lleiaf y gallwn ei wneud, onidê? Nawr, fe fyddai'r tri yn deulu cyfan unwaith eto.

Yna euthum yn ôl i'r caban i eistedd wrth y tân i ddisgwyl fy noson olaf. Am ryw reswm, y nos fyddai'r unig adeg addas i mi gymryd fy mywyd fy hun. Y nos, a fu'n gymaint o hunllef i mi yn ddiweddar. Ac mae hi'n dechrau nosi nawr.

Mae'r cysgodion yn dechrau ymestyn ac mae fflamau'r tân yn dechrau ffrwtian. Ond wrth eistedd yma'n awr yn wynebu'r diwedd, mor dawel yw'r caban heb y tri. Trueni na fyddai mor dawel y tu allan. Mae'r wylofain o'r coed wedi dechrau unwaith eto, fel pe bai'r holl blant a fu farw ar yr ynys ers dechreuad y byd yn wylofain gyda'i gilydd. A hwyrach eu bod nhw.

Ond ni fydd raid i mi eu dioddef yn hir iawn eto. Mae'r holl baratoadau wedi'u gwneud. Pierre, mae'n debyg, wnaiff ddarganfod fy ngweddillion pan wnaiff ddychwelyd y tymor nesaf.

Dim ond un hunllef sy'n aros. Beth os mai fy mhenyd, wedi i mi farw, fydd i mi orfod gwrando ar wylofain y plant tan ddiwedd y byd? Na, unrhyw beth ond hynny. Ni allai Duw, ni allai hyd yn oed y diafol ei hun, fod mor uffernol o greulon â hynny.

Ond beth oes mai Gitchi-manido, yn hytrach na Duw, fydd fy marnwr? Wedi'r cyfan, ei deyrnas ef yw'r ynys. Os hynny, fydd yma neb ar ôl i'm paratoi ar gyfer taith fy ysbryd tua'r gorllewin, neb i sicrhau y caf le yn y wlad o hapusrwydd tragwyddol. Heb i mi gael cymorth i'w ddanfon tua'r gorllewin, fe fydd fy ysbryd yn crwydro am byth yn y tywyllwch ymhlith bleiddiaid ac eirth a bodau mwy erchyll o lawer sy'n bwydo ar gnawd dynol.

Ac yn y tywyllwch tragwyddol hwnnw ni fydd modd i mi ffoi rhag wylofain y plant marw.

Erbyn hyn, mae lleisiau'r plant yn codi'n uwch ac yn uwch ac mae'n bryd i mi sefyll ar y fainc a gosod y ddolen am fy ngwddf. Fedra i ddim dioddef mwy o'u hwylofain. Oherwydd ymhlith yr holl blant medraf, fe fedraf adnabod llais Blanche fach.

Ffarwél, felly. Ac os mai ti, Pierre, wnaiff ganfod fy nghorff a'm testament olaf paid â meddwl yn rhy ddrwg ohonof. Ac os gweli di'r hen Joseph, dywed wrtho fy mod i'n ei gofio. Ac adrodda wrtho'r hanes. Ond mae gen i ryw deimlad ei fod e'n gwybod y cyfan eisoes.

Roeddet ti'n iawn, Pierre. Fe allai'r ynys yma fod yn Ardd Eden. Fe fu hi am gyfnod. Yr hen sarff wenwynig yna yn fy mhen i wnaeth ddifetha'r cyfan.

Ffarwél,
Paul Laval.

MERCH FACH DDRWG

Mae arswyd ym mhobman.
Mae i'w ganfod mewn storïau
Tylwyth Teg ... Mae i'w ganfod
mewn hwiangerddi. Cân fach
brydferth am y pla du yw
Ring a ring o' roses.

CLIVE BARKER

ANGLADD SYML OEDD E, yn ôl dymuniad Iris. Gwasanaeth capel gyda dau emyn a theyrnged yn y canol. Rhyw frechdan o wasanaeth, gyda'r gweinidog ifanc yn eu gollwng trwy weddi.

Ni fedrodd Iris ganolbwyntio ar sylwadau'r gweinidog. Roedd geiriau'r emynau yn ddigon cyfarwydd iddi ers dyddiau plentyndod, mor gyfarwydd fel iddi eu canu'n beiriannol heb unwaith orfod edrych ar y daflen. "Os Caf Iesu" a "Mae 'Nghyfeillion Adre'n Myned" oedd yr emynau. Gallai eu cofio yn ei chwsg. Ond profodd geiriau'r deyrnged yn gwbwl ddieithr iddi. Doedd y gweinidog erioed wedi adnabod yr ymadawedig. A phrin yr adnabu hithau'r wraig oedd yn destun y deyrnged, y wraig a orweddai yno yn yr arch.

Mary Anne Jenkins
1913 - 1982

Dyna'r wybodaeth foel a syml a ddarllenai ar y plât pres ar glawr yr astell dderw wrth i'r arch ddisgyn yn araf i'r gwacter islaw. A'r gwir amdani oedd fod y wraig a gâi ei daearu yn gymaint dieithryn iddi hi ag i'r gweinidog, druan. Hynny er fod y wraig a orweddai yn yr arch yn fam iddi.

Wrth i'r arch lanio ar y gwaelod ni fedrai Iris deimlo unrhyw emosiwn. A ddylai hi ffugio galar er mwyn plesio'r dilynwyr angladd proffesiynol? Gwelai rai o'r rheini'n snwffian yn ddagreuol i'w hancesi. Ond ni ddeuai'r un deigryn i'w llygaid hi. Nid ei bod hi'n fenyw galed. Y gwir oedd na fedrai hi wylo am wraig nad oedd hi'n ei hadnabod.

Cwbwl beiriannol fu'r ysgwyd llaw â hwn-a-hwn a hon-ahon wrth ymadael. Llwyddodd i ymdopi heb unwaith golli rheolaeth ar ei theimladau. Yn wir, doedd ganddi ddim teimladau. Llwyddodd hyd yn oed i ddiolch i'r gweinidog am eiriau caredig ei deyrnged. Ond gwyddai y medrai hwnnw (fedrai hi ddim hyd yn oed gofio'i enw) synhwyro gwacter y geiriau diolch cystal â hithau. Ond teimlai iddi, o leiaf, gyflawni ei dyletswydd. Ond crio? Na, fedrai hi ddim crio am wraig nad oedd hi'n ei hadnabod.

Rhyddhad llwyr fu cael camu i'r car a chael ei gyrru tuag adre gan Gordon. Pwysodd yn ôl yn ei sedd a chau ei llygaid yn ddiolchgar. Fe fyddai'n siom i'r galarwyr na fyddai'r te a'r gacen traddodiadol yn y festri wedi'r angladd. Ond fedrai hi ddim wynebu'r fath syrcas. Roedd ei mam wedi bod yr un mor ddieithr iddi yn ystod ei bywyd ag yr oedd hi nawr ei bod yn gorff oer mewn arch. Ac eto, nid felly y buasai hi. Nid ar y dechrau, o leiaf.

Ceisiodd ail-greu wyneb ei mam yn ei meddwl. Nid wyneb y fenyw ffwndrus, anghofus a dreuliodd dros ddeng mlynedd ar hugain o'i hoes yn yr ysbyty meddwl. Na, yr wyneb y ceisiai hi ei ail-greu oedd wyneb y fenyw honno a fu'n fam go iawn iddi am naw mlynedd. Cofiai iddo fod yn wyneb caredig, yn wyneb trist. Hyd yn oed pan wenai, ymddangosai'n drist.

Sylwodd fod Gordon yn dawedog. Nid am ei fod e'n gwerthfawrogi ei theimladau hi. Gwyddai fod ei gŵr yr un mor ymwybodol â hithau mai menyw ddieithr a gladdwyd ym mynwent gyhoeddus Aber.

"Pam na wnei di ei chladdu hi ym mynwent Rhyd-y-bont, ym medd dy dad?"

Dyna fuasai cwestiwn Gordon pan ddywedodd hi wrtho iddi wneud trefniadau i gladdu ei mam ym mynwent y dref. Roedd e'n gwestiwn teg. Ond cwestiwn, fel cymaint o gwestiynau eraill, na fedrai hi yn ei byw mo'i ateb. Gwyddai, rywsut, mai ym mynwent Aber y dylai ei mam gael gorwedd. Doedd hi ddim am iddi orwedd yn Rhyd-y-bont. Er mai yno y gorweddai ei thad. Neu *am* mai yno y gorweddai ei thad?

Teimlodd yr hen ias o oerfel yn teithio i lawr ei meingefn,

ac yn reddfol anwesodd y graith ar ei thalcen o dan amlinell ei gwallt. Roedd hi ar fin estyn ei llaw tuag at y gorchudd haul uwchlaw'r ffenest flaen. Ei bwriad oedd edrych arni hi ei hun yn y drych. Yna cofiodd a thynnu ei llaw yn ôl. Dyna'r peth olaf roedd hi am ei weld. Rhywbeth i'w osgoi cymaint â phosib oedd drych iddi hi bellach. Beth bynnag, gwyddai sut olwg oedd arni heb orfod edrych yn unrhyw ddrych. Gwraig ddeugain oed wedi heneiddio cyn pryd.

Gartre, yn dilyn paned a chawod, eisteddodd Iris yn ei stafell wely yn sychu ei gwallt. Y tro hwn gallai weld ei hunan yn glir yn nrych y bwrdd ymbincio. Doedd ganddi fawr o ddewis. Yn wahanol i ddrych bach y car, roedd hi'n amhosib osgoi hwn. Safai o'i blaen yn betryal arian, fel sgrin set deledu anferth. Doedd edrych *ar* ddrych ddim yn poeni dim arni. Edrych i mewn iddo oedd y bwgan, syllu i'w graidd.

Wrth iddi anelu'r ffrwd gynnes o aer at ei thalcen chwythodd y sychwr ei gwallt yn ôl gan ddadorchuddio'r graith. Roedd y llinell gul, goch i'w gweld yn glir yn dilyn amlinell naturiol ei gwallt am ryw ddwy fodfedd. Damwain beic, yn ôl Anti Nel.

"Creadur bach byrbwyll fuest ti erioed. Meddylia, rhuthro allan o'r lôn gefn ac yn syth i gefn car oedd wedi'i barcio o flaen y tŷ. Fe fuest ti'n lwcus. Dim ond ergyd ar dy ben. Saith pwyth i gyd. Ond wyddost ti, wnest ti ddim crio o gwbwl."

Anti Nel, druan. Hi a'i mabwysiadodd wedi i'w mam gael ei chymryd i'r ysbyty meddwl. Anti Nel fu'n fam iddi, i bob pwrpas. Eto fedrai Iris ddim ei hystyried hi'n fam go iawn. Ond cofiodd iddi grio yn angladd Anti Nel. Mwy nag a wnaeth yn angladd ei mam go iawn.

Fedrai Iris ddim cofio unrhyw beth am y ddamwain. Yr ergyd, mae'n debyg, wedi dileu popeth o'i meddwl. Dyna, o leiaf, oedd damcaniaeth Anti Nel. Ac eto, nid y ddamwain oedd yr unig ddigwyddiad ar goll o'i chof. Byth a hefyd wrth edrych yn ôl ar ddyddiau plentyndod deuai wyneb yn wyneb â bylchau, cyfnodau na allai gofio dim amdanynt. Yn union fel gwylio opera sebon ar y teledu a cholli penodau yma ac acw.

Rhyfedd na fedrai hi gofio unrhyw beth am y ddamwain, serch hynny. Fe fyddai rhywun yn dueddol o gofio rhywbeth mor drawmatig â hynny. Fedrai hi ddim hyd yn oed gofio unrhyw beth am y beic. Un coch, yn ôl Anti Nel, a'r ddamwain wedi camu'r olwyn flaen.

"Cofia, fe fu'r ddamwain yn wers i ti. Wnest ti erioed reidio beic wedyn."

"Beth ddaeth o'r beic?"

"O, dim byd mawr. Rwy'n meddwl i mi ei adael y tu allan ar gyfer y lorri sbwriel."

Byseddodd y graith yn ddiarwybod, bron. Ie, Anti Nel. Yn rhyfedd iawn gallai Iris gofio'i chyfnod gyda honno yn berffaith glir. Mor wahanol i'w phlentyndod yn y bwthyn yn Rhyd-y-bont gyda'i rhieni. Beth oedd yn cyfrif am hynny? Gallai gofio rhai digwyddiadau yn glir, yn enwedig pan oedd hi'n ferch fach. Ond yn wahanol i'r disgwyl, roedd ei hatgofion am ei dwy flynedd olaf yn Rhyd-y-bont, pan ddylai ei chof fod yn gliriach, yn gwbwl absennol, fel pe na bai'r cyfnod hwnnw wedi bodoli erioed. Doedd y peth ddim yn rhesymegol, ddim yn normal.

Crynodd drwyddi. Ddim yn normal. Dyna'r hyn a'i blinai fwyaf. Teimlodd y rhyndod yn cripian i lawr ei hasgwrn cefn a gwyddai fod yr anochel ar fin digwydd. Rhwbiodd ei bysedd yn ôl a blaen ar hyd y graith a gwelodd y drych yn cymylu o flaen ei llygaid. Wrth deimlo'r oerfel yn cyrraedd ei meingefn gwyddai'n union beth oedd i ddod. A gwyddai hefyd na fedrai ei atal. Doedd dim angen iddi edrych i wybod fod y drych wedi troi'n niwlog. Ceisiodd ei gorau i beidio ag edrych. Ond ni allai ymwrthod. Yna gwelodd y niwl yn bolio ac yn pantio fel pe ceisiai rhywbeth byw wthio'i ffordd drwodd, neu fel pe bai'r niwl ei hun yn ceisio mabwysiadu ffurf bendant. Teimlai mai siâp wyneb rhywun oedd yno, wyneb yn ceisio ymffurfio, a chlywodd rhyw gymysgedd o hisian a chlegar yn ei chlustiau.

Cyn i'r siâp lwyr ymffurfio, ciliodd unwaith eto yn ôl i'r niwl. Yn ddiweddar teimlai fod y ffurf yn ymddangos yn fwyfwy eglur ac yn para'n hwy. A theimlai weithiau hefyd fod i'r ffurf lais oedd yn ceisio siarad â hi. Yr hen glegar gwawdlyd, oeraidd yna'n merwino'i chlustiau fel record yn cael ei chwarae'n rhy araf. Rhyw hen watwar coeglyd a oedd bron iawn â throi'n eiriau. Dylai fynd at y doctor. Gwyddai hynny. Ond doedd hi ddim am glywed iddi etifeddu salwch meddwl ei mam.

Yn ôl y meddygon, salwch Alzheimer oedd wedi goddiweddyd ei mam. Ond gwyddai Iris yn well. Hwyrach i'r clefyd hwnnw ei tharo yn ei henaint ond roedd salwch meddwl ei mam yn mynd yn ôl lawer ymhellach, i'r dyddiau pan nad oedd hi ond gwraig ifanc. Doedd neb yn dal salwch Alzheimer yn ddeg ar hugain oed. Dyna oedd oedran ei mam pan gymerwyd hi i'r ysbyty meddwl. Crynodd Iris drwyddi wrth feddwl y gallai hithau yn awr, yn ddeugain mlwydd oed, fod yn colli ei phwyll. Rhaid fod y peth yn etifeddol, meddyliodd.

Gydag ymdrech eithafol llwyddodd i gau ei llygaid. Yn raddol teimlodd yr oerfel yn cilio a chynhesrwydd yn ymledu i fyny ei chefn. Peidiodd y graith ar ei thalcen a chosi. A chiliodd y merwindod o'i chlustiau. Gwasgodd ei dwylo'n dynn dros ei llygaid a chyfrif i hanner cant cyn mentro agor ei llygaid a sbio rhwng ei bysedd at y drych. Erbyn hyn roedd e'n berffaith glir, roedd y niwl wedi cilio. A'r cyfan a welai yn y drych oedd ei hwyneb gwelw ei hun a'i gwallt wedi disgyn yn ôl yn rhimyn dros ei thalcen gan gyrraedd i lawr bron iawn at ei llygaid.

Dros swper roedd Gordon lawn mor dawedog ag y bu yn y car wedi'r angladd. Penderfynodd Iris beidio â tharfu arno. Doedd pethau ddim yn hawdd iddo yntau chwaith. Dim ond tincian llestri a chyllyll a ffyrc a dorrai ar y distawrwydd llethol, hynny ac islais o'r set deledu o'r stafell ffrynt wrth i'r ddau fwyta'u pryd o gig oer a phicl.

Doedd dim yn y gegin, dim yn y tŷ, i atgoffa Iris o'i hen gartref yn Rhyd-y-bont. Roedd y cyfan yn dal yno wedi'r holl flynyddoedd a'r bwthyn wedi'i gloi. Ond drannoeth fe ddeuai'r hyn y bu hi'n ei ofni ers tro, mynd yn ôl am y tro cyntaf. A'r tro olaf hefyd. Fe wnâi hi'n siŵr o hynny.

Doedd Iris ddim am fynd yn ôl. Ond doedd ganddi ddim dewis. Tra bu ei mam yn yr ysbyty meddwl fedrai hi ddim hyd yn oed ystyried gwerthu'r tŷ. Ond nawr doedd dim rheswm dros ddal ei gafael ar yr hen le. Roedd y cwmni arwerthu eisoes wrthi'n trefnu i roi'r tŷ ar y farchnad. Ond yn gyntaf rhaid fyddai clirio'r holl ddodrefn. Roedd hynny i ddigwydd drannoeth. Eisoes roedd hi wedi trefnu i lorri cwmni symud celfi ei chyfarfod hi a Gordon yno ganol dydd. Diolchodd yn dawel wrthi ei hun fod y cwmni'n gyfrifol hefyd am werthu'r eiddo.

Fel pe medrai ddarllen ei meddwl, trodd Gordon ati gan siarad yn ddigon swta. "Rwy'n dal i ddweud mai dwli yw gwerthu'r tŷ. Does dim angen yr arian arnon ni."

Oedd, roedd yr hen ddadl yn codi'i phen unwaith eto.

"Gordon, r'yn ni wedi dadlau a dadlau am hyn. Dw i ddim am gael unrhyw gysylltiad â Bryn Du fyth eto. Mae e'n rhan o 'ngorffennol i a dw i am ei anghofio'n llwyr."

"Ro'wn i'n meddwl mai dyna oedd dy broblem fawr di – methu â chofio dy gyfnod yn y bwthyn."

Roedd ei sylw'n brifo. Eto i gyd, roedd Gordon yn hollol iawn. Roedd ei dwy flynedd olaf ym Mryn Du yn gyfnod coll iddi. Eto, er iddi fethu'n lân â mynd yn ôl, hyd yn oed i weld y lle, roedd rhywbeth wedi mynnu na wnâi hi werthu na rhoi'r hen gartref i'w rentu. Ar yr un llaw teimlai fod Bryn Du yn sanctaidd i'w mam. Ar y llaw arall teimlai ryw hen ofn o'r lle, hen arswyd a amlygai ei hun bob tro y cymylai'r drych. Daethai i sylweddoli'n ddiweddar fod cysylltiad rhwng y ddau beth.

Sylweddolodd yn sydyn fod yr hyn a ddigwyddodd iddi'n gynharach yn ei stafell wely yn wahanol i'r arfer. Nid gweld yn unig y drych yn cymylu a rhyw ffurf yn ceisio amlygu ei hun a wnaethai'r tro hwn. Nid clywed y merwindod yn ei chlustiau. Y tro hwn roedd hi wedi arogli hen awyrgylch y tŷ, y tamprwydd mwslyd, y mwg coed tân o'r gegin, y camffor o'r wardrob. Ac am ryw reswm, hen aroglau tybaco ac alcohol.

"Methu deall rydw i pam na fedrwn ni gadw'r tŷ a'i osod e ar rent i ymwelwyr. Fe fedren ni fynd draw ar ambell benwythnos. Ac fe fedrwn i ac ambell ffrind fynd i aros yno ar deithiau pysgota. Pam, ar ôl yr holl flynyddoedd, ei werthu fe nawr?"

Doedd ganddi hi ddim ateb rhesymegol. "Tra oedd mam byw, fedrwn i ddim meddwl am werthu'r lle. Nawr, mae pethe'n wahanol. Am y syniad o dreulio ambell benwythnos yno, fedrwn i ddim dygymod â'r syniad."

"Rwyt ti'n swnio fel petait ti'n ofni'r lle. Does 'na ddim ysbryd yno, oes 'na?"

Chwarddodd Gordon a gwthio darn o gig i'w geg. Cododd Iris a chasglu rhai o'r llestri a'u cario i'r gegin. Gosododd nhw yn y sinc ac eistedd yn swp a'i phen yn ei dwylo. Oedd, roedd ysbryd yno. Nid yn yr ystyr arferol. Fedrai hi ddim cofio iddi weld ysbryd yno erioed. Eto roedd rhywbeth yno na wnâi ei gollwng yn rhydd. Oedd, roedd rhywbeth yn cyniwair yno. Neu o leiaf yn cyniwair yn ei hatgofion bylchog o'r bwthyn. Ac er iddi adael y lle pan oedd hi'n naw oed, er ei bod hi'n byw bron can milltir i ffwrdd, roedd y rhywbeth hwnnw yn gwrthod ei gadael.

Troi a throsi wnaeth Iris drwy'r nos tra chwyrnai Gordon yn y gwely nesaf. Roedd cysgu ar wahân yn rhywbeth roedd y ddau wedi ei hen dderbyn. Wedi misoedd cyntaf eu bywyd priodasol roedd rhyw wedi peidio â bod yn ffactor yn eu perthynas. I Iris ni fu ond defod o'r cychwyn cyntaf, defod naturiol rhwng gŵr a gwraig. A thra oedd hi'n casáu pob munud ohono teimlai mai ei dyletswydd oedd ildio i ofynion ei gŵr. Ar ôl llai na blwyddyn, ar ôl misoedd o gael ei chyhuddo gan Gordon o fod yn fferllyd, peidiodd eu bywyd rhywiol â bod. Ar wahân i ambell noson pan fyddai Gordon wedi cael un bach yn ormod yn y clwb golff yng nghwmni ei gydweithwyr yn y banc. Ar yr adegau hynny fe orfodai ei hun arni. Ac er iddi ildio i'w ymwthio gwyllt dysgodd gau ei meddwl mor naturiol â chau ei llygaid.

Gwyddai'n dda fod Gordon yn cael ambell ffling unnos gyda'i ysgrifenyddes. A gwyddai yr un mor dda fod ei gŵr yn gwybod ei bod hi'n ymwybodol o hynny. Ond fyddai hi byth yn edliw hynny wrtho. Golygai hynny y câi hi lonydd am ychydig.

Dros frecwast o goffi a thost ni thorrwyd gair. Roedd Gordon, yn ôl ei arfer, o'r golwg y tu ôl i'r *Financial Times*. Cliriodd Iris y llestri ac aeth Gordon allan i nôl y car o'r garej. Yn ufudd i sŵn y corn camodd Iris allan trwy ddrws y ffrynt gan ei gloi ar ei hôl. Cyn setlo yn y car gosododd fasged yn y gist.

O'i blaen roedd hunllef o daith ddwyawr. Ond ofnai ddiwedd y daith yn fwy na'r daith ei hun. Nid taith ddaearyddol dros gan milltir fyddai hon ond taith o dros ddeng mlynedd ar hugain tuag yn ôl. Beth fyddai yno yn ei disgwyl? Llond tŷ o hen gelfi? Llond tŷ o hen atgofion? Neu lond tŷ o hen arswyd? Credai ei bod hi'n gwybod yr ateb.

Aeth pum milltir heibio cyn i Gordon dorri ar y mudandod. A hyd yn oed wedyn, roedd ei sylw yn fwy o ymson nag o sgwrs.

"Rwy' wedi bod yn edrych ymlaen at hyn ers tro. Cyfle i roi prawf go iawn i'r Saab. Dyw e ddim wedi cael cyfle i ymestyn ei gam ers i fi'i brynu fe."

Nid ymatebodd Iris. Perfformiad car oedd y peth olaf ar ei meddwl.

"Dyw gyrru'n ôl a blaen i'r gwaith ddim yn llesol i gar newydd. Ac mae angen pellter da, a hynny ar hyd y draffordd, cyn medru gwerthfawrogi ei berfformiad."

"Methu deall rydw i pam roedd rhaid i ti brynu car mor fawr. Fe fyddai rhywbeth llai wedi bod yn ddigon da i'th bwrpas di. Gwastraff arian."

Rhedodd Gordon ei fysedd yn ysgafn ar hyd yr olwyn lywio a phwysodd yn drymach ar y sbardun.

"Fy arian i wnes i 'i wario, nid dy arian di. A nawr, wedi i ti werthu'r tŷ fe gei dithe dy dretio dy hun i ryw bleser bach."

"Does 'na ddim byd rydw i ei eisiau. Dw i ddim yn credu mewn gwario gwirion ar foethusion diangen."

Gwasgodd Gordon y sbardun yn ddyfnach wrth basio lorri wartheg gan godi dau fys ar y gyrrwr yr un pryd.

"Nac wyt. Blydi lleian dylet ti fod."

Llamodd y Saab yn ei flaen gan lyncu'r tarmac. A disgynnodd distawrwydd fel carthen drom dros y ddau.

Croesawodd Iris y tawelwch. Pwysodd yn ôl a suddo i esmwythder dwfn y sedd ledr. Caeodd ei llygaid. Roedd pob milltir yn mynd â hi'n nes at Fryn Du, lle cychwynnodd y cyfan. Gobeithiai mai 'nôl ym Mryn Du y gwnâi'r cyfan orffen hefyd. Roedd hi wedi clywed rhyw seiciatrydd ar raglen deledu yn ddiweddar yn cynghori pobol ag ofnau dirgel i geisio herio'r ofnau hynny wyneb yn wyneb.

Ond haws dweud na gwneud. Roedd y syniad y byddai hi, cyn hir, yn ôl unwaith eto yn ei hen gartref yn ei harswydo. Petai hi ond yn gwybod beth oedd yno i'w brawychu, fe fyddai hynny'n gymorth. Yr anwybodaeth am darddiad, am achos yr ofn oedd y bwgan mawr.

Cymaint oedd ei hanesmwythyd fel iddi ystyried gofyn i Gordon droi'n ôl. Ond gwyddai mai dim ond ei gwawdio a wnâi. Roedd e mor hunangyfiawn, mor uffernol o hunangyfiawn.

Rhuthrodd y milltiroedd heibio yn union fel pe câi'r car ei lusgo tuag at Ryd-y-bont gan ryw wifren anweledig. Teimlai Iris nad Gordon, er mai ef oedd wrth y llyw, oedd yn rheoli'r car. Fel roced wedi'i rhaglennu i deithio tua'r lleuad roedd y Saab yn anelu am Ryd-y-bont, am Fryn Du, a doedd dim y gallai hi na'i gŵr ei wneud i newid ei gyfeiriad.

Ar ôl tua awr o deithio stopiodd Gordon yng nghwrt gorsaf betrol. Manteisiodd hithau ar y cyfle i fynd i'r tŷ bach. Nid bod gorfodaeth arni i fynd. Ond teimlai y byddai unrhyw esgus i adael y car, unrhyw esgus i ohirio cyrraedd pen y daith (hyd yn oed am ychydig funudau) yn fendithiol.

Wrth gerdded i mewn i'r stafell ymolchi sylwodd ar sgwaryn arian uwchlaw'r basn. Caeodd ei llygaid yn dynn. Doedd hi ddim, ar unrhyw gyfrif, am edrych yn y drych. Gwyddai, rywsut, y byddai hyd yn oed cilolwg yn ddigon i ddeffro'r bwystfil o'i fewn. Ymbalfalodd yn ddall am ddrws y toiled. Na, doedd dim angen mynd arni ond eisteddodd arno yr un fath. Doedd arno ddim sedd a theimlai oerfel y porslen yn ymledu trwy'i chorff. Drewai'r lle o antiseptig taglyg.

Ac yn sydyn teimlodd Iris y byddai'n rhaid iddi ddefnyddio'r toiled. Cododd a phlygu uwchlaw'r fowlen a chyfogi. Tasgodd dagrau i'w llygaid. Ymbalfalodd am bapur i sychu'r dagrau. Doedd yno ddim papur. Chwiliodd drwy lygaid dyfrllyd ymhlith y trugareddau yn ei bag llaw am ddarn o hances bapur. Doedd yno'r un. Bodlonodd, felly, ar ddefnyddio llawes ei chôt. Tynnodd y gadwyn er mwyn swilio'r fowlen. Doedd dim dŵr yn y tanc uwch ei phen. Eisteddodd yn ôl ar y sedd, a gosod ei phen yn ei dwylo, a chrio.

Nid rhyw grio rhwystredig oedd hwn. Nid crio am fod pethau'n mynd o chwith. Na, roedd hwn yn grio go iawn, yn feichio crio. Teimlai ei holl gorff yn ysgwyd wrth i ddagrau bowlio i lawr ei gruddiau. Roedd hi'n crio o ddyfnder ei henaid. Ond wyddai hi ddim am bwy nac am beth.

Yna pallodd y dagrau mor sydyn ag y dechreuasant. Cywilyddiodd yn dawel wrthi ei hun. Sut medrai hi grio o dan y fath amgylchiadau dibwys? Yn angladd ei mam doedd hi ddim wedi gollwng yr un deigryn. Hynny yn angladd ei mam hi ei hun. Sut gallai hi fod mor hunanol? Snwffialodd a sychodd ddiferion o dan ei thrwyn â chefn ei llaw ac ailsychodd ei llygaid â llawes ei chot. Clywodd hwtian diamynedd o'r tu allan. Doedd dim angen gofyn pwy oedd yno. Cododd a cherdded allan gan osgoi edrych yn y drych.

Pan gamodd yn ôl i'r car ni ddywedodd Gordon yr un gair, dim ond edrych arni. Oedd yna wawd yn ei lygaid wrth iddo sylwi ar olion y crio yn ei llygaid cochion? Na, hwyrach mai hi oedd yn meddwl hynny. Caeodd y gwregys diogelwch a phwyso'n ôl i wynebu gweddill y daith.

Rhuthrodd pentref ar ôl pentref heibio heb iddi eu hadnabod. Doedd arni ddim awydd eu hadnabod. Y tro diwethaf iddi eu gweld oedd yn ferch naw oed ar ei ffordd o Ryd-y-bont i fyw gyda'i modryb yn Aber. Er na chofiai cymaint ag un filltir o'r daith honno. Hwyrach fod dagrau yn ei llygaid bryd hynny hefyd.

Ond sut olwg fyddai ar Ryd-y-bont erbyn hyn, tybed? Yn rhyfedd iawn edrychai ymlaen at weld y pentref unwaith eto. Ni theimlai fod hwnnw yn unrhyw fath o fygythiad iddi. Roedd ganddi atgofion hapus o'r pentref. Yr hen gartref oedd y bwgan.

Oedd, roedd hi'n cofio'r pentref pan oedd hi'n ferch fach. Wedyn daeth y cyfnod coll. Roedd ganddi frith gof am ei mam yn mynd â hi i'r siop. Nid siop mewn gwirionedd ond un cawdel mawr o nwyddau o dan yr un to. Nwyddau o bob math blith draphlith heb unrhyw drefn yn y byd. Bocseidiau o hoelion ynghanol bagiau siwgwr. Staplau yn bentyrrau ar ben pacedi te. Ystlysau a hamiau cig moch wedi'u halltu yn hongian o'r to ymysg trapiau cwningod.

Ac ar y cownter a ymestynnai ar hyd dair ochr i'r siop, cosynnau gwyn a melyn, poteli llaeth, potiau jam, jariau picls, oll yn gymysg â'i gilydd. Doedd dim math o gysondeb yn y ffordd y câi'r gwahanol nwyddau eu harddangos. Byddai paced o jeli yn gwbwl gyffyrddus ochr yn ochr â thun o sardîns. A châi pecyn o *blancmange* berffaith ryddid i siario silff â bocsys tintacs.

Ond tra byddai ei mam yn siopa ac yn sgwrsio â'r cwsmeriaid eraill, oedi wrth y cownter bach ger y ffenest a wnâi Iris. Yno'r oedd y gwir drysorau. Jariau o losin o bob lliw a llun. Hymbygs streipiog du a gwyn. Mintos lliw hufen wedi'u lapio bob un mewn papur gwyn. Toffis euraid a gludiog i felysu'r tafod a phydru'r dannedd. Cnau a rhesin tewion wedi'u gorchuddio â siocled.

A Babis Jeli. Y rheini oedd hoff losin Iris. Yn gyntaf byddai'n cnoi'r cyrff a'u sugno nes bod dim byd ar ôl ond y blas. Yna tro'r pennau oedd hi. Byddai'n cnoi'r rheini yn fân cyn eu llyncu. Medrai Iris adnabod blas y gwahanol losin a'i llygaid ynghau. Y rhai duon oedd yn blasu orau.

Ac o oedi'n ddigon hir wrth y cownter losin byddai Miss Jones y Siop yn siŵr o sylwi arni a gadael y mân gleber a'r gwerthu i ddod draw ati i roi cildwrn iddi.

"Pwy sy wedi bod yn ferch fach dda heddi?"

Dyna gwestiwn Miss Jones bob tro. Iris wedyn yn ateb yn swil.

"Fi, Miss Jones."

"Wyt ti am adrodd pennill bach wrth Miss Jones?"

Deuai rhigymau yn hawdd iddi. Ei mam wnâi eu dysgu iddi. Roedd honno'n ffynhonnell ddihysbydd o hwiangerddi a rhigymau gwirion.

> "Ifan bach a finne
> Yn mynd i siop y pentre,
> 'Mofyn te a siwgwr brown
> A phownd o siwgwr cnape."

Fe fyddai Miss Jones wedyn yn gafael yn y botel Babis Jeli a'i gosod dan ei chesail chwith cyn dadsgriwio'r caead. Yna byddai'n gwthio'i llaw i ganol y babis lliwgar ac yn gwasgu llond dwrn o'r losin i'w dwylo disgwylgar hi. Naw neu ddeg o Fabis Jeli.

Wrth gerdded adre o'r siop, a'i llaw ludiog hi yn glynu wrth law gynnes ei mam, byddent yn siŵr o oedi ar y bont. Gorweddai brithyll diog, braf bob amser yn y pwll islaw'r bont. Byddai ei mam wedyn yn ei chodi yn ei chôl a'i dal uwchlaw'r canllaw er mwyn iddi weld yn well.

Heibio i'r capel wedyn a'r festri lle byddai Iris yn mynd i'r Ysgol Sul i ddweud ei hadnod. "Da yw Duw i bawb." Neu "Duw, cariad yw," efallai. Ac yna'r ysgol lle byddai hi'n llafarganu'r tablau ac yn dysgu am robin goch ar ben y rhiniog, am fynd drot-drot ar y gaseg wen, am ddysgu Tedi.

Yno hefyd, fel yn y siop, câi ei hannog i adrodd rhai o'r rhigymau a glywsai gan ei mam. Byddai ambell rigwm Saesneg yn eu plith. Cofiai un ohonynt yn dda.

> Yesterday upon the stair
> I saw a man who wasn't there;
> He wasn't there again today –
> Oh! how I wish he'd go away.

Cofiai iddi adrodd y rhigwm yn y dosbarth unwaith. Ac fel rhan o brosiect yn yr ysgol roedd yr athrawes, Mrs Phillips, wedi cael y plant i gyfieithu'r rhigwm. A chofiai Iris hwnnw hefyd.

> Ar y grisiau'n mynd a dod,
> Gwelais ddyn nad oedd yn bod;
> Nid oedd yno heno eto –
> O! na chawn i lonydd ganddo.

Crynodd Iris drwyddi a thynnodd ei chôt yn dynnach amdani. Rhyfedd fel y câi hen rigwm bach dwl y fath effaith arni wedi'r holl flynyddoedd. Ond na. Gwyddai beth oedd achos y cryndod. Wrth gerdded yr hen lwybrau yn ei meddwl cofiodd y byddai, o basio'r ysgol, yn cyrraedd pen y lôn a arweiniai at Fryn Du. Ac er iddi ymdrechu'n galed ni fedrai gofio dim am y lôn nac am y tŷ yr arweiniai'r lôn ato. Roedd y cyfan yn niwl.

Cliriodd y niwl ac yno, gerllaw'r ffordd, gwelodd Iris arwydd mawr gwyn gyda llythrennau du yn datgan:

CROESO I – WELCOME TO
RHYD-Y-BONT
PLEASE DRIVE CAREFULLY

Geiriau Saesneg uwchlaw ac o dan enw'r hen bentref. Fedrai hi ddim credu ei llygaid ei hun. Ni fedrai gofio iddi erioed siarad unrhyw beth ond Cymraeg yno, ar wahân i ambell ymarferiad Saesneg yn yr ysgol. Yn wir, dim ond un teulu di-Gymraeg medrai hi ei gofio yno. Mr a Mrs Andrews a oedd wedi dod yno gyda'u dau fab i ffermio Tan-y-bont. Ac roedd y plant wedi dysgu Cymraeg erbyn iddi hi adael.

O gyrraedd y pentref ei hun cafodd fwy o sioc. Ar y cae lle'r arferai hi a'r plant eraill chwarae, cae Dôl-y-bont, safai rhes ar res o dai cyngor unffurf. Trodd i edrych ar y siop. Oedd, roedd yr adeilad yn dal yno. Ond tŷ gwyngalchog oedd e erbyn hyn. Roedd y ffenest fawr yn dal yno. Ond arni cyhoeddai arwydd mai yno'r oedd 'The Village Teashop'.

Ac roedd gwaeth i ddod. Crochendy, 'The Bridge-end Pottery', oedd y capel a'r festri, ac roedd yr ysgol wedi hen fynd â'i phen iddi. Wrth iddi geisio dod dros ei syndod teimlodd y car yn arafu ac yn troi. Trodd hithau ei phen a sylweddoli fod Gordon wedi stopio ym maes parcio'r dafarn. Rhyfedd iddi hi beidio â meddwl am y dafarn fel rhan o'r pentref. Ond yn wahanol i'r siop, y capel a'r ysgol doedd y dafarn ddim wedi bod yn rhan o'i bywyd hi. Eto i gyd, am ryw reswm rhyfedd, teimlai y dylai ofni'r adeilad.

Enw'r lle pan oedd hi'n blentyn oedd Tafarn Rhyd-y-bont, enw mor syml â hynny. Erbyn hyn ei enw oedd 'The Old Bridgeford Inn'. Cofiai iddi, pan yn ferch fach, weld y lle o'r tu allan. Adeilad hen ffasiwn gydag eiddew yn tyfu dros ran helaeth o'r muriau. Ond ni fu erioed o'i fewn. Bryd hynny fyddai plant ddim yn cael mynd ar gyfyl tafarn beth bynnag.

Erbyn hyn edrychai fel unrhyw dafarn arall mewn unrhyw bentref arall. Addurniadau plastig, ffenestri gwydr dwbwl o fewn fframiau plastig, bylbiau trydan amryliw yn addurno'r arwydd plastig.

Heb unrhyw esboniad camodd Gordon allan o'r car a cherdded i mewn trwy ddrws a ddynodai leoliad y lolfa. Dilynodd hithau yn anfoddog. Eisteddodd ei gŵr wrth y bar gwag. Canodd gloch fach efydd a safai wrth ei benelin. Cydiodd yn y fwydlen a dechrau pori trwyddi.

"Wyt ti ddim yn meddwl ei bod hi braidd yn gynnar i fwyta? Prin y mae hi wedi troi un ar ddeg."

"Wel, mae'n rhaid i fi gael rhywbeth. Mae 'n stumog i siŵr o fod yn credu fod 'y ngwddw i wedi'i dorri."

Cyrhaeddodd rhyw farman anniben oedd wrthi'n clymu gwregys ei drowser. Bradychodd ei lygaid cysglyd y ffaith nad oedd wedi bod yn hir iawn ar ei draed. Mewn acen Brymi esboniodd na fyddai'n gwneud prydau twym ond ar bnawn Sadwrn. Ond gallai baratoi coffi a brechdanau. Ar yr amod mai brechdanau caws oedden nhw.

Archebodd Gordon ddwy rownd o frechdanau a choffi. Bodlonodd hi ar archebu coffi'n unig. Ac yntau ar fin diflannu i gyflenwi'r archeb trodd y barman ar ei sawdl gyda'r newydd nad oedd ganddo le i westeion dreulio'r nos. Newydd gymryd y lle drosodd yr oedd e a doedd y llofftydd ddim yn barod.

"Just in case you happen to want to spend the night. That is, if you wanted to spend the night in this bloody hole. The boss will be here next week and I can then bugger off home to Dudley."

Trodd unwaith eto a diflannu'r tro hwn tua'r gegin.

Cydiodd Gordon mewn copi o gylchgrawn gwyliau tri mis oed a dechrau ei fodio. Doedd ganddo fawr ddim diddordeb ynddo. Ond o leiaf fe fyddai'n esgus i beidio â gorfod siarad. Yr unig sŵn i dorri ar dawelwch y bar oedd tincial cwpanau wrth i'r Brymi anweledig baratoi'r archeb yn y gegin.

Cododd Iris a cherdded o gwmpas y lolfa. Sylwodd ar y stolion a'r byrddau ffug-dderw. Ar un o'r waliau hongiai darlun o fenyw Tsieineaidd a oedd, am ryw reswm rhyfedd, â wyneb gwyrdd. Ar wal arall crogai darlun o blentyn bach ceriwbaidd â deigryn yn disgyn ar hyd ei foch. Dim rhyfedd, meddyliodd Iris. Roedd y lle yn ddigon i ddiflasu unrhyw un.

Agorodd ddrws a dilynodd yr arwyddion tua'r tŷ bach. Gwthiodd ddrws y toiled yn araf rhag ofn iddi gael ei dal mewn drych. Roedd y wal o'i blaen yn gwbwl ddiaddurn. Trodd i'r chwith. Ac er iddi gau ei llygaid ar amrant, roedd hi'n rhy hwyr. Yno yn erbyn y wal, o dan yr unig olau yn y stafell, safai drych.

Cerddodd Iris yn araf tuag ato, wedi ei mesmereiddio fel cwningen o flaen gwenci. Syllodd i'w ddyfnder. Ac yn araf cododd gudyn o'i gwallt oddi ar ei thalcen gan ddadorchuddio'r graith oddi tano. Byseddodd y rhimyn coch yn araf. Ac yn anochel, cymylodd y drych o flaen ei llygaid.

Ceisiodd Iris gamu'n ôl. Ond ni fedrai. Roedd ei thraed wedi eu rhewi yn yr unfan. Dechreuodd wyneb y drych grychu ac yna ymchwyddo a phantio am yn ail. Ac unwaith eto gwelodd ffurf amrwd beth bynnag oedd yn ceisio gwthio'i ffordd allan tuag ati. Y tro hwn ymddangosai fwyfwy fel wyneb.

A chlywodd y sŵn dieflig unwaith eto. Cychwynnodd fel sŵn rhywun yn anadlu'n drwm gan droi yn raddol yn rhyw frowlan, rhyw rochian cryglyd, cras. Cododd eto yn uwch ac yn uwch gan lenwi ei chlustiau. Sŵn ebychiadau erbyn hyn, ebychiadau a oedd yn graddol droi'n eiriau.

Ni allai ddeall ystyr y geiriau. Er hynny teimlai fod ynddynt ryw hen oslef o watwar. Ac wrth iddynt amlhau a chodi yn eu sŵn credodd iddi fedru deall rhyw gymaint. Swnient fel cyfarchiad, rhyw groeso ellyllaidd, annaearol. Geiriau rhywun neu rywbeth nad oedd o'r byd hwn.

"... Merch fach ..." meddai'r geiriau. "... Merch fach ... wedi dod adre ..."

Trodd y geiriau yn glegar gwawdlyd, dirmygus. Ac yna torrodd yr argae. Rhwygwyd sgrech o wddf Iris, sgrech uwch na'r un sgrech a sgrechiodd neb erioed. Y peth nesaf a glywodd oedd sŵn traed yn rhedeg i'w chyfeiriad. Ffrwydrodd y drws ar agor a rhuthrodd y barman i mewn, a Gordon hanner cam o'i ôl.

"You all right, missus?" Llais y barman. Llais llawn pryder. Ac yna newidiodd y pryder yn chwerthin afreolus. Gwelodd fod y Brymi yn pwyntio at y drych cyn troi at Gordon. Ac yna ymunodd yntau yn y chwerthin.

"Look, boss. Look what frightened her."

Yn anfoddog, trodd Iris i edrych ar y drych. Erbyn hyn roedd ei wyneb yn gwbwl lonydd a gwastad.

"Look, boss. A bloody spider. And only a small one at that."

Ac yno yn sgrialu ar hyd wyneb arian y drych roedd pry

cop. A hwnnw, fel yr awgrymodd y barman, heb fod fawr mwy na blaen ei bys bach. Gwthiodd y Brymi ei ffordd heibio iddi a chydag un slap o'i law, hoeliodd gorff y corryn yn un stomp du ar ganol y drych.

"There we are, love. It won't bother you again. This bloody hovel's full of them. Spiders and cockroaches. By the way, your coffee's ready."

> Chwilen bwmp, poera dy wa'd,
> Neu mi ladda i dy fam a dy dad ...

Ie, un arall o hen rigymau ei mam. Roedd cyrraedd yr hen bentref yn araf ddatgloi'r cof. Aeth y Brymi yn ôl i'r bar gan ailafael yn ei chwerthin. Roedd yr olwg ar wyneb Gordon wrth syllu arni yn gymysgedd o drueni a gwawd.

Yn ôl yn y lolfa gafaelodd Iris yn ei chwpan â dwy law grynedig. Cymerodd un llwnc o'i gynnwys. Blasai fel llaid. Gwthiodd ei chwpan o'r neilltu a cherdded allan i'r awyr agored. O'i hôl clywai Gordon a'r barman yn chwerthin.

Cerddodd yn araf drwy Ryd-y-bont, pentref a fu mor gyfarwydd iddi ond a oedd erbyn hyn mor ddieithr. Roedd ei phen hi'n dal i droi a theimlai bellach nad oedd modd osgoi'r ffaith ei bod hi'n gwallgofi. Roedd y digwyddiad yn y dafarn yn profi hynny.

Heb iddi sylweddoli hynny roedd hi wedi cyrraedd y siop. Neu'n hytrach y siop nad oedd bellach yn siop. Crwydrodd yn ei blaen. Yn reddfol, oedodd ar y bont a syllu dros y canllaw. Doedd yr un brithyll i'w weld yn y dŵr, dim ond sbwriel. Caniau cwrw, bagiau plastig a hyd yn oed hen bram â'i ben i waered.

Parhaodd â'i chrwydro a sylwodd fod y capel a'r festri, a oedd bellach yn grochendy, ar werth. Roedd hi'n disgwyl y byddai'r hen le wedi newid, ond nid cymaint â hyn.

Gweld cyflwr yr hen ysgol wnaeth ei thristáu fwyaf. Roedd y to wedi disgyn, y drysau wedi hen ddiflannu a'r ffenestri oll wedi eu malu. Ar goeden ym mhen draw'r iard crawciai cigfran yn goeglyd.

Wrth iddi droi ar ei sawdl sylwodd Iris fod chwech o fyngalos bychain wedi'u codi y tu ôl i res o goed poplys yn y cae gyferbyn â'r ysgol. Ac yng ngardd yr agosaf ohonynt sylwodd ar wraig fusgrell yn syllu ar wely o flodau gan wthio blaen ei ffon yma ac acw mewn ymgais i ymlid ambell chwynnyn. Trodd y wraig ei phen fel pe synhwyrai bresenoldeb rhywun arall. Syllodd y ddwy ar ei gilydd am ychydig. Ac yna, yr un pryd yn union, sylweddolodd y ddwy eu bod nhw'n adnabod ei gilydd.

"Miss Jones ..."

"Iris, nid chi sy 'na ...?

Prysurodd Iris ei chamau tuag at yr ardd. Gyda'i phwys yn drwm ar ei ffon, herciodd Miss Jones yn araf tuag ati. Er gwaethaf presenoldeb y llidiart isel rhyngddynt, cofleidiodd y ddwy cyn camu'n ôl i syllu mewn rhyfeddod ar ei gilydd.

"Wel, wel, Iris fach Bryn Du, 'tawn i'n marw. Pwy fyse'n meddwl?"

"Miss Jones y Siop. D'ych chi ddim wedi newid dim ar ôl yr holl flynydde."

Agorodd yr hen wraig y llidiart a gwahodd Iris i mewn. Eisteddodd y ddwy ar fainc bren yng nghysgod clawdd yr ardd. Aeth deng munud byrlymus heibio wrth i'r ddwy gyfnewid atgofion. Esboniodd Miss Jones iddi fynd yn rhy ffaeledig i barhau â'r siop ac iddi werthu'r busnes ddeng mlynedd yn ôl.

"Pobol o bant oedden nhw. O'dd neb lleol â diddordeb yn yr hen le. Ond nawr ma'r siop wedi cau ers tro. Gorfod dibynnu ar gymdogion nawr i siopa i fi yn y dre."

Wedi iddynt ddihysbyddu eu hanesion cyffredinol trodd y sgwrs yn fwy personol.

"Wyddoch chi pryd gweles i chi ddiwetha, Iris?"

"Ymhell dros bum mlynedd ar hugain yn ôl. Mwy fel deg ar hugain, siŵr o fod."

"Ychwanegwch un flwyddyn arall ac fe fyddwch chi'n iawn. Ddiwrnod angladd eich tad. Chi'n cofio? Roeddech chi newydd gael yr hen ddamwain gas yna ar eich pen. Yr hen siglen yna yn yr ardd wedi'ch taro chi yn eich talcen."

"Ond ro'wn i'n meddwl mai damwain beic ..."

Ceisiodd Iris dorri ar ei thraws. Ond roedd Miss Jones ar goll yn y gorffennol.

"Rwy'n ei gofio fe fel heddi. Eich mam yn eich rhuthro chi i'r siop i ofyn i fi ffonio'r hen Ddoctor Defis. Eich tad wedi disgyn yn farw a chithe, medde'ch mam, wedi disgyn o'r siglen wrth ei chlywed hi'n gweiddi am help. A'r siglen wedyn yn eich taro chi. A'r doctor, ar ôl bod draw yn archwilio corff eich tad, yn dod 'nôl â chi i barlwr y siop i roi pwythe yn eich talcen chi."

Syllodd Iris yn syn arni. Doedd hi'n cofio dim am hyn. Ond ymlaen yr aeth Miss Jones, a'i hatgofion yn rhuthro dros ei gwefusau fel rhaeadr ddihysbydd.

"Wnaethoch chi ddim llefen o gwbwl. Rwy'n cofio hynny'n dda. Saith pwyth gawsoch chi. Ac fe wnes i roi owns o *Jelly Babies* i chi am fod yn ferch fach dda. Eich ffefrynne chi. Odych chi ddim yn cofio?"

Ysgydwodd Iris ei phen. "Na, Miss Jones. Mae'r cyfan yn gwbwl dywyll. Mae 'na fwlch mawr yn fy nghof i cyn belled ag y mae'r amser yna'n bod."

"Yr ergyd, siŵr o fod."

"Pryd yn union gwnes i adael Bryn Du, Miss Jones?"

"Odych chi ddim yn cofio hynny chwaith? Fe wnaethoch chi adael gyda'ch Anti Nel yn syth ar ôl angladd eich tad. Y prynhawn hwnnw. 'Wedodd hi ddim wrthoch chi?"

"Na, wnes i ddim digwydd gofyn iddi. A Mam? Be ddigwyddodd iddi hi?"

"O, roedd eich mam yn rhy sâl i fynd i'r angladd o gwbwl. Fe gafodd hi ei chymryd i'r ysbyty yn union ar ôl i'ch Anti Nel gyrraedd o Aber. Fe effeithiodd y cyfan cymaint ar ei meddwl hi. A dw i'n synnu dim, a'i gŵr wedi disgyn yn farw o flaen ei llygaid."

Fe wyddai Iris yn fras i'w mam gael ei chymryd i'r ysbyty meddwl yn fuan wedi marwolaeth ei thad. Ond wyddai hi ddim i'r cyfan ddigwydd mor sydyn. Ac am ei thad, chofiai hi ddim amdano o gwbwl, dim am ei farwolaeth, dim am ei angladd. Yn wir, fedrai hi ddim dwyn i gof ei wyneb, hyd yn oed.

Drwy'r niwl yn ei meddwl daeth llais Miss Jones. "Dewch mewn i gael paned bach, Iris. Fe gawn ni fwy o sgwrs wrth y bwrdd."

Sylweddolodd hithau fod Gordon yn dal i ddisgwyl amdani yn y dafarn. "Dim diolch, Miss Jones. Mae hi wedi bod yn hyfryd cael gair â chi. Ond fe ddweda i be wna i. Rwy' wedi dod lawr i glirio'r tŷ. Fe gladdwyd Mam yr wythnos diwetha ..."

"Eich mam wedi marw? Wel, druan ohonoch chi. Ar ôl yr holl flynydde."

"Doedd e ond i'w ddisgwyl, Miss Jones. A nawr rwy'n mynd i glirio'r celfi o'r hen dŷ. Falle ga i amser i ddod 'nôl i'ch gweld chi'n hwyrach y prynhawn 'ma. Ond os na wna i, rwy'n addo i chi, fe fydda i'n ôl i gael sgwrs hir â chi cyn bo hir."

Ac roedd Iris yn meddwl hynny o ddifrif. Ond yn y cyfamser roedd Gordon yn disgwyl amdani. Brasgamodd tua'r ffordd fawr gan daflu un cipolwg yn ôl ar Miss Jones. Safai hi yno yn hen wraig unig yn pwyso ar ei ffon, yn ddieithryn yn ei bro ei hun. Cododd Iris ei llaw mewn ffarwél cyn prysuro ar hyd y ffordd tua'r dafarn.

Pan gyrhaeddodd roedd Gordon yn cerdded yn ddiamynedd o gwmpas y maes parcio. Wrth iddo weld Iris yn prysuro tuag ato, eisteddodd yn y car a chychwynnodd yr injan. Eisteddodd Iris yn ei ymyl a chyn iddi hyd yn oed sicrhau'r gwregys diogelwch roedd y Saab yn rhuo drwy'r pentref. Roedd Gordon mewn tymer ddrwg.

Ond tymer ddrwg Gordon oedd y peth olaf ar feddwl Iris. Roedd Miss Jones wedi gwthio'r drws caeedig yn gilagored. Nid anhap ar ei beic, felly, a fu'n gyfrifol am y ddamwain. Yma, ym Mryn Du, y digwyddodd honno. Pam yn y byd y bu'n rhaid i Anti Nel ddweud celwydd?

Ac roedd yna gysylltiad rhwng y ddamwain a marwolaeth sydyn ei thad. Cysylltiad o ran amser, o leiaf, gan i'r ddau ddigwydd ar yr un diwrnod. Beth oedd pwrpas Anti Nel yn celu'r gwir oddi arni?

Yn union wedi pasio'r ysgol, ar orchymyn Iris trodd y car i'r dde a dilyn lôn gul a thywyll. Tyfai porfa dros wyneb y lôn ac roedd y coed a'r llwyni o boptu bron iawn â chyffwrdd â'i gilydd gan greu twnnel gwyrdd.

Rhegodd Gordon wrth i un o'r olwynion blaen daro carreg. Ymlusgodd y car yn ei flaen. Ac yna, ganllath i ffwrdd, sylwodd Iris fod y lôn yn goleuo. A chyn pen dim roedd y car wedi'i barcio yng nghysgod talcen tŷ Bryn Du.

> Hen dŷ, hen do,
> Hen ddrws heb ddim clo,
> Hen ffenest heb ddim gwydr,
> Hen ddyn â wyneb budr.

Roedd i Iris weld y tŷ wedi'r holl flynyddoedd bron iawn fel ei ganfod am y tro cyntaf. Eto i gyd, gwyddai rywsut beth fyddai'n ei haros. Roedd rhai pethau, mae'n wir, yn annisgwyl. Sylwodd ar staen melyn, arwydd o damprwydd na fodolai o'r blaen, o dan y simddai. A thyfai mwswgl gwyrdd ar hyd ymylon y to. A gwyddai, o droi'r gornel a cherdded drwy'r glwyd fechan, a hongiai'n lletraws ar un ddolen, y câi weld pum ffenest (tair ar y llofft a dwy ar y gwaelod), drws brown, a chwt sinc wrth y talcen pellaf.

Yn yr ardd gwyddai y câi weld cwt pren, tŷ bach sinc a lein ddillad. A siglen. Fe fyddai neu o leiaf fe ddylai siglen hongian o gangau'r dderwen yn y gornel bellaf.

"Mae'r lorri'n hwyr."

Ysgydwodd geiriau Gordon hi o'i synfyfyrio.

"Faint o'r gloch yw hi?"

"Mae hi wedi hanner dydd. Fe ddylen nhw fod yma nawr. Dyna dd'wedest ti."

"Ie, hanner dydd. Dyna ddywedodd y ferch ar y ffôn. Methu ffeindio'r lle, falle."

"Dw i'n synnu dim. Wel, dw i ddim yn mynd i wastraffu amser yn disgwyl amdanyn nhw. Fe awn ni i mewn i gael golwg ar y lle. Mae 'na rai pethau siŵr o fod na fydd ddim o'u hangen. Fe allwn ni ddidoli'r celfi i gael gweld be sy'n werth ei gadw a be sy angen ei daflu."

A dyna pryd y sylweddolodd Iris y byddai disgwyl iddi fynd i mewn i'r tŷ. Doedd hi ddim wedi ei pharatoi ei hun ar gyfer y fath artaith. Credasai ar hyd yr amser y gwnâi dynion y cwmni symud celfi wneud y gwaith heb iddi hi orfod bod wrth eu penelin yn eu cyfarwyddo. Ond na, roedd synnwyr cyffredin yn dweud y dylai hi fod yno. Ei thŷ hi oedd e. Ei chelfi hi oedd o'i fewn.

Ond doedd hi ddim yn barod i hyn. Ddim eto, beth bynnag. Chwiliodd drwy ei bag a chanfod yr allwedd, yn union fel ag yr oedd hi pan glowyd y drws flynyddoedd yn gynharach, mae'n rhaid, gyda rîl bren wedi ei chlymu â chortyn siwgwr wrth y ddolen. Fe'i trosglwyddodd i Gordon.

"Cer di i mewn. Rwy' am gymryd tro o gwmpas yr ardd. Fe wna i dy ddilyn di yn nes ymlaen."

Cipiodd Gordon yr agoriad o'i llaw ac aeth allan o'r car. Gwthiodd y glwyd ddelltog i'r neilltu a diflannu heibio i dalcen y tŷ. Tynnodd Iris anadl o ryddhad a chuddio'i hwyneb yn ei dwylo. Roedd yr amser y bu'n ei ofni cymaint wedi cyrraedd.

Caeodd ei llygaid ac ymestyn i waelod ei bod am nerth. Gwasgodd ei dwylo'n dynn. Oedd, roedd hi'n mynd i dorri'r rhaff a'i clymai wrth Fryn Du unwaith ac am byth, rhaff a dyfodd yn ddolen redeg am ei gwddf.

Camodd yn araf o'r car. Teimlai ei choesau'n gwegian oddi tani. Mentrodd gam neu ddau ymlaen nes cyrraedd y glwyd. Gosododd ei phwys ar y postyn a gadael i'w llygaid grwydro ar draws yr ardd. Nid gardd oedd yno bellach on drysni. Lle bu blodau a llysiau yn rhengoedd disgybledig, diolch i lafur cariad ei mam, tyfai un gwyrddni di-dor o ysgall a danadl poethion. Roedd hyd yn oed y llwybr a arweiniai rhwng yr ardd flodau a'r ardd lysiau, llwybr a luniwyd gan sawl llond bwced o ludw o'r lle tân, yn garped gwyrdd o borfa a chwyn.

Sylwodd fod y cwt pren bron o'r golwg dan ganopi o

ddrain oedd wedi ymledu o'r berth. Safai polion metel y lein ddillad yn silindrau hirion o rwd coch. Doedd dim golwg o'r lein ei hun. Ac am y siglen, fedrai ei llygaid ddim treiddio i ddyfnderoedd cysgod y dderwen.

Mentrodd i mewn drwy'r glwyd a cherdded yn araf o flaen y tŷ. Roedd hi'n mynd i gymryd y cam dewraf yn ei hanes. Roedd hi'n mynd i mewn. Cyrhaeddodd y drws a chlywodd sŵn Gordon yn symud rhyw ddodrefnyn neu'i gilydd yn un o'r llofftydd. Safodd yno yn syllu ar y grisiau o'i blaen.

> Ar y grisiau'n mynd a dod,
> Gwelais ddyn nad oedd yn bod ...

Camodd yn ôl wysg ei chefn. Fedrai hi ddim mynd i mewn. Cerddodd yn araf tuag at ben arall y tŷ, tua'r cwt sinc. Tair dolen o gadwyn ar draws stapl, a pheg o bren. Dyna i gyd a gadwai'r drws ynghau. Tynnodd y pren o lygad y stapl, rhyddhaodd y gadwyn, a gwthio'r drws yn agored. Gwichodd y dolennau wrth iddynt ildio'n anfoddog.

Ar y cychwyn ni welai Iris ddim ond petryal tywyll o fewn ffrâm y drws. Yna, wrth i'w llygaid ymgyfarwyddo â'r tywyllwch gwelodd fwrdd a phadelli arno. Yma y byddai ei mam yn golchi. Cofiai sut y byddai'r lle bob amser yn sawru o sebon. Ond yr hyn a bwysai yn erbyn y bwrdd wnaeth ei synnu. Yno gwelodd ffrâm goch a dwy olwyn. Safodd yn ei hunfan wedi'i pharlysu. Ei beic hi. Ei beic coch hi. Doedd e ddim wedi bod ar gyfyl Aber. Yma y bu'r beic ar hyd yr amser.

Mentrodd Iris i mewn. Gosododd un llaw ar sedd y beic a'r llall ar y cyrn a gwthiodd ef allan i'r golau. Roedd rhwd ar hyd y cyrn a'r olwynion. Roedd llwch y blynyddoedd wedi glynu wrtho. Ond roedd e'n gyfan. Dim arwydd o ddifrod i'r olwyn flaen.

Gadawodd i'r beic ddisgyn yn ôl i dywyllwch y sied. Gosododd ei llaw ar ei thalcen ac anwesodd y graith. Roedd Anti Nel wedi dweud celwydd. Ond pam? Pam? Trodd Iris ar ei sawdl a rhedeg yn ôl i ddiogelwch di-atgof, di-orffennol y car. Daeth pwl o gryndod drosti. Pam y celwydd? Dim rhyfedd na fedrai hi gofio'r ddamwain beic yn Aber. Doedd y ddamwain ddim wedi digwydd. Nid yn Aber, beth bynnag.

Oedd Anti Nel wedi prynu beic newydd iddi yn Aber? Ai ar hwnnw y cafodd hi'r ddamwain? Na, roedd ei modryb wedi dweud yn bendant fod y beic wedi dod o Fryn Du.

Ebychodd mewn braw wrth weld rhywun yn sefyll wrth ymyl y car. Yna sylweddolodd fod Gordon wedi dychwelyd. Agorodd y drws ac eistedd wrth ei hymyl.

"Dim sôn am y lorri'n cyrraedd?"

"Na, dim golwg ohoni. Maen nhw'n hwyr iawn."

"Wyt ti'n siŵr mae heddi maen nhw i fod i ddod?"

Cwbwl nodweddiadol o Gordon, meddyliodd Iris. Ei hamau. Aeth ati i chwilota yn ei bag am y llythyr o gadarnhad a gawsai gan y cwmni a'i ddal o dan drwyn ei gŵr.

"Darllen hwnna. Mae e'n cadarnhau'n bendant mai ar gyfer heddi maen nhw wedi trefnu i ddod."

Anwybyddodd Gordon y llythyr.

"Os wyt ti'n dweud. Y peth gorau fydde i ni yrru'n ôl i'r pentre i ffonio. Neu, gwell fyth, fe a' i i'r pentre i ffonio. Aros di fan hyn rhag ofn y daw'r lorri tra bydda i bant."

Aeth ias oer i lawr meingefn Iris. Aros yma ei hunan?

"Fe alli di aros yn y tŷ. Rwy' wedi cynnau tân yn y gegin ac mae 'na gannwyll wedi'i chynnau ymhob stafell. Mae'r coed 'ma sydd o gwmpas yn gwneud i'r lle edrych yn dywyll. Hyd yn oed ganol dydd."

"Na, fyse'n well 'da fi ddod gyda ti. Dw i ddim isie aros fan hyn ar fy mhen fy hunan."

"Ugain munud fydda i. Dyna i gyd."

"Na, Gordon. Mae hi wedi bod yn ddigon anodd dod yma yn y lle cynta. Wna i ddim aros yn y tŷ ar fy mhen fy hunan."

Sylweddolodd ei gŵr nad oedd troi arni. Aeth ati i danio'r injan. Ond dim ond sŵn tuchan gwag a ddeuai o dan y bonet. Ceisiodd danio'r car eto. Ond yr un oedd y canlyniad. Agorodd y drws a chamodd allan.

"Blydi car newydd, a hwnnw'n gwrthod tanio."

Cododd y bonet a dechrau ffidlan â gwifrau'r plygiau.

Aileisteddodd yn y car a gwasgu'r botwm priodol. Dim ond tuchan unwaith eto a wnaeth yr injan. Aeth allan mewn tymer a chicio'r olwyn flaen.

"Blydi rhacsyn. Gwastraff blydi arian."

Ni fentrodd Iris dorri gair. Ond gwenodd wrthi ei hun. Onid dyna fu ei hunion eiriau yn gynharach y bore hwnnw?

Slamiodd Gordon y bonet ynghau a sychu ei ddwylo â'i facyn poced.

"Does ond un peth i'w wneud. Fe fydd yn rhaid i fi gerdded yr holl ffordd i'r pentre i ffonio. Fe alli di aros yma yn y car. Does bosib na fyddi di'n teimlo'n saff yma."

Cytunodd Iris. Byddai, fe fyddai hi'n iawn yn y car. A beth bynnag, meddyliodd, wedi i Gordon ddiflannu fe allai hi fynd am dro yn ôl ar hyd y lôn. Estynnodd lythyr y cwmni iddo.

"Mae rhif y ffôn ar hwn."

Cipiodd Gordon y llythyr o'i llaw a brasgamu mewn tymer i lawr y lôn.

Trodd Iris i edrych drwy'r ffenest ôl ar Gordon yn diflannu i mewn i'r twnnel o goed. Gallai fod wedi edrych arno yn nrych y car. Ond na, dyna'r peth olaf yr oedd hi am ei wneud o dan yr amgylchiadau.

Pwysodd yn ôl yn ei sedd a chau ei llygaid. Roedd hwn wedi bod yn ddiwrnod hunllefus iddi. Roedd teithio i Fryn Du yn ddigon heb sôn am ganfod ei beic. A nawr, car newydd fflam yn gwrthod cychwyn.

Yna gwthiodd haul y prynhawn ei belydrau rhwng y cymylau a gweddnewidiwyd yr olygfa o flaen ei llygaid. Cododd y cysgodion a chlywodd Iris adar yn trydar o'r llwyni. Camodd allan o'r car a phwyso ar y drws. Crwydrodd yn araf tua'r glwyd ac wrth edrych i gornel yr ardd gwelodd fod yr heulwen wedi datgelu'r hen siglen, y ddwy weiren wedi eu cysylltu wrth ddarn o bren, a oedd yn dal i hongian o un o ganghennau'r dderwen.

Mentrodd Iris i mewn i'r ardd unwaith eto. Cerddodd heibio i ffrynt y tŷ gan ofalu i gadw'i golygon ar y dderwen o'i blaen. Cyrhaeddodd y cwt sinc a chamodd yn ofalus drwy bumllath o ddrysni tuag at y siglen. Eisteddodd ar y darn pren a dechrau siglo'n araf yn ôl ac ymlaen ...

Cyn pen dim roedd hi'n ferch fach unwaith eto yn cael ei gwthio ar y siglen. Ni fedrai weld pwy oedd yn ei gwthio, ond doedd dim angen iddi edrych. Ei mam oedd yno. Gallai glywed ei llais yn canu'n rhyddmig wrth iddi wthio ei merch i amseriad y rhigwm.

> Mae heno'n nos G'langaea,
> A bwci ar bob camfa,
> A Jac-y-lantern ar yr hewl –
> Rhaid mynd neu caf fy nala.

Ac fel ymateb i'r rhigwm clywodd lais merch fach yn pwffian chwerthin. Yn chwerthin o waelod ei bol. Ei llais hi ei hun. Oedd, roedd hi wrth ei bodd yn gwrando ar ei mam yn adrodd hen rigymau digrif.

Yn sydyn tawodd y canu a'r chwerthin wrth i'r ddwy glywed sŵn traed yn cerdded i lawr y lôn tuag at y tŷ. Lledodd cwmwl dros yr haul a thawodd yr adar. Gwthiodd Iris ei sodlau i'r ddaear gan ddod â'r siglen i stop sydyn a phrysurodd yn llaw ei mam tua'r tŷ. Eisteddodd ei mam yn y gadair freichiau o flaen y tân a safodd Iris y tu ôl iddi.

Clywodd sŵn cliced y drws yn codi a thraed trymion yn taro'r llawr cerrig. Ymddangosodd cysgod yn yr adwy. Cerddodd y cysgod yn simsan braidd, gan ollwng ei hun fel sach i'r gadair arall. Teimlai Iris ei chalon yn curo'n gyflym. Gwyddai beth fyddai'n dod nesaf.

"A sut mae merch fach Dad heno?"

> Iris fach, merch ei thad,
> Gaiff y wialen fedw'n rhad;
> Caiff ei rhwymo wrth bost y gwely,
> Caiff ei chwipio bore fory.

Ie, ei thad oedd yno. Gwelai yng ngolau fflamau'r tân ei wyneb cochlyd, garw.

"Tyrd yma at Dad i ddweud wrtho fe be fuest ti'n ei wneud heddi. Fuest ti'n ferch fach dda?"

Gwyddai nad oedd unrhyw bwrpas iddi wrthod. Cerddodd yn grynedig ar draws y llawr. Clywodd snwffian tawel ei mam o'r tu ôl iddi. Safodd o flaen ei thad. A'i ddwylo celyd yn brifo a chleisio'i breichiau, cydiodd hwnnw ynddi, a'i chodi yn ei gôl.

"Tyrd â chusan bach i Dad."

Ceisiodd dynnu ei hwyneb yn ôl wrth iddi arogli'r tybaco ar ei anadl, tybaco a rhywbeth arall. Ni wyddai beth oedd yr aroglau sur arall hwnnw. Ond byddai'n ei arogli ar anadl ei thad bob tro y deuai hwnnw adref o'r pentref. Gyda'r nos, fel arfer.

> Cysga, bei babi,
> Yng nghôl Dadi,
> Neu ddaw'r baglog mawr
> I dy mo'yn di nawr.

Teimlodd law ei thad yn tynnu ei hwyneb tuag ato. Caeodd ei llygaid wrth i'w wefusau gyffwrdd â'i grudd. Teimlodd flew geirwon ei foch ef yn rhwbio yn erbyn ei grudd feddal hi. A theimlodd ei wefusau yn crwydro o'i grudd tuag at ei gwefusau hi.

Erbyn hyn clywai ei mam yn crio yn ei stôl. Ac yn sydyn penderfynodd Iris na wnâi oddef mwy. Doedd hi erioed o'r blaen wedi anufuddhau i'w thad er gwaetha'i harswyd ohono. Neu oherwydd ei harswyd, hwyrach. Ond y tro hwn gwthiodd ei wyneb yn ôl yn sydyn a neidiodd o'i gôl. Rhuthrodd i fyny'r grisiau i'w stafell wely a chaeodd y drws yn glep ar ei hôl. Ac yno ar y gwely, criodd ei hun i gysgu …

Eisteddodd Iris yn syfrdan ar y siglen. Roedd drws ei chof fel petai wedi'i luchio'n agored a'r atgofion wedi llifo drwyddo. Medrai gofio'r digwyddiad. Ac am y tro cyntaf ers iddi adael Bryn Du, medrai greu darlun o wyneb ei thad.

Cydiodd yn dynn wrth ddwy weiren y siglen wrth i bwl o

gryndod ei meddiannu. Yna, wedi iddi ymdawelu rhyw gymaint cododd a cherdded yn araf tua'r tŷ. Oedodd wrth ffenest y gegin i fagu digon o blwc i sbio i mewn. Llosgai'r tân yn siriol ar yr aelwyd ac roedd dwy gannwyll wedi'u goleuo ar y silff ben tân ac ar y bwrdd. Edrychai'n aelwyd hapus, groesawgar.

Ar ei ffordd yn ôl i'r car teimlodd ryw reidrwydd i droi i mewn drwy ddrws y ffrynt i'r tŷ. Syllodd i fyny'r grisiau, lle'r oedd y canhwyllau o'r gwahanol lofftydd yn taflu gwawl gwelw. Mentrodd yn araf i'r gegin. Teimlodd fod rhywbeth yn absennol a syllodd o'i chwmpas. Y cloc. Oedd, roedd e'n dal i hongian uwchlaw'r silff ben tân ond ni ddeuai'r un tic na thoc o'i berfedd mecanyddol.

Trodd, ac ar y wal gyferbyn adnabu'r ddau ddarlun, Taith y Pererin ar y chwith a'r Ffordd Gul a'r Ffordd Lydan ar y dde. Sawl tro, tybed, y bu i'w mam adrodd wrthi y storïau a ddarlunnid o fewn y ddwy ffrâm?

Roedd fel pe nad adawsai'r tŷ erioed. Ond ei bod hi, erbyn hyn, yn ddeugain yn hytrach na naw oed. Roedd amser, fel y cloc, wedi rhewi. Roedd y dreser yn foel o jygiau, mae'n wir. Anti Nel wedi'u casglu ynghyd er diogelwch. Ond fel arall roedd popeth yn union fel y bu.

Cerddodd tua'r drws gyda'r bwriad o fynd allan. Ond teimlai fod rhywbeth yn ei denu i fyny'r grisiau. Cofiodd eto'r hen rigwm rhyfedd hwnnw:

> Ar y grisiau'n mynd a dod,
> Gwelais ddyn nad oedd yn bod ...

Dringodd un ris, yna camodd ar yr ail. Cyrhaeddodd hanner y ffordd i fyny; erbyn hyn roedd ei phen yn uwch na llawr y llofft. Fflachiai'r golau'n wanllyd wrth i fflamau'r canhwyllau grynu. Dringodd yn uwch.

> ... Nid oedd yno heno eto –
> O, na chawn i lonydd ganddo.

Cyrhaeddodd ben y grisiau, a'i chalon yn curo fel gordd.

Yn ei hwynebu gwelodd ddrws cilagored. Ei stafell hi. Gwthiodd y drws yn llwyr agored a syllodd i mewn. Gorweddai matras o hyd ar ei gwely. Ac yn y gornel safai'r cwpwrdd bach. Roedd y drôr gwaelod, er yn wag, yn hanner agored. Ceisiodd Iris ei wthio ynghau. Ond na, roedd rhywbeth yn ei atal. Tynnodd y drôr allan yn llwyr i weld beth oedd y rhwystr. Ni fedrai weld dim. Cyrcydodd o flaen y cwpwrdd a gwthiodd ei llaw i'r gwacter lle bu'r drôr. Cyffyrddodd ei bysedd â rhywbeth meddal. Nid rhywbeth meddal gwrthun ond rhywbeth meddal anwesog. Cyn iddi hyd yn oed ei dynnu allan, gwyddai beth oedd yn cuddio o dan y cwpwrdd. Edwin. Ie, 'rhen Edwin oedd yno, ei Thedi Bêr unllygeidiog.

Eisteddodd ar erchwyn y gwely, a'r Tedi yn ei breichiau. Yma'r oedd yr hen Edwin wedi bod gydol yr amser. Hithau'n meddwl iddi ei golli rywle yng nghartref Anti Nel. Gwenodd wrth gofio amdani hi ei hun yn magu Tedi tra canai hwiangerddi iddo. Siglodd yr hen Edwin yn ei chôl wrth ail-fyw'r atgof. Rhyfedd mor hawdd y deuai'r atgofion yn ôl erbyn hyn.

> Si hei lwli 'mabi,
> Mae'r llong ar fynd i ffwrdd;
> Si hei lwli 'mabi,
> Mae'r capten ar y bwrdd ...

Roedd hi'n ferch naw oed unwaith eto yn crio ar erchwyn ei gwely gan ddal ei Thedi Bêr yn dynn at ei bron. O'r gegin clywai sŵn gwraig yn ochneidio i gyfeiliant ergydion. Crefai'r wraig am gael llonydd.

"Na, ddim eto. Plis, ddim eto."

Ac yna llais cras ei thad, llais didrugaredd ei thad.

"Fe ddysga i di. O, gwnaf. Fy nhroi i yn erbyn fy merch fy hun."

Yna sŵn ergydion eto. A'r crio'n troi'n sgrechian.

Cododd Iris o'i gwely a sleifio allan o'i stafell i ben y grisiau. Amlhau a wnâi'r ergydion ac yn uwch yr âi'r sgrechian a'r ymbilio. Disgynnodd ddwy neu dair gris a chiledrychodd rhwng bariai'r grisiau. Dim ond cysgod y gallai hi ei weld i gychwyn, cysgod ar wal y gegin. Braich yn disgyn dro ar ôl tro.

Disgynnodd ris arall, a'r tro hwn gwelodd ei mam yn gorwedd ar lawr a'i thad yn sefyll drosti. Roedd wedi diosg ei wregys lledr ac â hwnnw y trawai ei wraig. Cuddiai hithau ei hwyneb â'i dwylo ond disgynnai'r gwregys dro ar ôl tro ar draws ac ar hyd ei chorff diamddiffyn.

Erbyn hyn roedd y sgrechian a'r crio wedi troi'n ochneidiau tawel. Ond dal i ddisgyn a wnâi'r ergydion. A dal i edliw a wnâi llais cras ei thad. Sylwodd nad ergydio'n wyllt a wnâi. Roedd trefn i'w ymosodiadau. Er ei fod yn gweiddi fel gwallgofddyn, ymddangosai fod pob symudiad o'i eiddo o dan reolaeth berffaith wrth i'r gwregys lledr ddisgyn a brathu.

"Fe ddysga i di unwaith ac am byth. Troi fy merch fy hun yn fy erbyn i. Y bitsh ddiawl ..."

Gwasgodd Iris ei dwylo'n dynn dros ei chlustiau. Ond ni allodd ddal rhagor. Sgrechiodd o'i chuddfan. Sgrechiodd mor uchel nes iddi glywed ei llais ei hun yn dod yn ôl ati fel gan garreg ateb.

"Na! ... Na! ... Na! Gadewch lonydd iddi! Gadewch lonydd iddi. Gadewch lonydd i Mam ..."

Yna disgynnodd Iris yn swp ar y grisiau, a'r Tedi yn dynn yn ei chôl. Bu distawrwydd am funud gyfan. Ac yna clywodd sŵn traed ei thad yn taro'n rheolaidd ar lawr cerrig y gegin. Yna trodd sŵn y cerdded trwm yn glepiadau gwag wrth iddo ddechrau dringo'r grisiau tuag ati.

Syllodd Iris arno rhwng ei bysedd. Dynesai tuag ati yn bwyllog, yn benderfynol, a'r gwregys lledr yn dal yn ei law. Credodd Iris i gychwyn mai ei chysuro oedd ei fwriad. Ond na. Roedd rhyw olau rhyfedd yn ei lygaid wrth iddo gydio yng nghynffon y gwregys a rholio'r lledr deirgwaith o gwmpas ei ddwrn. Chwifiai weddill y gwregys fel cryman. Clywodd Iris swn y bwcwl pres yn chwipio drwy'r awyr wrth iddo nesáu.

Erbyn hyn roedd e'n sefyll uwch ei phen, a'r gwregys wedi'i godi yn uchel ar gyfer ei tharo. Roedd ei thad yn ei hastudio yn gwbwl oeraidd fel petai'n ceisio penderfynu lle byddai'r bwcwl yn disgyn. Ond ar amrant trodd y ferch ar ei sawdl a sgrialodd yn ôl i fyny'r grisiau. Roedd hi ar fin cyrraedd drws ei hystafell pan deimlodd law yn crafangu yng nghefn ei gŵn nos. Ceisiodd ruthro o'i afael a theimlodd y wisg gotwm yn rhwygo.

Trodd tuag ato, a'i llygaid yn ymbil am drugaredd. Ond dim ond gwacter a welai yn llygaid ei thad. Cododd y gwregys eto, a'r tro hwn fe ollyngodd ergyd. Fel petai hi'n gwylio ffilm yn cael ei rhedeg ar y cyflymdra anghywir, gwelodd y cyfan yn digwydd yn araf. Clywodd siffrwd y gwregys wrth i'r bwcwl grymanu tuag ati. Clywodd hisian llais ei thad.

"Mae'n rhaid dysgu gwers i ferch fach ddrwg ..."

Gwelodd olau'r gannwyll yn disgleirio ar y bwcwl pres wrth i hwnnw ddisgyn. A'r wên greulon ar wyneb ei thad fel fflach o heulwen ar wyneb arch. Teimlodd boen sydyn wrth i'r bwcwl ddisgyn ar draws ei phen, yn uchel ar ei thalcen. A theimlodd ffrwd gynnes yn llifo i lawr ei hwyneb.

Drwy'r cochni gwelodd ei thad yn estyn ei fraich yn ôl unwaith eto. A gwyddai fod ergyd arall ar y ffordd. Sut llwyddodd hi doedd ganddi ddim syniad, ond yn sydyn magodd ddigon o nerth i godi a gwthio'i thad tuag yn ôl. Syllodd arni'n syn am eiliad. Yna crechwenodd. Camodd yn ôl er mwyn anelu ergyd fwy cywir. Dim ond un cam. Ond wrth iddo wneud hynny disgynnodd ei droed ar wacter uwchlaw gris ucha'r staer. Safodd yno am eiliad fel petai wedi ei barlysu, a'i geg yn agored led y pen mewn syndod. Ac yna disgynnodd yn ôl wysg ei gefn cyn troi ddwywaith a glanio'n swp ar lawr y gegin islaw.

Bu tawelwch llethol. Ni chlywai ddim ond tipiadau trwm y cloc ac ambell i glec wrth i'r coed tân yn y grât boeri i'r fflamau. Ac yna ailgychwynnodd ochneidiau ei mam wrth iddi lusgo'i ffordd at gorff ei gŵr. Disgynnodd Iris y grisiau'n araf, a'r hyn oedd yn weddill o'i gŵn nos yn socian â'i gwaed ei hun. Cyrhaeddodd y gwaelod a sylwodd fod pen ei thad yn gorffwys ar ongl ryfedd iawn. Yna teimlodd freichiau ei mam yn cau amdani. A dyna pryd yr aeth popeth yn dywyll.

Dadebrodd Iris a'i chael ei hun yn laddar o chwys yn eistedd ar erchwyn ei hen wely, yn ei hen stafell, a'i Thedi Bêr yn dal yn ei breichiau. Doedd ryfedd fod Anti Nel wedi dweud celwydd. Doedd ryfedd fod ei mam wedi dweud celwydd wrth Miss Jones y Siop. Byddai'r gwir yn brifo gormod.

Cododd yn araf a cherdded allan i ben y grisiau. Disgynnodd yn farwaidd o ris i ris a pharhau i gerdded nes iddi ei chael ei hun wrth glwyd yr ardd. Ac yno y canfu Gordon hi.

Mae'n rhaid fod Gordon wedi sylweddoli ar unwaith fod rhywbeth mawr yn bod. Er yn ddrwg ei hwyl, cydiodd am ei wraig a'i hysgwyd hi'n ysgafn.

"Iris, be sy'n bod. Rwyt ti'n edrych fel 'tait ti wedi gweld drychiolaeth."

Yr oedd hi. Ond ni ddywedodd hynny. Yn hytrach derbyniodd gysur ysgwydd ei gŵr. Agorodd Gordon ddrws y car a'i hannog i eistedd ynddo. Ufuddhaodd hithau'n llywaeth. Cerddodd Gordon o gwmpas y car ac eistedd wrth ei hymyl.

"Wyt ti am ddweud wrtha i be sy wedi digwydd?"

Penderfynodd beidio â dweud y cyfan. Roedd yr hyn a ddigwyddodd yn rhy anodd ei gredu. Hyd yn oed iddi hi. Felly bodlonodd ar ddatgelu rhan o'r gwir.

"Fe wnes i gerdded i'r ardd ac eistedd ar y siglen. Ac fe ddechreuodd pethe ddod 'nôl i nghof i, pethe o'wn i wedi eu llwyr anghofio. Pethe o'wn i wedi dewis eu hanghofio, falle."

"Pa fath o bethe?"

Roedd Gordon yn cydymdeimlo. Ni fedrai Iris ganfod yr un mymryn o wawd yn ei gwestiwn.

"Pethe ddigwyddodd pan o'wn i'n ferch fach. Pethe ddigwyddodd ychydig cyn i fi adael y lle yma. Pethe wnaeth fy ngyrru i oddi yma."

"Mae'n rhaid iddyn nhw fod yn bethe erchyll, yn ôl dy olwg di."

"Oedden. Ond o'u cofio nhw rwy'n credu y gwna i deimlo'n well. Mae e fel petai rhyw ddrws wedi agor, drws oedd wedi bod ynghau am flynyddoedd. Fe weles i Mam. Fe weles i nhad. Ro'wn i wedi'i chael hi'n amhosib cofio sut wyneb oedd ganddo fe."

"Beth? Wnest ti eu gweld nhw? Gweld ysbrydion?"

Beth fedrai hi ei ddweud? Doedd hi ddim wedi gweld ysbrydion. Ddim yn yr ystyr llythrennol, o leiaf. Ond roedd ysbrydion o'r gorffennol wedi bod yn cyniwair. Nid yn y tŷ ond yn ei phen.

"Do, ond ddim ond yn fy nghof. A'r peth rhyfedd yw, er i'r profiad godi braw arna i ar y pryd rwy'n teimlo 'mod i wedi cael gwared ar ryw faich a fu'n pwyso arna i ar hyd y blynyddoedd."

"Wyt ti am fynd adre? Fe allwn ni gerdded i'r pentre i ffonio am dacsi."

Teimlodd Iris ryw gynhesrwydd yn treiddio trwy'i chorff. Doedd Gordon ddim yn ddideimlad. A sylweddolodd iddo yntau gael pethau'n anodd. Doedd hi ddim yn un o'r menywod hawsaf i'w chael yn wraig. Gafaelodd yn ei law. Syllodd yntau arni'n hurt.

"Diolch i ti am ofyn. Ond na. Fe fydda i'n iawn nawr. Fe wnes i fentro i mewn i'r tŷ pan oeddet ti'n y pentre. Roedd hi'n anodd. Ac fe wnes i gofio am hen bethe digon atgas. Ond nawr mae'r cysgod wedi codi. Rwy'n teimlo y galla i wynebu pethe'n fwy hyderus o hyn allan."

Agorodd y drws a cherdded allan.

"Dere 'mlaen. Fe awn ni i mewn i'r tŷ gyda'n gilydd." Gafaelodd Gordon yn ei llaw. Roedd hi'n amlwg fod rhywbeth mawr wedi digwydd. Ond nid oedd am ofyn gormod rhag difetha popeth. Fe gâi hi esbonio'r cyfan wrtho'n raddol. Roedd digon o amser.

Cerddodd y ddau i mewn i'r tŷ. Roedd y tân yn y grât yn ffrwtian yn braf a'r gegin yn ymddangos yn llawn cysur yng ngolau'r canhwyllau. Eisteddodd Iris yn hen gadair ei mam tra chwilotai Gordon yn nrôr y dreser am ragor o ganhwyllau.

"Gordon, wyddost ti be fyswn i'n ei hoffi nawr?"

"Na. Beth?"

"Clywed yr hen gloc yn tician unwaith eto. Wyt ti'n meddwl y gwnâi e gerdded wedi'r holl flynyddoedd petait ti'n ei weindio? Mae'r allwedd yng ngwaelod y câs. O leia, fan'no'r oedd hi'n arfer bod."

Tynnodd Gordon stôl o dan y bwrdd a'i gosod o flaen y tân. Gwthiodd ei law i'r gwagle o dan wyneb y cloc a chaeodd ei law am yr allwedd. Gosododd honno yn llygad y cloc a'i throi. Roedd hi braidd yn anystwyth ar y cychwyn ond buan y trodd yn hawdd. Wedi i'r sbring dynhau'n ddigonol, gwthiodd y pendil. A llanwyd y gegin gan dician rheolaidd ac hamddenol.

"Dyw pobol y celfi ddim yn mynd i gael y cloc. Fe awn ni ag e adre gyda ni fory."

Cytunodd Gordon.

"Fe ffoniais i'r cwmni. Roedden nhw'n meddwl mai fory roedden nhw i fod i ddod. Maen nhw wedi addo bod yma ben bore. Fe gafodd yr ysgrifenyddes lond pen, cred ti fi. Rwy wedi ffonio'r AA hefyd i ddod i gael golwg ar y car. Fe fyddan nhw yma hefyd yn y bore. O'wn i ddim yn gweld unrhyw bwrpas iddyn nhw ddod heno."

Suddodd Iris i ddyfnder y gadair. Câi tician y cloc effaith liniarus arni.

"Falle mai ti oedd yn iawn wedi'r cwbwl, Gordon. Hwyrach y dylen ni gadw'r tŷ. Does dim angen yr arian arnon ni. Ac fe fyddai'n braf cael treulio ambell benwythnos yma."

"Dyw hi ddim yn rhy hwyr. Ond beth am y lorri bore fory?"

"Fe gân' nhw fynd â'r celfi. Popeth ond y cloc. Fe ga i rywun i weithio ar y tŷ a'i ddiddosi. Does dim angen rhyw lawer o waith arno fe. Wedyn fe wna i brynu celfi newydd. Be ti'n 'feddwl?"

"Iawn, os mai dyna beth rwyt ti ei eisie. Ond fe ddweda i hyn wrthot ti. Fe wnawn i ladd am baned o de."

Ac yna cofiodd Iris iddi baratoi llond fflasg o de a brechdanau ar gyfer y gweithwyr cyn cychwyn y bore hwnnw a'u gosod mewn basged yng nghist y car. Aeth allan i'w nôl. Ac wrth fwrdd y gegin ym Mryn Du, y bwthyn a daflodd cymaint o gysgod dros ei bywyd, eisteddodd Iris i fwyta ac i yfed am y tro cyntaf ers dros ddeng mlynedd ar hugain.

Wrth iddi hi a Gordon sipian eu te, teimlodd fod yr hen ddywediad hwnnw'n dal yn wir. Yr unig beth i'w ofni oedd ei hofn ei hun. Yr anhysbys oedd y bwgan du a fu'n clwydo ar ei hysgwydd fel cigfran ar hyd y blynyddoedd. Nawr, er mor arswydus fu digwyddiadau ei phlentyndod, roedd hi'n barod i ailddechrau byw.

Ar ôl gorffen eu byrbryd aeth Gordon ati i chwilota o gwmpas y tŷ ac wedi ei dihysbyddu o bob owns o nerth dychwelodd Iris i hen gadair ei mam o flaen y tân. Roedd artaith yr awr ddiwethaf wedi sugno'i hynni'n llwyr. Caeodd ei llygaid ac, yn nhician hypnotig tipiadau'r cloc, disgynnodd yn esmwyth i drwmgwsg difreuddwyd. Ac, am y tro cyntaf ers blynyddoedd, trwmgwsg dihunllef.

Sŵn y cloc uwch ei phen yn taro saith wnaeth ddihuno Iris. Syllodd o'i chwmpas yn gysglyd. Cymerodd rai eiliadau iddi sylweddoli ble'r oedd hi. Cododd yn wyllt o'i chadair. Ai hunllef arall oedd hyn? Hi, Iris, wedi ei chipio a'i gollwng yn ei huffern bersonol?

Gwenodd wrth iddi wfftio'i hofnau. Oedd, roedd hi wedi bod i Fryn Du mewn hunllefau droeon. Ond Bryn Du niwlog, haniaethol oedd hwnnw. Bryn Du lle'r oedd bwcïod yn cuddio ymhob twll a chornel. Roedd y Bryn Du hwn yn llawn goleuni heulwen y bore. Yn atsain o drydar adar o'r ardd.

Teimlai'n llawn afiaith. Roedd yr hunllefau drosodd. A chofiodd yr hen ystrydeb honno a fynnai mai heddiw oedd diwrnod cyntaf gweddill ei bywyd.

Doedd dim sôn am Gordon. Yna clywodd sŵn injan car yn cychwyn a cherddodd heibio i'r ardd ac allan drwy'r glwyd. Yn y car roedd ei gŵr yn sbarduno'r injan. Agorodd yntau'r ffenest i gyfarch Iris.

"Dw i ddim yn deall y car 'ma. Fe gychwynnodd y bore 'ma ar y taniad cynta. Mae'r peth yn ddirgelwch llwyr."

Diffoddodd yr injan a chamu allan. Edrychodd ar ei wats.

"Fe fydd y lorri yma toc. Fe a' i i mewn i dynnu'r cloc oddi ar y wal." Yna trodd ar ei sawdl wrth i rywbeth ei daro a gofynnodd, "A sut wyt ti'n teimlo'r bore 'ma?"

Gwenodd Iris. "Diolch am dy gonsýrn. Gwell nag yr ydw i wedi teimlo ers tro."

"Doedd dim angen i fi ofyn, a dweud y gwir. Rwyt ti'n edrych yn dda. Mae'n rhaid fod 'na rywbeth yn nŵr Rhyd-y-bont."

Chwarddodd y ddau wrth wahanu. Aeth Gordon tua'r tŷ a hithau i gyfeiriad y siglen. Eisteddodd Iris unwaith eto ar yr hen sedd bren. Rhyfedd, meddyliodd, sut roedd rhagluniaeth wedi trefnu pethau. Oni bai i'r lorri ddod ddiwrnod yn hwyr. Oni bai i'r car wrthod cychwyn. Oni bai am y digwyddiadau hynny fyddai hi ddim wedi magu digon o blwc i wynebu'r hen le. Fyddai hi ddim wedi medru goresgyn yr hunllef.

Wrth iddi hi siglo'n araf yn ôl ac ymlaen yn haul y bore penderfynodd Gordon y câi'r cloc aros. Ar ôl treulio'r nos yn ei ddillad teimlai'n fudr. Trodd a cherdded i mewn i'r stafell ymolchi ac agor y tap. Llifodd ffrwd o ddŵr i'r basn. Y diwrnod cynt, pan aethai ati i agor y tap rheoli y tu allan i ddrws y ffrynt, ni wnaeth freuddwydio y câi'r dŵr i redeg wedi'r holl flynyddoedd. Ond rhedeg wnaeth y dŵr.

Diosgodd ei got a'i grys a'u hongian ar hoelen ar gefn y drws. Crafodd ymaith ddarn o sebon coch carbolig oedd wedi hen sychu wrth ochr y bowlen. Rhwbiodd y sebon rhwng ei ddwylo dan y tap ac estynnodd am hen liain, oedd wedi melynu gan oedran, i'w sychu. Wrth iddo wneud hynny sylwodd ar y tyfiant deuddydd o flew ar ei wyneb. Anwesodd ei ên yn araf â'i fysedd. Byddai eilliad yn help, dŵr oer neu beidio.

Agorodd gwpwrdd bach oedd yn y gornel ac yno canfu frwsh siafio, sebon a hen rasel â llafn hir. Cofiai, yn blentyn, ei dad yn defnyddio rasel debyg. Gwlychodd y brwsh a'i rwbio dros y bonyn byr o sebon. Ychydig iawn o ewyn wnaeth ddeillio o'r ymarferiad. Rhwtodd y brwsh yn galed dros ei wyneb a'i wddf. Dyma fyddai ei dad yn ei alw'n woblo. Rhwbiodd y brwsh eto dros y bonyn sebon er mwyn creu mwy o ewyn. Ond yn ofer. Dim ond rhyw haen denau, ddyfrllyd a orchuddiai ei wyneb. Er gwaethaf hynny byddai'n ddigon ar gyfer llafn rasel hir.

Gwthiodd y llafn o garn y rasel. Tynnodd ei fawd yn ysgafn dros y min. Oedd hi'n ddigon miniog? Cofiai fel y byddai ei dad yn strapio ei rasel ef drwy ei thynnu'n ôl ac ymlaen ar hyd stribyn o ledr. Teimlodd ei fraich yn cyffwrdd â rhywbeth a hongiai ar y wal wrth ei ymyl. Ac yno, fel pe bai'n ategu ei atgofion, crogai gwregys lledr wrth fwcwl ar fachyn. Tynnodd lafn y rasel yn araf ac yn rhythmig ar hyd y gwregys gan droi'r llafn o un wyneb i'r llall bob yn ail. Wrth iddo wneud hynny sylwodd fod rhywbeth neu'i gilydd wedi ceulo'n frown ar fetel y bwcwl.

Gollyngodd y gwregys i ddisgyn yn ôl yn erbyn y wal a chododd lafn y rasel at ei wyneb. Os cofiai'n iawn, arferai ei dad gychwyn yn union o dan ei glust dde. Gosododd y min i gyffwrdd yn ysgafn â'i groen. Wrth iddo wneud hynny sylwodd fod y drych o'i flaen yn troi'n niwlog. Ond dim ond dŵr poeth wnâi achosi'r fath niwl fel arfer. Roedd y dŵr yn yr achos hwn yn oer. Tybiodd hefyd iddo weld y niwl yn symud ar hyd y drych. Rhyfedd fel y gallai'r llygaid chwarae triciau â rhywun.

Ailosododd fin y rasel ryw fodfedd o dan ei glust dde. Teimlodd oerfel y dur ar ei groen. Yna, wrth iddo gychwyn tynnu'r llafn yn ysgafn i lawr ei wddf teimlodd ryw bŵer, rhyw wasgedd ar ei law. Ceisiodd dynnu'r rasel yn ôl. Ond ni fedrai. Gwthiodd rhyw rym anweledig ei law yn ddyfnach ac yn ddyfnach. Teimlodd frath y llafn ar ei gnawd. Teimlodd gynhesrwydd gwaed yn treiglo i lawr ochr ei wegil. Ceisiodd wthio'r llafn yn ôl. Ond yn ofer. Teimlai ryw law gudd yn gwasgu, ac yna'n tynnu. Ac wrth syllu yno'n syfrdan, gwelodd yn y drych, a oedd bellach yn glir, ei law ei hun yn tynnu'r llafn ar draws ei wddf.

Ceisiodd sgrechian. Ond roedd llafn y rasel eisoes wedi

hollti ei gorn gwddf. Yr unig sŵn y medrai ei greu oedd rhyw fyrlymiad gwlyb. Gwelodd y llafn yn parhau â'i lwybr dwfn, di-wyro o un glust i'r llall. A chyn iddo ddisgyn yn swp gwaedlyd gwelodd ei wddf ei hun yn agor yn un rhwyg a'r rhwyg hwnnw'n crechwenu'n goch arno o'r drych fel ceg clown gwatwarus.

Tra oedd ei gŵr yn marw, roedd Iris yn dal i siglo'n hapus ar siglen ei phlentyndod i rythmau geiriau hen rigymau ei mam.

> Mistar Tomos, druan,
> Aeth i awchu'i gryman;
> Trodd ei gefen ar y wal
> A thorrodd wddw'i hunan.

Yna clywodd, o'r pellter, sŵn grwnian peiriant trwm. Disgynnodd o'r siglen a cherdded trwy'r glwyd tua thalcen y tŷ. Ac ar ben draw'r lôn, yn y pellter, gwelodd ben blaen lorri fawr yn llenwi'r twnnel o ganghennau a gwrychoedd. Trodd tua'r tŷ i roi gwybod i Gordon.

Doedd dim sôn amdano yn y gegin. Gwaeddodd ar waelod y grisiau. Ond ni chafodd ateb. Yna o gyfeiriad y stafell ymolchi clywodd sŵn dŵr yn rhedeg. Cerddodd i mewn, ac yno, yn sypyn gwaedlyd, gorweddai corff ei phriod. Yn y basn o'i blaen gwelodd ddŵr coch yn troi'n binc ac yna'n loyw lân. Ac wrth godi ei llygaid syllodd i'r drych. Yno, yn rhythu'n ôl arni gwelodd wyneb ei thad. Gwenai arni. Crechwenai arni. Hyrddiodd ei gasineb ati.

"Mae'n ... rhaid ... cosbi ... merch ... fach ... ddrwg ..."

Y tro hwn roedd Iris yn barod amdano. Doedd hi ddim yn ei ofni bellach. Wedi'r cyfan, doedd e ddim yn bod. Gwasgodd flaenau ei bysedd i gledr ei llaw gan lunio dwrn. Ac yna, yn gwbwl herfeiddiol, trawodd y drych yn ei ganol. Gwelodd batrwm o graciau'n ymledu o'r canol i'r corneli, craciau arianwe cain. Diflannodd wyneb ei thad o'r drych ac yn ei le ymddangosodd ei hwyneb llurguniedig hi.

Pwysodd Iris yn ôl, a'i chefn yn erbyn y wal, a thynnu

anadl hir. Syllodd ar y drych a sylwi fod y craciau arian yn araf droi'n goch. Ac o dipyn i beth dechreuodd y craciau cochion ddiferu dros wyneb y drych.

Llithrodd Iris yn is ac yn is yn erbyn y wal. Ac wrth iddi wneud hynny sylweddolodd fod y drych yn araf gyfannu o'i blaen. Ar ei hwyneb hi roedd y craciau. O'i hwyneb hi y disgynnai'r diferion coch. Tynnodd ei bysedd dros ei hwyneb a syllodd ar gledr ei llaw. Gwelodd y cochni. Teimlodd y gwaed gludiog rhwng bys a bawd.

Wrth iddi lithro i'r llawr, ailfeddiannwyd y drych gan wyneb hagr ei thad. A dyna'r peth olaf i Iris ei weld cyn iddi farw. A'r peth olaf iddi ei glywed oedd grwnian lorri yn gefndir i eiriau barus, croch ac ellyllaidd.

> Merch fach ddrwg o dwll y mwg
> A wnaeth y drwg diwetha ...

Mwy o arswyd gan Lyn Ebenezer –
y nofel a fu'n ffilm lwyddiannus ar draws y cyfandir . . .

£5.50   ISBN: 0 86243 317 7

Am ddewis da o nofelau arswyd, nofelau cyffredin, a phob math o lyfrau difyr, mynnwch gopi o'r catalog rhad lliw-llawn – neu hwyliwch i mewn iddo ar y We Fyd-eang!

y Lolfa

TALYBONT CEREDIGION CYMRU SY24 5AP
e-bost ylolfa@ylolfa.com
y we http://www.ylolfa.com
ffôn (01970) 832 304
ffacs 832 782
isdn 832 813